文学论丛

美国性别批评理论研究

王 楠 著

图书在版编目(CIP)数据

美国性别批评理论研究/王楠著. —北京:北京大学出版社,2015.12
(文学论丛)
ISBN 978-7-301-26813-1

Ⅰ.①美… Ⅱ.①王… Ⅲ.①妇女文学–文学评论–美国–现代 Ⅳ.①I712.065

中国版本图书馆CIP数据核字(2016)第010212号

北京市社会科学理论著作出版基金资助

书　　名	美国性别批评理论研究 MEIGUO XINGBIE PIPING LILUN YANJIU
著作责任者	王　楠　著
责任编辑	刘　爽
标准书号	ISBN 978-7-301-26813-1
出版发行	北京大学出版社
地　　址	北京市海淀区成府路205号　100871
网　　址	http://www.pup.cn　新浪微博:@北京大学出版社
电子信箱	nkliushuang@hotmail.com
电　　话	邮购部 62752015　发行部 62750672　编辑部 62759634
印刷者	三河市博文印刷有限公司
经销者	新华书店
	650毫米×980毫米　16开本　16.25印张　350千字 2015年12月第1版　2015年12月第1次印刷
定　　价	49.00元

未经许可,不得以任何方式复制或抄袭本书之部分或全部内容。
版权所有,侵权必究
举报电话:010-62752024　电子信箱:fd@pup.pku.edu.cn
图书如有印装质量问题,请与出版部联系,电话:010-62756370

目 录

自　序 …………………………………………………………… 1
绪　论 …………………………………………………………… 1

第一章　何谓性别？ ………………………………………… 19
　　第一节　界定的难题 …………………………………… 19
　　第二节　历史前提 ……………………………………… 23
　　第三节　文学积淀 ……………………………………… 29

第二章　"女性批评"：从肖沃尔特谈起 ………………… 34
　　第一节　剥离性别：女性方言的文本化 ……………… 35
　　第二节　修正经典：批评的双重标准 ………………… 42
　　第三节　对"菲勒斯批评"的批评 …………………… 47

第三章　性别与政治 ………………………………………… 54
　　第一节　作为女性的阅读 ……………………………… 55
　　第二节　作为女性的写作 ……………………………… 60
　　第三节　"无人地带"：建构女性主义文论 ………… 64

第四章　性别与文学史观 …………………………………… 75
　　第一节　暗藏的潜流：重构英国妇女文学史 ………… 77
　　第二节　多元与融合：构设美国少数族裔妇女文学史 … 84
　　第三节　"女性陪审团"：构设美国妇女文学史 …… 92

第五章　性别与文化 ······ 105
第一节　文化"拼贴被" ······ 106
第二节　改写范式 ······ 115
第三节　女性与疾病:性别意识的隐喻 ······ 124

第六章　性别与当代文论 ······ 140
第一节　契合与分离:对话"后学" ······ 140
第二节　"差异"的文化身份政治 ······ 154
第三节　女性主体的消解和重构 ······ 167

第七章　性别与哲学:巴特勒之后 ······ 172
第一节　消解性别 ······ 173
第二节　身体物质 ······ 176
第三节　语言主体 ······ 180

第八章　性别与伦理:以安提戈涅为例 ······ 185
第一节　伦理与政治 ······ 187
第二节　伦理与差异 ······ 190
第三节　伦理与血亲 ······ 193
第四节　伦理与它者 ······ 198

结　语　性别何为? ······ 203
附录一　伊莲·肖沃尔特的研究要略 ······ 207
附录二　朱迪斯·巴特勒的政治伦理批评转向 ······ 225
参考文献 ······ 238
后　记 ······ 250

自　序

性别批评理论研究已是美国学界的"显学",然而在时下的讨论中,它更多是被当作一块新开辟的学术领域,而忽略在兴起之时它所肩负的历史和政治使命。自20世纪60年代,甄别文本的性别盲点这一政治使命是连接美国性别批评家们所有努力的铰链或内核,并体现在具体的文学批评和文化研究著述之中。70年代,批评家首先将注意力投向文学文本的性别歧视,并声讨一份属于女性的文学史,继而建构女性批评学。90年代,后结构主义对女性主义理论极富挑衅性的"介入",制造了"性别麻烦"。对性别"自然性"的质疑之辩改变了我们思考性别伦理和言语行为的方式。性别批评试图用消解性别取代女性批评。21世纪初,面对"9·11"事件之后的现实暴力,性别批评的触角延伸至政治伦理批评领域,借由分析人类生命脆弱的特质,试图为惶惶不安的赤裸生命正名,为激进的性别政治提供伦理基础。

本书以溯源、重构和瞻望为基点,回顾了美国文学批评的性别缺憾的源头,从而把握性别作为一种批评理论的形成机制、成长历史、社会背景和研究方法,并论述它的政治意蕴和思考理路,尝试挖掘美国性别批评理论的整体意义和发展态势。总的来讲,对于这一学术空间的勘定、缔造和推进,美国文学批评家伊莲·肖沃尔特(Elaine Showalter)和批判型知识分子朱迪斯·巴特勒(Judith Butler)功不可没。在美国,但凡涉及妇女运动第二波之后的美国的女性文学批评和性别理论,肖沃尔特和巴特勒都是最具代表性的批评家。肖沃尔特所构建的"女性批评学"和巴特勒对性别问题的哲学式"介入"是美国性别批评理论的两个重要源头和文献。因此,批评实践成为依托两者在过去半个世纪的批评实践与理论建构是本书的立论基础。

伊莲·肖沃尔特是美国女性主义文论界的重要批评家之一,她的著述自出版之日起,一直备受理论界关注。作为女性主义文学批评"荒野"的开拓者,肖沃尔特把性别作为确立文学分析的一个基本要素,增加了文学批评的性别维度,揭示了父权文化及其权力机制运行过程中对女性写作的误读和压抑,挖掘出暗藏在男权中心文化之下的连贯的女性亚文化潜流。不论"女权批判"还是"妇女中心批评",坚持用女性经验作为一种群体阅读的策略始终是并且至今仍是肖沃尔特坚持的批评立场。它打开了诠释女性、妇女文学史、女性主义批评话语的新视野。肖沃尔特的"女性批评"理论,照亮了以往的盲点与不足,尽管她在重塑文学批评的同时也显露出为后来研究者所见的盲点和不足,肖沃尔特都以她对女性、对文学的思考提出了应对的措施。笔者认为,肖沃尔特的女性诗学及其理论在文学及其理论之间、文学与非文学之间、不同的方法和意识形态之间进行着积极和不懈的越界思考,并努力促成不断往来的互生关系。因为无论文学经验如何受制于各种文化力量,肖沃尔特的女性诗学总会以其性别独特性和差异性赢得地位。她对书写女性集体经验的坚持,或许能够为当下较为落寞的女性主义文论提供某种启示。

朱迪斯·巴特勒是后结构主义批评的关键人物。她的理论涵盖多个学科,包括哲学、政治学、法学、社会学、文学理论等等,正如巴特勒本人所说:"把我自己放进一个身份类型中,我就会去反对它。"因为巴特勒对任何确定的身份都怀有一种本能和学理上的厌恶,而也许正是这个酷儿理论先锋式的厌恶,促成了她持续不断地探讨和征讨身份和主体性的塑形过程,语言和行为的操演性,伦理和政治的互动关系。世纪之交,她打开了超越性别的二元维度,彰显解放伦理的可能性,用以发展一种不以传统道德哲学本体论、认识论、方法论为基础的伦理样态。虽然巴特勒写作的文化社会语境与当代中国有所差异,但她提出的诸多洞见对中文语境下的中国学者仍有借鉴价值。

作为介入的他者,巴特勒在当代学术思想和政治实践中所进行的有意义的"差异"重建工作留给我们很多思考。① 巴特勒从后现代哲学思想家那里获思考的灵感,从社会边缘人汲取思想的活力,她关注社会底层的身份认同问题、关注少数族裔的文化权力,自觉担负起"批判型有机知识分子"的社会责任,提出知识版图中遗留的"非正义"的政治—伦理诉求。她的"他者单语"发声系统正是留给目前我国知识分子需要克服学院派学术研究与政治生活脱节现象的启示。文化批判的责任之一应当是让自己的学术论战参与当下的政治生活,与政治生活保持相关性,对未来文化研究走向保持前瞻性。更为重要的是,对不同文化研究的群体自身的政治自觉也是向终极价值、生命理想、神圣正义再度出发时应该怀抱的精神关怀。

笔者选取这两位批评家作为本书的研究对象,希望把她们作为具有理论深度和现实意义的研究个案,以此为中心向外扩展,深入开掘,力求勾勒美国性别批评理论的大致脉络:即,从文本向文化不断深化、从批评实践向理论探索过渡,以及由文学研究转向理论话语的发展过程,并尝试回答性别批评是如何吸收后现代文化之精华并将其纳入自己的文化批判实践框架的。本书力图通过再现以肖沃尔特和巴特勒为

---

① 肖巍:《飞往自由的心灵:性别与哲学的女性主义探索》,北京:北京大学出版社,2014年,第239页。

代表的美国女性批评家所处的历史、社会和理论语境,并由此走进她们的"问题意识",重新召唤文学批评和文化研究的性别意蕴,以揭示性别批评在形成时所体现出的政治相关性,从而为当下性别批评理论发展的本土化进程提供启示。

  同时,笔者在以下方面期许性别思考在文学批评的建构和理论论辩中有所为。其一,"重返肖沃尔特和巴特勒"有利于加深对性别批评研究出现的历史背景、政治动机、思考理路以及批评方法的了解。在本书看来,美国的性别理论研究从诞生之日起就充满了政治伦理批评和思辨的气息,它的兴起和美国妇女运动以及文化政治事业有密切关联。其二,近些年来,虽然有关性别批评的著说在国内得以引进和译介,但被曲解为又一种风行的学术时尚,由此可能导致"去政治化"或"形而上学"的可能,这让学者忧心不已。本书通过回溯性别批评的源头,重申性别批评的政治性、批判精神和现实介入能力,有利于重构中国本土文化生态和社会秩序的事业。其三,有利于辩证地评价当下我国性别文化发展现状。性别文化的勃兴是当代中国引人注目的文化现象,作为影响力不断增加的大众文化之一,有些学者认为这些是"无病呻吟"或"文化失范"的表征,而巴特勒却将其看作文明进程中令人称道的成就,这一积极立场可以为我们提供启示。

  是为自序。

王　楠

京师园

绪 论

性别是当代思想界的一把利剑。作为一种学术视角,性别研究中有关哲学思考、文学批评、两性伦理、文化批判、理论界说一直承载和刷新几乎所有学科的不同层面。自西方启蒙运动以来,学界对性别的思考采取理论"介入"的姿态。性别自成为"问题"以来,一直以其解构的态度试图改写理性、言语和行为的惯性思维,在"生命于何处存在"这个基本伦理问题上,开启因身体的物质性差异而引发的人类理性的讨论。这包括关于语言、文化、社会和知识体系的讨论。性别批评作为在文学批评和理论向度的延伸和拓展,提醒文学批评和人类理性的性别缺场。尽管文学批评界、理论界对性别批评理论的质疑之声不断,尽管女性主义文学批评内部的歧见林立,并互有微词,但不能否认,无论从矫正文学批评的性别偏见,关注文本的历史和文化内涵,还是发掘女性符号和女性话语,建构女性文学和文化传统等方面,性别批评理论为20世纪文学批评与理论界提供了新的思想资源,丰富了当代文论的内涵。

纵观20世纪文学批评理论的发展进程,可以看出其多元

美国性别批评理论研究

性为性别批评提供了思维模式与方法论的参照。尤其就性别文学批评的发展而言,"新批评"的缺憾、接受美学与读者反应理论的兴起、结构主义向后结构主义过渡、新精神分析学、马克思主义的文化批评理论的新视野以及语言学、符号学的理论成就,都从各个角度为其发展提供了营养。不难看出,为什么有人戏称有多少种"主义"(isms)就有多少种"性别主义"。但这不等于说性别批评与其他流派就是一种简单的"套用"或是"拿来"的被动关系。性别批评在不断匡正各学说的性别盲点并与之对话中发展和拓宽自身的研究空间。正如学界所论,性别批评是把各种方法论聚合在一起而形成的"联合阵线",是对整个西方文学传统的认识论进行的一次"破旧立新"的话语变革。① 因此,性别批评与文学理论的互补是值得不断开垦的土壤,以女性主义文论为核心的性别批评也将以其"介入"的姿态继续参与文学和文化研究。这支文学批评的异音期许以性别为视角,进行文学和文化批判,掌控与现实的权力,重构与政治密切相关的批评话语,进而呈现性别批评所特有的话语生产力和思想创造力。反过来,性别批评理论也会矫正传统文论的性别盲点,为文学研究提供重要的性别维度,包括对经典文本的重新评价、读者性别身份对文本阅读的影响、传统文学观念的重新界定、文学史的刷新、性别诗学的建构、女性文学传统的发掘、男女作家创作的比较研究、文化研究领域内性别伦理的研究等等。可以说,激进的知识分子的介入责任能够使得文本、文学创作不断释放新的意义。这也凸显出文学批评理论的繁荣,为文学思维方式与价值判断尺度的转换提供一个现实的可能。

一、美国性别批评理论的精神实质

如果说批评是多维的,那么性别文学批评理论尤为如此。从国别上讲,大致可以分为美、英、法三国性别文学批评理论。从理论重心和研究的方法论上讲,美国以强调"表达"的文本和历史分析为主;英国是

---

① 盛宁:《20世纪美国文论》,北京:北京大学出版社,1994年,第210页。

以强调"压迫"的马克思主义社会学阐释为重点,而法国则是以强调"压抑"的精神分析式考察为己任。① 它们广泛吸收各派理论所长,虽然在重建妇女文学传统、批判菲勒斯批评的偏见、恢复和发掘女性文学传统、建构女性美学等等方面的目标大体一致,但各派因历史文化语境不同,呈现出较大差异。仅就美国性别批评与其他流派的契合和分歧细究起来就会千差万别。美国学者一直致力于将这些差异确立为美国性别文学批评的特征,并不断与其他文学批评理论进行对话。在建构美国性别批评方面,伊莲·肖沃尔特功不可没。她提出了美国性别文学批评理论的三个历史阶段:初期以揭露"厌女现象"为主的"女权批判"的阐释与阅读批评,第二阶段补充和构建以妇女为中心的"女性批评",第三阶段则是修正有关阅读和写作的现存的理论假设。② 美国激进女性主义批评家文森特·利奇(Vincent Leitch)和肖沃尔特的分期和阶段概括有重合之处,即前两个阶段把讨论重心放在对男性性别歧视的"批判"以及"发掘"女性被忽略和连贯的文学传统上。但在第三个阶段肖沃尔特把焦点放在话语分析上,把女性主义批评实践上升为理论话语,为性别批评塑造理论身份。此外,陶丽·莫依、詹妮特·托德、鲁斯·罗宾斯和K.K.鲁斯文等都从历史的线性发展梳理美国性别文学批评理论。她/他们的论说有很多交集,虽为文献学式的考察,其实质是要厘清美国性别理论的不同层次,它们同时存在,又互相生发,构成一个有机的整体。就性别批评的整体特征来讲,三个精神维度始终支撑着性别批评理论在美国的发生和发展:即个人就是政治、建构"女性批评"以及理论化的性别政治。

个人即政治

政治诉求和性别论述始终是美国性别批评的两个基本要旨。而

---

① Showalter, Elaine, "Feminist Criticism in the Wilderness", *New Feminist Criticism*, edited by Showalter, New York: Pantheon, 1985, p. 249.

② Showalter, Elaine, "Introduction: Feminist Critical Revolution", *New Feminist Criticism*, edited by Showalter, New York: Pantheon, 1985, p. 8.

美国性别批评理论研究

"政治"在性别批评理论中的内涵并非一般意义上的政治。在性别批评理论中,政治不仅仅关注当下的社会与政治问题,更深层的目标其实是尝试改变文化和意识形态的可能性。文学作为一个构建主体话语的试验场,性别理论作为批评话语实践之一,意义非凡。在这个意义上,性别批评所言的"性别政治"是考察文学和文化中支配的性别权力关系,这也是根植于意识形态中"最根本的权力概念"。① 在文学话语的生产、消费和流通中,则是探讨性别政治与文学传统、文本性与政治性、文学经典与文学接受等复杂的对应关系。

在美国,性别批评自诞生之时便带有自觉的政治诉求的烙印。与其说性别批评是一种方法,不如说它是一种政治行为或是一场政治运动。文学的性别政治行为不仅仅局限于争取男女在法律、教育、就业、婚姻、参政等方面的平等权利的政治斗争,而且是逐步松动传统价值体系和某些政策的变革,重新定位男女两性角色和塑造两性人格形象的运动。19世纪中叶,美国建国之初的妇女争取选举权的斗争到废奴运动后富裕的中产阶级妇女获得参政机会;20世纪60年代,美国的民权运动、反战运动和反种族歧视让妇女运动浮出地表。妇女向规诫和制约妇女的一切传统体制和观念发起质问。女性主义者首要任务就是破除一切陈规戒律,进行价值重审。另外,60年代大批知识阶层的妇女在高等院校创立妇女学研究系所,加上文学批评界知识女性对传统批评话语背后的意识形态的争论和她们的激进治学态度,促成妇女的女权意识觉醒的一个保证。肖沃尔特本人便是一例。她在1968年加入美国MLA组织并参与第二年的妇女运动,同时,作为文学批评家,她又积极投入女性写作的研究并以女性主义批评家的阅读视角和人生体验质疑美国的文学"经典"之争,并把研究的激情和兴致带进课堂,带动学生重新审视文学批评的标准。正如她本人所说:"女性主义批评的发展有赖于妇女在文学研究和文学职业中不断增长的力量。没有妇女运动充

---

① 凯特·米列特,宋文伟译:《性政治》,南京:江苏人民出版社,2000年,第33页。

满活力的观念和力量的激励,女性主义批评就不可能存在。而如果没有这一代喜欢读书的文学学生、助教、编辑、作家和助手的妻子……受过高等教育的,每天受到性偏见冲击的女性,就不可能有女权运动。"①那么美国的女性主义批评是如何参与这场政治运动并在文学批评视域内勃兴呢?美国女性主义批评家正是带着性别对文学创作的影响以及考察权力关系在男性中心话语体系的运作机制而进入批评论战的。

对于以男性为中心的传统文学研究,性别批评理论家则把以往学术研究中无视或忽略与性别相关的问题归入探讨范畴。她们关注的是两性关系、婚姻、身体、父权、性取向、欲望等关于女性本质和文学创作的关系。男性作家如何模塑妇女形象?男性作家试图宣扬什么、虚构什么、回避什么?他们是如何创造父权神话,又是如何继承和巩固他的父权意识?对这些问题的探索正是建构反对菲勒斯中心批评的性别政治宣言。以《性别政治》为代表,凯特·米利特(Kate Millet)的一系列声讨文学和文化中的"妇女形象"批评研究成为美国性别批评最瞩目的特征。这些性别批评的先声推动了性别批评从边缘走向中心,从而铸造了当代美国妇女的性别批评意识的觉醒。

但肖沃尔特提醒说,"女权批判"实质是一种修正式的阐释模式,性别理论家下一步应该做的是走出男性批评的阴影,转向以妇女为中心、独立的、在知识传统上连贯的批评——"妇女中心批评"。肖沃尔特用反传统、反主流批评的姿态,把美国性别批评的矛头从作为读者的妇女转向作为作者的妇女,这一转向成为妇女读者、作家和批评家将不同于男性的感知方式和心理预期写入自己文学活动的契机,试图深刻地改变文学研究领域中对传统的假定。同时,卓有成效地改变了美国文论界的格局,给"美国的文学教育带来了根本性的变化"。②

---

① Showalter, Elaine, "Women's Time, Women's Space: Writing the History of Feminist Criticism", *Tulsa Studies in Women's Literature*, vol. 3, 1984, p. 30.

② Culler, Jonathan, *Literary Theory: A Very Short Introduction*,李平译,辽宁教育出版社/牛津大学出版社,1998年,第132页。

"女性批评"学说的建构

"女性批评"(Gynocriticism)几乎已经成为美国女性主义批评区别于英法和其他流派的最显著的特征。从肖沃尔特1979年提出这一学说开始,就一直伴随着美国女性主义批评理论的进程。在对男性文本中的女性形象的抗拒性阅读之后,在对文本结构进行性别歧视的挖掘之后,首先提到日程上的议题便是质问传统文学观念的合理性和女性阅读的必要性。如果说"妇女形象"批评像一面镜子反映出文学批评中男支女配的权力关系,那么,一味纠缠和局限于男性文本中也表明:女性主义批评还是没有逃出主流意识形态的框架,也没能走出男性文本的阴影。以妇女为中心的批评则是将研究的重点转向作为作者的女性作家身上,转向研究有女性作品的历史、文类、主题、类型、风格和女性艺术创造力的心理机制以及女性文学传统的演变和规律上。以女性为中心,独立并在智识传统上自成一体的女性主义文学批评浮出地表,正如肖沃尔特所述:"'女性批评'开始于妇女把自己从男性文学史的线性状态中解放出来……('女性批评')着力研究新近浮出地表的女性文化世界,谱写女性自己的文学史。"①

除了肖沃尔特,率先用女性主义语言界定妇女作品的代表作还有斯帕克斯(Patricia Meyer Spacks)的《女性的想象》(*The Female Imagination*,1975)和艾伦·莫尔斯(Ellen Moers)的《文学妇女》(*Literary Women*,1976)。这两部著作从波伏娃、艾尔曼(Ellmann)和米利特等早期对"妇女形象"批评的致命缺陷入手,指出她们执着于男性文本的实质是内化了父权的价值观,对女性文本的忽视和女性写作特征的淡漠促使这两位早期的女性主义批评家开始思考跨越历史的女性写作是否具有共同特征,女性之间是否具有共享的经验和感受方式以及自我表达的共有模式等等。思考和研究的先期尝试"拉开了以性

---

① Showalter, Elaine, "Towards a Feminist Poetics", *New Feminist Criticism*, edited by Showalter, New York: Pantheon, 1985, p.131.

别为视角进行文学批评的新阶段的篇章"。① 肖沃尔特的《她们自己的文学》正是这一理论的开山之作。这部著作以 1840—1960 年间的英国女性小说家及其代表作为研究对象,论证文学中女性文学的反传统(counter-tradition)倾向。与斯帕克斯和莫尔斯不同,肖沃尔特对妇女文学传统进行历史性的梳理,使得一大批被遗忘和压抑的女性作品重见天日。更为重要的是,她从中揭示出女性写作在主题和关注焦点上的连续性。如果要用一两句话来总结这个理论贡献的话,肖沃尔特自己的评说显得一语中的:"我们现在拥有一个连贯的,或者还不够完整的,女性文学历史性叙述,它描述了过去 250 年妇女写作主要阶段:从模仿到反抗再到自我定义,寻觅和追溯不同国家的历史书写中,妇女在男性中心占主导地位的文化中所持有的特殊的社会、心理和美学经验中,在不断重复的意象、主题、情节上建立了一种联系。"②也就是说对这些被遗忘的女性作家的历史性观照的女性主义观点反映出女性主义批评建立"女性美学"的期求。受肖沃尔特的影响,吉尔伯特和古芭合著的《阁楼上的疯女人——妇女作家和 19 世纪文学想象》(1979)也使得"女性美学"锦上添花。两位作者讨论父权制文化对女性创作心理机制的负面影响,以及摆脱"影响焦虑"的种种对策。其中,揭露站在父权制文化身后那个"疯女人"的真相成为女作家找到的适当方式之一。随后,她们又出版了三卷本续作《没有男人的国度:20 世纪妇女作家的地位》,合编了论文集《莎士比亚姐妹们》和《诺顿妇女文学选集》,这些著作/文集对推动当代以女性为中心的文学批评转向意义非凡。尤其是前文提及的《诺顿妇女文学选集》,至今仍是美国高校妇女研究和文学系所的必读和参考书目之一。

---

① Showalter, Elaine, "Feminist Criticism in the Wilderness", *New Feminist Criticism*, edited by Showalter, New York: Pantheon, 1985, p. 248. Original source: *Critical Inquiry*, Vol. 8, No. 2, (Winter, 1981), pp. 179—205.

② Showalter, Elaine, "Introduction: The Feminist Critical Revolution", *New Feminist Criticism*, edited by Showalter, New York: Pantheon, 1985, p. 6.

美国性别批评理论研究

如果说法国女性主义持有否定文化遗产的态度,那么美国的"女性批评"所持有的社会—历史批评观显然要公允和实用得多。美国"女性批评"关注妇女写作的过程,要求从根本上反思文学研究理论的基础,要求修正预设的关于写作和阅读的理论假定,试图在种族、阶级和国别等视域内修订有关文学和文化的语言、文类、文学影响的独特性。因此,美国女性主义批评注重妇女形象、性别原型和小说人物的研究——注重文学模仿中的一切因素,文学作品本身或背景也相应成为美国女性主义批评的场域。相比之下,法国女性主义批评则从妇女与符号之间关系入手,在作为能指符号的"妇女"和女性给定"身体"之间进行写作,体现出用女性语言反对男性语言霸权的政治行动,从而打破文化中压抑女性差异的现存体系。实际上她们是在为自己发明一种语言,在接受男性统治的话语范围内进行写作。而美国的女性主义批评家则极力修订有关男性文学传统的批评标准。

多元文化身份的女性话语

20世纪多元文学批评理论的发展为性别批评理论提供了思维模式和方法论的重要参照系。精神分析学、语言学、解构主义哲学等各种理论带动女性主义批评的创新、挑战、质疑和突破。在美国,妇女从被动的客体转变为具有能动性的主体,性别的认识也相应的从男女二元对立的简单化价值观推向多元的性别观;从白人中心到多种族、族裔的多重身份政治;从批判"父权制"到重建性别关系;这些流变和发展在世界范围内与多元的后现代理论形成不断往来和对话的局面。依此背景美国女性主义批评得以产生和发展,与法国和英国不同,研究的中心始终围绕性属(gender)和差异(difference)展开,因为它们是打开性别批评在美国多元化发展的两个关键。

区分性别和性属是美国高校妇女学研究的一个重要范畴。性属把仅仅关注男女两性的肤浅理解深化为研究男女之间的权力关系运作体系和进一步形成批评联盟的条件。正如肖沃尔特所说:"对文学话语中社会性别的建构和表现的分析提供一种讨论女性主义批评和理论的社会性别的亚文化文本的方法。作为文学之内的基本分析范畴而不是作为女性性征对主流文化的补充,性属的加入显然对我们的阅读、思考和写作方式具有革命性的转型潜力。"①反映在文学批评上,性别理论则是要"分析文学表现中的性别(sex)和性属(gender)象征的构建等方面"。②

对人类基本性别经验和性属理论的盖棺式运用,引发了美国性别批评的另一个重要的声音——差异和差异下被掩盖的身份批评。美国性别批评中铁板一块的"平权"呼声遭到种族、阶级、民族与地域的"美国问题"的质问,因此绝对的"异质同构"差异说出场。黑人女性主义、马克思主义女性主义、精神分析女性主义、后殖民女性主义、同性爱女性主义等等性别批评的多元合音之声为当代美国文化批判增加了关注差异和重读历史的特殊性。美国黑人女性主义批评成为众多批评话语中耀眼的一支学说。贝尔·胡克斯(bell hooks)③带动了黑人女性主义社会学理论的发展,许多黑人妇女从黑人女性主义立场进行文学创作和批评。艾丽斯·沃克(Alice Walker)在《寻找我们母亲的家园》中效仿白人女性主义批评的成功经验,探求黑人女性主义文学传统,独特的黑人妇女经验,建立"黑人美学",并提出妇女主义(Womanism)。妇女主义用于提倡一种以个人经验为基础的具有多元女性审美观的"黑人美学";芭芭拉·史密斯(Barbara Smith)撰文《走向黑人女性主义批评》倡导构建黑人女性主义批评理论。各种黑人妇女文集和批评集的出版也加强和深化对黑人女性主义文学批评本质的诠释。美国黑人女性主义批评的贡献之一是把种族、性别和阶级的"连锁压迫"引入当代女性主义批评和对主流文学批评的反叛之中。它通过恢复黑人女性声音,以异质性的言说方式,凸显性别内部"差异"的一极,参与文学批评的

---

① Showalter, Elaine, "Feminism and Literature", *Literary Theory Today*, edited by Peter Collier and Helga Geyer-Ryan, 1990, p.198.
② Ibid., pp.179—180.
③ 著名黑人批评家贝尔·胡克斯的英文名字用小写的首字母方法为自己命名,目的之一是对抗主流意识形态和社会霸权对黑人的压制。

对话。①

美国性别批评从整体上看注重"经验性、归纳性和批判性"。② 美国性别文学批评的社会——历史分析与文化批判方法,即考察作家作品和文化传统之间的互动关系,对解构西方传统的形而上学的男性中心主义具有重要意义。同时,性别批评理论在美国的建构也增加了文学批评的性别维度,它声讨和修正传统文学研究中的男性中心主义倾向,"为把性别确立为文学分析的一个基本要素打下了理论基础"。③ 美国性别文学批评以其独特的立场,把性别和身份作为切入点参与并给当代文学批评制造着不和谐之音,并向文学理论和批评界提出质问和不满。

肖沃尔特之后,作为美国性别批评的异音,朱迪斯·巴特勒是后结构主义批评与文化研究中最值得深入研究的重要课题之一。20世纪最后十年,巴特勒对女性主义理论富有挑衅性的"介入",制造了"性别麻烦"。她对性别"自然性"的质疑之辩改变了我们思考自然性别、伦理和言语行为的方式。巴特勒早年在法国接受理论论辩的训练,攻读黑格尔、列维纳斯、拉康、福柯等著说,并完成了她的博士论文《欲望的主体:黑格尔在20世纪法国的接受》(1987)。④ 作为后结构女性主义的"酷

---

① 周春:《美国黑人女性主义批评研究》,成都:四川大学出版社,2007年,第234页。
② Elaine Marks & Isabelle de Courtirron eds., *New French Feminisms: An Anthology*, Amherst: University of Massachusetts Press, 1980, p. 156.
③ Showalter, Elaine, "Introduction: The Feminist Critical Revolution", *New Feminist Criticism*, edited by Showalter, New York: Pantheon, 1985, p. 3.
④ 国内学界对此书关注不够。本书初成于1984年。作为博士论文,最初只是讨论黑格尔哲学在法国30—40年代的接受情况。受福柯启发,或者说经历了20世纪90年代后结构主义转向之后,巴特勒对本书做了修改,增加了德勒兹、拉康、福柯关于欲望、主体和承认的述评。这篇博士论文最后出版于1987年,即现在的版本。虽然出版之初,并未受到关注,巴特勒也在此书再版之际(1999)表达了"遗憾",但是无疑这是理解巴特勒思想的关键文本,可以说为其后来创造性的性别伦理理论准备了理论资源。新序中,肖瓦尔特重新界定了这本书的意义:"从某种意义上说,这部著作是反复围绕欲望与承认是何关系的问题进行的批判探索",以及"主体的构成到底需要与异他性(alterity)保持怎样的激进且富有建设性的关系"。但是她把未竟之志著录在第二本专著《性别麻烦》(1990)中,该书很快成为后结构主义女性主义的肇始之作,至今依然影响深远。

儿",在列维纳斯、拉康、福柯的理论积淀上,建立她对性别的权力管控的独到论证体系。21世纪第一个十年,巴特勒秉承她一贯的"解构一切"的激进姿态,在"理论"留下的断裂与褶曲中,续写文化与权力、自身与文化和权力之间的关系问题。她在性别表演理论之后,将批评的笔端转向美国的犹太文化研究,关注人的主体性的意义重构。巴特勒认为意义重构而非意义建构,因为主体的建构受制于社会法则,而社会法则具有建立在权力基础上的合法性,并且界线分明,也就是排斥法则之外的一切他者,界线内的这个主体在法则之内被强制重复、加重和引用自己的性别特征,其结果自然服从于给定的身体物质性别。正是看到那些被放逐、保持游移、无法规约的他者,并且这些在边界上生存的他者时刻威胁那个法则内的主体,对巴特勒来说,重构主体就是它者的政治伦理诉求。通过制造"性别麻烦",巴特勒不仅提出性别是作为重构主体的表演规范,而且进一步考证在种族、阶级等其他社会规范与性别的交叉影响,比如犹太性的重构策略和对犹太复国主义的批判。

面对"9·11"事件之后的犹太人在全球的复国思潮,作为犹太裔知识分子的巴特勒以"非犹太人"(the Non-Jews)的"它者"身份,提倡超越绝对的犹太性和复国主义的殖民运动,她主张以"非犹太人"身份,通过把有关犹太教的文化话语翻译成公共话语,参与,而非建构,在宗主国的犹太人的政治民主生活。犹太教的世俗化转向,正是当下美国异质社会中的犹太人既延续了犹太宗教历史又能坚守犹太性不被同化的文化生存策略。21世纪以来,在全球跨国家暴力冲突的背景下,文化批评的伦理建构之声以新的姿态首先回归美国批评界。众声批判中,巴特勒的矛头指向后结构主义批评的伦理危机。她从列维纳斯的他者伦理和尼采的道德谱系的模糊性入手,梳理当代文化和智识传统在两性之间留下的政治伦理缺憾。

二、写作思路与创新点

论及性别批评的源流,最具影响的,大致可以分为美英和法国流派。本书主要针对美国女性主义文学批评和性别理论进行研究,因为:英国女性主义研究重视吸收马克思主义和社会学分析方法进行文学批评;法国女性主义者擅长抽象思辨以求建立乌托邦式的女性主义理论话语体系。相比之下,美国的学者们则体现历史和文化批判的观照,更加具有社会现实意义。在美国,女权运动的两次浪潮为性别批评奠定了有力的历史文化基础,提供了丰富的理论资源,并体现出厚重的历史反思特征和文化批判色彩,可以看作妇女运动在学术领域的延伸。此外,20世纪世界范围内的女性文学创作的普遍繁荣与文学文本的积累也为美国性别批评提供了可靠的文学前提。在英国,秉承维多利亚盛世时期女性创作繁荣的余韵,20世纪出现众多有影响的女性作家,如多罗西·理查逊(Dorothy Richardson)、弗吉尼亚·伍尔芙(Virginia Woolf)、安吉拉·卡特(Angela Carter)、多萝丝·莱辛(Dorothy Lessing)等。她们以精湛的艺术技巧,深入表现了现代妇女对世界、人生和人际关系的新认识,探索与揭示妇女在追求自我实现的过程中经历的种种磨难。在美国,19世纪中后期卓有影响的女性作家也是不胜枚举,哈里特·比彻·斯通夫人(Harriet Elizabeth Beecher Stowe)、凯特·肖邦(Kate Chopin)、夏洛蒂·伯金斯·吉尔曼(Charlotte Perkins Gilman)、伊顿·沃尔特(Edith Wharton)等等。与英国的女性文学文本的高产和对读者的阅读能力的高要求相比,美国则显示出较强的社会参与和实践活动。在美国,高等学府开设妇女文学研究课程,许多妇女作品被选列入大学必读书目。桑德拉·吉尔伯特(Sandra M. Gilbert)和苏珊·古芭(Susan Gubar)主编女性文学文集《诺顿妇女文学选集:英语文学的传统》(*The Norton Anthology: Literature by Women: The Traditions in English*)全面汇集并细致编纂大量优秀的女性文学作品。文集1985年首次出版时,收入了上起中世纪和文艺复兴,下至20世纪后期七百年来150多位以英美作家为主的妇女作家的作品。《诺顿女性文学选集》自出版之日起,一直是许多知名美国高校英语系必读书目和教材,享有很高声誉。《诺顿女性文学选集》(1996

年)第二版增至170多位作家,涉及从中世纪到现代的作家作品。而2007年的两卷本的第三版更是将所收录的作家增加到219名。《诺顿女性文学选集》的出版说明历史上女性一直在进行着丰富且扎实的文学创作,但是因为文学研究和创作一直以"父亲"的名义作为显学被社会接受,妇女文学作为潜流一直被忽略,因而被禁言、被忘却。但是因为这一选集的出现,许多妇女作家才得以从"隐"到"显",进入英美文学的经典行列。许多历史上被忽视的女作家被发掘出来。此后还有由琳达·瓦格纳-马丁(Linda Wagner-Martin)和戴维森·卡西(Cathy N. Davidson)合编的《美国妇女写作牛津读本》(*The Oxford Book of Women's Writing in the United States*, 1995),也包含了女性创作的各种不同体裁的作品。这些作品使得美国女性文学重新出现在文坛,也为美国女性文学的教学和研究以及美国女性文学批评提供了便利。

和代表法国女性主义的"三剑客"卢斯·伊利格瑞、茱莉亚·克里斯托娃和埃莲娜·西苏相比,美国的伊莲·肖沃尔特和朱迪斯·巴特勒所开创的性别的文化批判路径有着自身独特的魅力。这两位批评家从未放弃自己的人道主义立场,在她们看来,人的欲望、情感、意识、意志和判断力都是不可化简的,因此人总是具有能动性,是创造者和行动者。这种理性的眼光,使得美国的性别批评论调不只是批判或破坏,只破不立,而是与现实贴近的批判实践。她们从自己的文学政治立场出发,不仅勾勒出两性和谐和性别向未来开放的愿景以导引实践,并在批评实践中开创了新的思考路径和思想空间,从而不断寻找、比较和论证通往这一愿景的突破口、力量之源和理想途径。也就是说,面对社会中主导意识形态结构,肖沃尔特和巴特勒不仅要甄别文学的性别歧视现象、制造"性别麻烦";更为重要的是,她们还在为理想社会的性别关系提供实践和理论参考。当然,尽管以伊利格瑞、克里斯托娃和西苏为中心的法国后结构女性主义批评和以肖沃尔特和巴特勒为代表的美国性别文化研究传统旨趣殊异,但在理论渊源上,由于受后结构主义批评的影响,这两派之间仍然存在亲缘性。

美国性别批评理论研究

不管对美国的文学批评传统,还是对法兰克福学派,性别研究都是为更完美、更理想和更为和谐的社会和两性生活而斗争的政治筹划,而绝非一套纯粹的知识话语或学术时尚,在这里,这两种文化研究传统可以找到精神上的汇合点。在论及美国性别批评理论发生和发展的独特之处时,本书在以下方面有所创新:

(1)力求全面和立体的美国性别批评理论研究。就笔者掌握的资料来看,国内有关性别批评理论的研究仅限于述评和论文类文章,未见或少见把性别作为批评方法和理论流派进行整体研究。

(2)本书以美国性别批评理论两个最重要的批评家为中心进行性别文学和文化批评研究。肖沃尔特和巴特勒是美国性别文学批评和文化研究的两个核心人物。在20世纪世界范围内的女性文学的普遍繁荣语境下,依托二战后美国女权运动第二次浪潮的实践经验和性别理论这一宏观历史和理论成果,对肖沃尔特和巴特勒的理论体系进行系统的考察。在历史考证、理论分析和广泛地占有相关资料的基础上,以"文本的性别"为视角,进入她们的"问题意识",在更为立体、宏观的空间中厘清美国性别批评的形成、嬗变和发展,以便把握她们思想的复杂性和内在机制。

(3)在美国性别批评的思想体系之中,性别与文学是理论轴心,性别与文化是政治动力,解决社会和政治问题是目标。因此,本书前半部分以伊莲·肖沃尔特创立的女性批评学的治学理路为中心,论述文学的性别意蕴。这部分缘起于肖沃尔特著述在国内整体研究较为薄弱的现状,力图把她放在美英学派的同时期其他学者的比较中深化这一研究;本书把肖沃尔特作为研究的重心之一,并不意味着关注的焦点局限在这一位批评家身上,而试图以这位在笔者看来是美英学派女性主义文论的十分具有代表性的批评家作为一个有力的支点,向外辐射出更多的研究思路,结合贝尔·胡克斯、艾伦·莫尔斯、吉尔伯特和古芭、约瑟芬·多诺万、斯皮瓦克等批评家加以讨论。

本书后半部分期求打开"女性批评"与"后学"驳杂文论"对话"的三

个关键点,重点考察"女性批评"在文化研究领域的延伸以及为修正"女性批评"的盲点所进行的后结构主义性别理论的意义重构工作。在细察肖沃尔特如何创造性和批判性地吸纳多种文论成果的同时,笔者考察她们如何坚守、延伸和拓展"女性批评"在文化研究、精神病学和身份批评的话语实践。与肖沃尔特不同,笔者认为巴特勒则为了修正"女性批评"的批评盲点,制造了"性别麻烦",以性别为基点介入当代文论的论战,用后结构主义的批判精神和它者思辨方式,解构和消解性别的二元对立的女性批评。

(4) 在尽可能地挖掘性别理论深度的同时,得出当下语境中性别理论发展可能的走向。本书同时还会客观、公允地呈现国内外关于肖沃尔特和巴特勒的批判之音,使结论尽可能切实,有所依托。

(5) 对于文化研究和美国文学批评理论有比较重要的参考价值。本书针对目前学界的女性主义批评困顿的总体态势,试图通过阐释肖沃尔特和巴特勒多年的理论探索,尤其是21世纪性别批评的伦理转向,得出性别作为一种方法批评的本质和存在意义。笔者在厘清针对性别批评的误解基础上,尝试性地提出这个理论方法的可能的突围之路,尤其关注肖沃尔特与巴特勒的女性批评的契合和性别理论的衔接进程,并进一步阐明以肖沃尔特和巴特勒为代表的美国性别批评理论作为整体研究的当下实践。

三、本书框架结构

伊莲·肖沃尔特在其主编的《新女性主义批评》的绪论中这样勾勒美国性别批评发展轨迹:"从关注妇女在文学上的从属地位、所受的歧视和排斥等问题,过渡到对妇女自己的文学传统的研究,继而引向文学话语中性属和性征的象征性建构研究。"[①]美国性别批评理论研究轨迹

---

① Showalter, Elaine, "The Feminist Critical Revolution", *New Feminist Criticism*, edited by Showalter, New York: Pantheon, 1985, p.10.

大体呈现出这个特点:从男性文本中心向女性文本中心的转移,自经验式、印象式批评实践走向理论升华,由文本个案研究深入到多元文化批判的基本走向。基于这条主线,本书的论述前半部分以肖沃尔特的"女性批评"为中心,厘清20世纪70年代到90年代肖沃尔特在美国建构的"女性批评"学说;后半部分则以巴特勒90年代以降制造的"性别麻烦"以及其在文化研究、政治伦理视域中的延伸为例,论述性别在美国理论界的文化批评和政治伦理"介入"责任。本书期许对性别研究在中国语境中的批评实践和理论研究具有一定的可借鉴性,希望能够推进对性别的哲学式思辨、多元文化批评的思考深度。

第一至四章是本书的前半部分——性别与文学:从四个方面梳理、考证和反思"女性批评":即女性主义批评"荒野"之丘的浮出、两种女性阅读的期待视野、妇女文学史观的建构和"女性批评"理论化的建制。

第一章"何谓性别"从被误读的"性别"入手,厘清性别如何成为"问题"及其意义重构。从美国女权运动第二次浪潮的实践经验和理论成果入手,依托20世纪世界范围内的女性文学普遍繁荣的成就,考察美国性别批评理论产生的历史背景、文学基础、文化文本和理论氛围。

第二章"'女性批评':从肖沃尔特谈起"论述了早期女性主义批评家如何率先质疑男支女配的父权制批评传统和价值观念。本章重点论及肖沃尔特重新审视经典作家,取舍经典文本,修订文学创作与阅读欣赏标准,重新理解和建构文学史的著说。这是女性主义批评的基本内容,也是美国女性主义文论成立的重要缘由,而肖沃尔特的"女性批评"正是在回答上述问题的过程中产生的。

第三章"性别与政治"集中探讨女性主义文论的两种类型:"女权批判"和"妇女中心批评"。在女性主义批评"浮出地表"之后,无论多么激烈抨击父权制诗学,都只能为女性提供负面的文学经验。要塑造女性在文化和文学史上的正面形象,必须寻找女性作为主体的表达,要求从写作的角度去审视并总结文学经验。批评理论自身的发展也要求对女性写作的文本进行阐释。来自两方面的共同要求,促成了从抗拒性的"女权批判"阅读姿态到建构"以妇女为中心"的批评理论的提升和转变。

第四章"性别与文学史观"论述了肖沃尔特构设女性主义诗学所进行的努力。她重写一份被遗忘的"她们自己的文学",为文学批评增加了性别维度,而挖掘被忽视的女性亚文化,则编织了属于女性自己的谱系。这些努力使得女性主义批评汇聚成整一的声音,促使原有的文学标准发生松动、文学的格局重新布阵。一个以研究妇女经验为基础的新模式——"女性批评"得以确立。

第五至八章可以看作本书的后半部分——性别理论与文化批判。在女性主义批评陷入"简约主义"和"分离主义"的困境之后,面对女性主义阵营内部出现的"差异"之声,肖沃尔特将"女性批评"延伸到精神病学和文化研究领域。在修正和反思先前的批评盲点和偏颇同时,她放弃了同质同构的"女性"概念,代之以"多元的女性"。与此同时,巴特勒以90年代初制造的"性别麻烦",用后结构主义批判精神质疑性别的二元对立缺陷,提出了消解性别和性别批评在文化研究领域的改写的可能性。

第五章论述了性别的多元文化特征。肖沃尔特把来自女性主义内部因种族、阶级、国别和性取向的不同而引起的差异缝合为文化"拼贴被",提出了文化"拼贴被"的隐喻主张。这个主张同时打开了女性主义批评文本的边界,在精神病学、大众传媒、艺术和性别研究等领域延伸"女性批评"的影响。她创造性地运用"女性批评"为女性主义理论话语服务,促成了美国女性主义文学批评的理论化与学院化。

第六章"性别与当代文论"试图把性别批评放在当代文论的迷宫中,横向析出肖巴二氏的性别理论的独特性。本章抓住演变中的"女性批评"与后学思潮交叉的两个结点:"差异"的身份批评和女性主体的消解和重构,阐释肖沃尔特与巴特勒的突围策略。肖沃尔特通过寻找非洲裔和第三世界女性文本中特有的隐喻、意象、话语方式,来颠覆权力话语。巴特勒则从奥斯丁的语言行事和列维纳斯他者伦理，建构有关语言和身体的性别话语，用哲学式另类思考，参与性别批评在美国文学理论界的论战，影响深远。在与斯皮瓦克、拉康、德里达、福柯、齐泽克等"解构"巨匠的对话中，两者始终从边缘立场出发，致力于揭示文学/文化表征和权力以及主导意识形态间的关联。

第七章"性别与哲学：巴特勒之后"则以巴特勒为中心，论述她作为知识分子对批评理论"介入"的新生能量。本章以巴特勒的后结构主义女性主义理论为基点，侧重考察性别表演理论之后，她如何在性别和哲学之间找寻理论的伦理契合点。巴特勒在解构思潮中消解性别差异、身体书写的欲望之旅，以及重构语言主体与它者的意义上所进行的努力，这些努力是对美国性别理论的伦理式推进。尽管巴特勒在世纪之交倡导回归伦理，但她希望保持"伦理两难"的思考状态，让阅读生发更多的问题而非提供思考的结果。

第八章"性别与伦理：以安提戈涅为例"。巴特勒借助文学虚构人物——安提戈涅，以后结构主义批评的性别伦理和文化批判为基点，吁求打开人在边界上生存的差异性、非确定性和它者性的可能空间。求助于文学作品的复杂性和不确定性，巴特勒并不是简单地将文学虚构形象引述为一个做出某种选择或提出一些要求的代理，而是以《安提戈涅》为例，阐明一种像文学作品一样复杂的相互依存的有关家庭和人的伦理—政治理论。巴特勒通过考察文学作品中关于人类生存的非常态状态，把文学作为批评的动力和场域，从修辞学和语义学角度，解读非人生存状况。巴特勒在思考中始终贯穿了一条关于人学的基本立场：人的脆弱性。本章论述了巴特勒如何将意识形态批判纳入文学批评，并致力于恢复"被排斥的社会（人类）领域"在"文化"殿堂中应有的声音。

本书最后总结了性别批评的理论特质，并给出了个人思考。

第一章

何谓性别？

第一节 界定的难题

在"女性文学""女性写作""女性主义文学"和"女性意识"之中，都含有"女性"两个字，"女性"是解说的关键，但是其中的"性"又是重中之重。这里的"性"是"性别"(gender)之意，那么何谓性别？美国女性主义者认为性别分为自然(生理)性别(sex)和社会(文化)性别(gender)。自然(生理)性别是指婴儿出生后从解剖学角度来证实的男性或女性，而社会(文化)性别是从社会文化中形塑成为男/女的特征。社会性别的界定和性别理论产生于在20世纪60年代以降的西方第二波女权运动，而早在20世纪40年代，法国女权主义者西蒙·德·波伏娃在《第二性》中明确提出了"女人不是天生的，而是养成的"著名论断。可以看出波伏娃对自然性别与社会性别的不同意味有所体察。至今,社会性别已经成为当今国际学术界的常识性概念。Gender本是一个语法概念,在某些语言中表示词的阴阳性,美国女性主义者借用这个词来表示社会性别,现在它已成为西方女性主义的核心概念,广泛应用于人类学、社会学、历史学和文化学等学科的女性研究中。

与性别相关的文学批评概念中,"女性文学"则是一个备受争议的概念。就女性文学的概念而言,女性文学有广狭义之分,广义的女性文学是指女作家的一切创作;狭义的女性文学则指女作家创作的富于女性意识的文学文本,可以称之为"女性主义文学"。这种定义20世纪80年代就已经提出,只是论述没有后者那么深入。再有一点,持广义女性文学标准的人已经不多了。大家都倾向于操持西方女性主义批评的理论观点,在女作家文本中发现和挖掘女性意识。另一方面,主流批评理论界对女性文学研究基本是持一种漠视态度,参加女性文学研究的男性学者人数极少,"某种看不见也说不出的以宽容面目出现的性别歧视"随处可见。女性文学从它产生的那天起,就处在一种艰难的境地中。数千年的文化积淀形成的传统重压是造成困境的最主要原因,但是我们对"女性文学"的认识是否有问题?这种局面的形成与我们对"女性文学"的认识是否过于狭窄有关吗?

笔者认为有必要对"女性文学"进行再检视。"女性文学"由"女性"和"文学"两个词构成。"文学"的本质是什么?是整个文学理论要解决的基本的中心问题。以当代美国学者艾布拉姆斯在《镜与灯》中提出的艺术四要素理论看,文学可以理解为一种以作品为中心,而与世界(自然、社会生活)、作者、读者相联系的活动。这种活动中有两个环节非常重要,一是作家的创作,一是读者的接受。作家从社会生活中受到某种触动、感应后经过自己主体情思的灌注,并将其变为一种物化形态——文本,读者经过对文本的阅读接受,才能完成文学作品的实现,读者的阅读感受又融入社会生活,反馈给作家。文学活动就是这样一个周而复始的循环过程。作家的创作我们一般是肯定的,而读者的接受则相对不那么重视,其实,研究者、批评者正是接受者中的一部分,是其中的

第一章 何谓性别？

高级读者。因而，说到女性文学时，我们应该知道它其实包含着创作实践和理论研究两个层面。只是文学活动以作品为中心，一般人已经习惯了"文学"就是文学作品、文学创作。所以，谈到"女性文学""妇女文学"和"女性主义文学"时，才出现了将其命名为女性作家的创作的格局。

用社会性别理论来看我们以往对"女性文学"概念的解说，存在的问题便一目了然了。把一切女性作家的创作均拉到"女性文学"麾下，显然只是从创作主体的自然性别出发来考虑问题。这样做势必又会走入狭隘的死胡同，这种弊端我国当代文学评论界已有论者论及。正如英国女性主义批评家罗瑟琳·科渥德（Rosalind Coward）所说："如果只因一本书将妇女的体验放在中心地位，就认为它具有女性主义的兴趣，这将陷入极大的误区。"[①]的确，女性作者或多或少摆脱了为男性写作的理念，对男性文化中的理性色彩的摈弃，使得她们的小说在某种意义上更具有女性风格。但是她们在语言和思想上还留有男权社会的印记，为此缩小范围，"女性文学"只把具有女性意识的女性作家创作算作真正的女性文学，并把它称为"女性主义文学"。在我国当代评论界，已经有不少论者论述过有的女性作家的作品在配合男权文化传统的复归；在现实社会生活中，很多女性也把男性对女性的要求，内化为自己的追求，对自己所受的压迫没有意识或麻木不仁。这样的女性能说她的性别意识正确吗？

笔者认为，应以"性别文学"来置换"女性主义文学"，"性别文学"的提法比"女性主义文学"更为妥当。女性文学、女性文化的提出只是一种策略，远景将是用性别文学来置换女性文学。女性文学研究应超越"女性文学"的狭隘界定，有效地吸纳文化研究和社会身份研究的理论观点与方法，逐渐转向广泛的性别问题研究。笔者认为应该重新定义"女性主义文学"（指的是前述我国学者文章中使用的，而非西方女性主义文学批评理论）的提法，代之以"性别文学"，而保留"女性主义文学"。

[①] 罗瑟琳·科渥德：《妇女小说是女性主义的小说吗》，《当代女性主义文学批评》，张京媛主编，北京：北京大学出版社，1992年，第76—77页。

美国性别批评理论研究

"性别文学"与"女性主义文学"是并存的。"女性主义文学"以女性作家的创作、作品为研究对象,挖掘女性作家的文学传统,探寻女性作家创作、作品不同于男性的审美特征。"性别文学"的研究对象则是文学创作、作品中的社会性别问题,不管作品的作者是男性还是女性。它主要以社会性别理论为视角、方法,对文学中存在的社会性别权利关系进行清理,树立正确的性别意识。

我们反对生物决定论,但也应确认女性作家创作的传统和特征是存在的。正如本研究的中心人物之一,肖尔沃特曾论及女性主义文学批评的几个发展阶段,其中"女性主义批评的第二阶段,在于发现了女作家拥有一个她们自己的文学,其历史和主题的连贯性以及艺术的重要性一直被那些主宰我们文化的父权价值观念所淹没着"。① 肖尔沃特由此提出了"女性美学"的概念,她认为,女性美学推崇"妇女自己的语言",由特殊的女性心理而形成的文学风格和形式。本书的第一章到第四章保留女性主义文学批评的提法,并以肖沃尔特的女性美学观为中心展开论述,因为这一时期的美国性别批评理论的核心任务聚焦于甄别一份美国女性作家"她们自己的文学"遗产,挖掘文学作品中的性别意蕴成为批评家们努力建构的女性美学的动力。因此,在概念的使用上本书的第一章到第四章沿用和保留肖沃尔特提出的"女性批评"的概念,这也是她对美国性别批评理论的最重要的贡献之一。第五章作为性别批评理论的"中转站",本书将女性批评的矛头延伸至性别文化领域,之所以是一种延伸,是因为"女性批评"在 80 年代末意识到对文学的性别权力关系的检视走入一个二元对立的误区,如果一味强调两性的差别,将导致批评的母系霸权的误区,更何况在美国这样一个拥有"马赛克"式多元文化渊源的移民国家,用"女性"归一为与男性对立的另一个极端必然招致诟病。正如肖沃尔特在总结女性批评的第三阶段——女性主义文学理论兴起时,提出的"女性批评"(又译为"妇女批

---

① Showalter, Elaine, "The Feminist Critical Revolution", *New Feminist Criticism*, edited by Showalter, New York: Pantheon, 1985, p.12.

第一章　何谓性别？

评")已经将性别批评简约化为不容的两级。肖沃尔特之后的美国批判型知识分子朱迪斯·巴特勒从后结构主义理论那里提取了哲学式论辩的思想种子,制造了"性别麻烦",用消解性别的介入策略,解构性别文学的两级,在抹除差别和演绎差别的夹缝中为规制之外的性别正言,为性别批评向未来开放提供理论支持。在美国,如前所述,性别批评带有很强的历史渊源和批评实践,美国在世界范围内是把性别批评与妇女意识的觉醒和女权运动的开展进行得最为深入和影响最为深远的国家之一,因此,寻找美国性别批评的出发点,回溯20世纪40年代以后的历史事件成为本书必不可少的一个历史契机和论述的支撑点。

第二节　历史前提

女性主义[①],作为富有政治实践性、性别批评意识和文化批判色彩

[①] Feminism一词,最早出现在法国,意思是"妇女解放"。五四运动时,传到中国,译作"女权主义"。关于英文的Feminism是翻译成"女权主义"还是"女性主义"问题,张京媛在《当代女性主义文学批评》一书中做过清晰的阐述。张京媛认为,女权主义和女性主义这两个词的翻译方法"反映了妇女争取解放运动的两个时期。早期女权主义者政治斗争集中于为妇女赢得基本权利和使她们获得男人已经获得了的完整的主体"(1992年版,第4页)。在这个意义上,译为"女权主义",即妇女为争取平等权利而进行的斗争。"女性主义"一词则强调性别。通过强调性别,进入了后结构主义的性别理论时代。但是,也有学者认为"女权主义"的译法更准确。王宏维在《女权主义与女性主义有什么区别吗?》一文中分析说:"当下,女性主义显然比女权主义沿用得更多,或许是因为前者未出现'权'这个字眼,对于看或听的人可能会显得更加平和一点儿,以免引发'女权'向男人'夺权'的联想。但是严格说来,女权主义的译法无疑是更加准确的。因为尽管世界范围内的女权运动、女性主义思潮五花八门,有一点却是共同的,即其根本宗旨就是争取并实现男女两性在各方面拥有平等权利。"(2006年4月7日《南方日报》)。笔者认为,根据女性主义者针对不同社会时期的女性处境提出不同的议题,在论及历史上的两次妇女运动浪潮时,采用"女权主义"译法,为的是保留这两个阶段的女性对政治权力和经济独立的诉求,体现以女性经验为来源与动机的社会理论和政治运动。但是,作为女权主义在性属研究、文学批评和理论领域的延伸,Feminist Theory或Feminist Literary Theory更多地强调的是从性别立场对文学艺术的创造和理论建构的研究。"女权主义"和"女性主义"并没有本质的区别,而是认识的加深。并且近十年国内的妇女研究、性属研究和有关性别的文学研究和文艺理论研究,都倾向于使用"女性主义""女性主义批评"或"女性主义文论"等译法。因而,本书绝大多数语域沿用"女性主义"译法。

的一支文学批评理论，走进20世纪西方批评话语视域。女性主义在西方世界的兴起是建立在妇女长期对自身境遇进行文化反思的基础之上。一方面，轰轰烈烈的西方妇女解放运动及其理论成果，为女性主义批评和理论的建构积淀了丰富的历史文化前提。另一方面，妇女文学传统的滋养以及20世纪妇女文学研究的热潮，同样为女性主义批评的发展提供了深厚的文学基础。美国作为发起妇女解放运动的最早参与国之一，极大地受到本国实证主义思想传统的影响，十分看重干预社会的具体实践。女权运动，溯其源头，可以追溯到启蒙运动的影响。18世纪法国哲学家、革命家孔多赛"男女皆能完善自身"的进步观点揭开了人类历史上妇女解放的漫长革命。1789年，法国的一支进军凡尔赛的妇女兵团发出第一声"男女同权"的呐喊。奥林普·德·吉日的《女权宣言》成为日后影响英国女作家玛丽·沃斯通克拉夫特（Mary Wollstonecraft）反思妇女生存状况的契机。1792年，《女权辩护：关于政治和道德问题的批评》(*A Vindication of the Rights of Woman: With Strictures on Political and Moral Subjects*，下文简称《女权》)一部检视女性品质弱点，揭露造成女性卑下的教育制度和习俗观念，呼吁男女享有同等教育权、工作权和政治权的女权主义经典文献问世。沃斯通克拉夫特的远见卓识不仅在当时惊世骇俗，时至今日，作为争取妇女权利事业的奠基人，她的主张仍激励着世界范围内的妇女为改变自身处境提供智力支援和精神力量。但令人遗憾的是，此后的100多年，各国的妇女争取平等权利的路并不平坦。1848年，美国女权大会才第一次声讨妇女受歧视的社会弊病。在第一次世界大战期间（20世纪20年代初），美国妇女的选举权才被明确写入宪法的第19号修正案。1870年，英国妇女仅仅取得财产权，1928年才获得选举权；法国妇女直到1944年才被获准参加选举。

　　虽然各国的女权运动有着共同的主旨，但作为女权运动"女儿"之一的女性主义文学批评的历史进程却不尽相同。如果说法国的妇女运动趋向于从理论上探索男女不平等的文化和心理根源，并以一种否定现实、建构亚马逊女战士的乌托邦的姿态出场,美国的妇女运动则表现出具有干预社会的具体实践。轰轰烈烈的第二次美国女权运动浪潮和大量妇女文学作品的涌现和理论研究的热潮,尤为显著地推动了女性主义文学批评的发展。此外,美国高等院校妇女课程的开设、妇女问题研究机构的设置,以及19-20世纪英美女性文学研究热潮,进一步滋养了女性主义文学批评的繁荣,而女性主义的学术阵地的创建与学院派研究学者的联袂,也使得美国女性主义文学批评成为西方女性主义理论的重要声音。

一般认为始于20世纪60年代末女权运动的第二次浪潮是滋养女性主义文学批评的政治土壤。1920年以后出生的美国妇女已经将女权运动视为历史,铭刻在自己的记忆深处。60年代末标榜争取公民权、反对种族歧视和反战旗帜的妇女解放运动,使得女性从幸福的家庭主妇"集中营"闯了出去。不多日,全国范围内形成了无以计数的妇女团体和组织,当中的一支自主游说团——全国妇女组织(NOW),至今仍活跃在女权运动前线。① 除了大大小小的组织和团体,女性学者和作家也参与了这场运动。70年代初,美国女性主义批评经历了所谓"文化女性主义"激进的分离阶段。这个阶段实际上具有自我定义和巩固女性主义团体的政治意义。其中,论及妇女解放和女权主义批评最有影响的著作当属贝蒂·弗里丹(Betty Friddan)的《女性的奥秘》(1963)和凯特·米利特(Kate Millet)的《性别政治》(1970)。贝蒂·弗里丹用访谈的方式进行了广泛的调查,她发现女人们在探求"适合女性的身份"的过程中,羞于承认自己的不满足感。而贝蒂·弗里丹则从一些被妇女视为理所当然的老问题(如性冷淡、生育抑郁症、因感情破裂而自杀、绝经期危机等)中观察到了新的侧面——女性在舒适的"集中营"中失去了

---

① NOW(The National Organization for Women)是美国最大的女权活动家组织。成立于1966年,目前有50多万核心会员。这个组织之所以有相当大的影响力是因为它在50个州的500多个地方和高校设有分支机构,所有的行动和立场均有纲领和指南,不和任何一方妥协,通常走在时代前列。该组织口号"行动起来"为所有妇女争取平等。

自我。这本在西方被誉为妇女"圣经"的书籍,在传统女权运动成果的基础之上,更深层次地表达了解放女性的声音,可以说,很大程度上促进了新一代美国妇女的觉醒,极大地推动了美国妇女解放运动的发展。

如果说弗里丹用记者采访报道的形式开启了女性性征奥秘的探讨,以及受其影响而成长起来的女性所产生的作用,那么米利特则以"个人即政治"①思想作为分析问题的逻辑起点,以女性个体生活经验为基础,将考察两性之间的支配和从属关系写进了《性别政治》。这本书改变了60—70年代忽视文化背景和历史元素的"新批评"封闭式的批评方式,广泛征引历史、文化和文学文本例证,观照妇女解放运动的始末,深度剖析1830—1930年间这段被她称为"性别革命"的百年中,妇女为争取选举权所进行的"改革"(并非革命性)运动的疏漏。她认为选举权只是立法改革中的一种表面革新,只是让父权制立法系统蒙受"较轻微的羞辱",性别"社会化"的一整套编制完美的程序"毫发无损"。她提出了"性别革命"的政治主张:"社会态度和社会结构的变革、人格和制度的变革。"②当年的《时代周刊》这样评论:"(《性别政治》)是美国女性主义批评之母,它将两性之战从19世纪的卧室闹剧转换成残酷的游击战事。"③

美国高校妇女研究学的兴起和发展既是女权主义第二次浪潮的产物之一,也是女权主义的"学院臂膀"。1970年,美国女权主义者中的学者/行动家们,在女权主义理论的影响下,在大学建立妇女研究机构,同时开创妇女学课程。④ 之后三十多年的发展令人始料不及。从最初带

---

① 这个口号最初是被用来强调妇女每天的现实生活是由政治形成并且必然是政治性的,之后,它逐渐成为一种手段,使得妇女从受歧视、剥削或者压迫的经历看到最巧妙的并已经制度化的"男支女配"的内部殖民体系是造成性压迫的意识形态和父权制的根源。其目的是为了提高妇女的政治觉悟。
② 凯特·米利特:《性政治》,宋文伟译,南京:江苏人民出版社,1999年,第108—109页。
③ 转引自 Todd, Janet, *Feminist Literary History: A Defense*, Oxford: Basil Blackwell Ltd., 1988, p.2.
④ 美国高校第一个妇女研究所在加利福尼亚圣地亚哥州立大学成立。

第一章 何谓性别？

有强烈的政治敏锐性的"提高觉悟小组"发展到参与政策决策和影响社会文化的全美700多个妇女研究系所；从参与妇女研究建设的学者，发展到以"参与民主"为哲学基础的女性主义教学法的学科建设者；从课堂上学生反思和批判自己的性别、种族、国别和年龄的政治立场，扩展到课堂之外参与社会工作，帮助和改变妇女地位的行动研究。妇女研究学科就是在这些思想和教学事件中诞生成长，并逐步形成高等教育中的一个特殊的学院领域。先驱者们的理想，制定的教育哲学基础，都对30年来的妇女研究系所的建设有决定意义，也对美国社会产生巨大的影响。目前美国社会中提倡的多元文化，都是从妇女研究学开始的。妇女研究学对美国的社会文化改变具有重要的、决定性的作用。不了解女权主义的人，很难理解美国是如何走到今天。

妇女研究学对美国高等教育产生了根本的影响，这种影响可以说是深入到大学的方方面面。它改变的不仅是教学理念，而且改变了教学课程。1820年之前，传授内容主要是古典文学和哲学，诸如希腊语、拉丁文和圣经等，以及为数甚少也极为浅显的科学。虽然古典文学和哲学，对美国的"建国之父"那代人产生了很大的影响，但是，100多年之后，继续这种教育已不能适应新的社会现实的需要。到1870年左右，美国上下，从学生到公众人物，都纷纷要求改革教育内容，要求教育包括现代语言与科学。正是这种教育与现实的关系，使得美国的教育内容一直处于一种不断更新的过程。"文学中的妇女形象""性别角色的社会学""美国妇女历史"等应运而生，成为妇女研究学的核心课程。

妇女研究的发展与应用女性主义理论进行学术研究是同步进行的。那么妇女研究学对女性主义文学批评研究有何影响？两者之间发生什么样的关联？研究的焦点是否有交集，又呈现怎样的不同？正如肖沃尔特所看到的：

> 有关不同国家的女性主义批评演进区别的考察方法之一是研究一个国家的妇女运动和政治／文化左翼观点有何关联，是否经历了一个分离主义阶段……在妇女研究课程和项目影响力相对强大

的高等学府中,诸如美国、加拿大等,妇女文学理论和历史的研究……十分活跃。主要表现在女性主义批评和当代妇女写作、经济界、评论界和妇女著说得以出版的学术支持。①

美国高校的文学理论研究把"妇女经验"作为主题,学者们通常从两个相关的方面来入手。一些学者关注女性不同于男性的历史、文化、工作和习惯。他们的研究对象关注于女性、女性文学、女性历史、女性心理学等等。另外一些学者则把重点放在多元的 20 世纪文学批评理论和女性主义文学批评的多元性上。"新批评"的文本局限、接受美学和读者反应论的广泛接受、结构主义和后结构主义的理论发展、新精神分析理论的应用、文化研究领域的女性主义批评等。与其说上述理论给女性主义文学批评提供了理论土壤,不如说,女性主义文学批评在矫正其他理论性别盲点的同时,也打开了理论研究的新视野,不仅仅是带来何种效果。

妇女研究学建立之后,学术研究、评论和学术出版机构,使得高校从事妇女研究的学者拥有交流和提高的机会。多家女性出版社和十几种学术刊物相继建立和出版,美国现代语言协会(MLA)的创建(1970)进一步推动女性主义理论学术的发展,1972 年,福劳润·斯豪,保罗·劳特等创办了女性主义出版社,并发行了学术交流的信息刊物,《妇女研究季刊》(Women's Studies Quarterly),成为妇女研究中最主要的刊物。同年,另外两个杂志《女权主义研究》(Feminist Studies)和《妇女研究》(Women's Studies)也相继创刊。1975 年,《符号》(Signs)杂志创刊,所有这些跨学科杂志成为 30 年来女性主义者理论声讨的阵地,也是女性主义批评与其他批评理论和学科不断互动的场域。反过来,美国女性主义批评给"经典"阅读书目和课程设置带来的思考,也影响着美国学术和学科的发展,尤其是黑人和同性爱的女性主义批评研究,这

---

① Showalter, Elaine, "Feminism and Literature", *Literary Theory Today*, edited by Peter Collier and Helga Geyer-Ryan, Cambridge: Polity Press, 1990, p.181.

些研究已经参与到妇女学研究、性属理论研究、两性研究等通识课程的研究。

第三节 文学积淀

女权运动第二次浪潮的诸多实践经验和理论成果不仅促使妇女文学研究课程在大学开设,而且为女性主义文学批评奠定了坚实的历史文化基础。第二次世界大战后,作为女权运动在文学批评领域的学术延伸,女性主义批评逐步兴起。批评家站在女性读者的位置上,用属于女性自己的眼光和嗅觉重新阐释以往作品,论述文学作品对妇女的描写,并加深文学理论探讨的深度和广度。西蒙娜·德·波伏娃对男性作家笔下女性形象的讨论可以算作是女性主义文学批评的先声。《第二性》(1949)中除了揭示性别的人为塑型色彩和探讨一系列"男支女配"的文化现象外①,还从五个男作家文本中检视由男性幻想制造出的"女人神话"。这本著作的问世对20世纪后半期的几代妇女产生了不可估量的影响。它甚至成为美国女权运动第二次浪潮的"思想指南",其中波伏娃对男性作品中女性形象的描述,直接引发了60—70年代美国文坛对男性文本中清算"妇女形象批评"的高潮。和波伏娃一样,美国女性主义批评家先驱玛丽·艾尔曼(Mary Ellmann)在《想想妇女》(1968)一书中悉数当代(1950—1960年)小说中10种女性性征的偏见。② 她用迂回和讽刺的论调拆解这些被戏剧化的妇女形象背后的性别类比逻辑。如女人的身体被预设为"柔软"和"圆润",那么对应的女性性征就应当是"柔软的身体,柔性的思想……头脑中,一切都是流动

---

① 波伏娃在探讨妇女在社会和文化中的地位时,认为人性就是男人的人性,男人定义女人不是从女人的本性出发,而是从与男人发生什么样的联系定义女人。

② 这十种性征是:无形、不稳定、禁闭、虔诚、物质、精神、非理性和顺从,以及两个"无法摆脱的"类型:泼妇和巫婆。

和下陷的,坚固的地面是男性性征,而大海是女性性征"。① 艾尔曼从这些女性性征偏见出发,提出了"菲勒斯批评"原型的观点。她从文学文本中找到女性本质和文化间的线索:生物学意义上的生理性别(sex)和取决于社会规范的行为意义上的性属(gender)。她的这本著作也是美国女性主义批评在80年代后期兴起的性属研究中较早的尝试。用珍妮特·托德(Janet Todd)的话说,这部女性主义文学批评的最初呐喊"找到了一种女性表达风格,而非对具体经验的选择,并且她看到这种风格提供了用来拆解男性评判标准的具有颠覆性的不同视角"。②

一旦"风格"形成,女性主义文学批评家便开始赋予文学文本性别化阅读一系列尝试。凯特·米利特的影响最为瞩目。《性别政治》中第三部分"性别在文学中的反映"成为惊世骇俗的言论。书中她对三个男性诺曼·梅勒(Norman Mailer)、亨利·米勒(Henry Miller)和让·热内(Jean Genet)小说中的性行为描写的论述和对这些场景中男性作家厌恶的女性形象的提炼,令人拍手称快。波伏娃把权力和政治的概念转接到两性之间的权力斗争这样私密和个人的空间,揭示个人的活动和控制外部世界的隐形规则。这部讨伐两性关系的政治宣言,第一次把社会和历史互文本放入文学文本的研究中,这在当时以"新批评"为主导的文学批评界是难以接受的。但如陶丽·莫伊(Toril Moi)看到的:"历史和文化互文本必须作为恰当理解文学作品的研究要素,这个出发点也是所有后来的女性主义批评家的共识。"③

进入70年代,随着与妇女研究相关的800多门课程进入高校课堂,"为提高女性意识而阅读"的文集在批评界出现。如1973年,由玛丽·安·弗格森(Mary Anne Ferguson)编著的《文学中的妇女形象》

---

① Ellmann, Mary, *Thinking About Women*, New York: Harvest Book, 1968, p.74.
② Todd, Janet, *Feminist Literary History: A Defence*, Oxford: Basil Blackwell Ltd., 1988, p.21.
③ Moi, Toril, *Sexual/Textual Politics: Feminist Literary Theory*, New York & London: Routledge, 1985, p.24.

第一章 何谓性别?

(*Images of Women in Literature*)共收入 36 篇作品,引发关于文学作品中妇女形象和妇女"原型"话题的论战。弗格森归纳出贤顺之妻、温良之母、强悍妇人、淫荡妓女、男人玩物、老处女、新女性等固定"形象",并按女人的性征和类型得出天使、女神、巫婆、狐狸精等"原型角色"。弗格森的女性"审查"不仅为处于男权文化中的女性树立了一面自省的"镜子",更重要的是提供了一份重新审视集子中作品的框架和甄别男权文化中"厌女情结"的批评范例。另外一部女性主义批评文集《经验的权威:女性主义批评文集》(*The Authority of Experience: Essays in Feminist Criticism*, edited by Arlyn Diamond and Lee R. Edwards, 1977),转换了妇女形象批评的笔锋,不再满足于对作者描述技巧和某部作品的观点,取而代之,转为衡量文学现实和历史/个人感受现实的差别。这本书的贡献在于调整了读者的阅读预期,重新解读如乔叟、莎士比亚、多罗西·莱辛、凯特·肖邦等作家作品。让读者在阅读文学作品中所建构的自我意识和在生活中被认可的角色之间建立联系。这本论文集使得一直被贬低和忽略的女性作家作品,如凯瑟琳·安·波特、肖邦和印第安裔女性文学文本,获得在"经典"批评等级中同样重要的一席。

美国文坛最为敏感的"经典"问题,也成为女性主义批评家诟病的中心。许多妇女作家和作品成为经典,被选入必读教科书和经典著作的选读中。美国女性主义批评家吉尔伯特和古芭合编的《诺顿妇女文学选集》(*The Norton Anthology of Literature by Women*)于1985年出版,这部女性作品集的巨著(2457页),收入的作家作品之多,年代之全,迄今未见超过。在塑造"女性自我意识"、将女性文学纳入英美文学的"经典"等方面,意义非凡。① 《诺顿妇女文学选集》把女性的写作历史

---

① 诺顿出的大型选集主要有《英国文学》(上、下,1962年初版)、《美国文学》(上、下,1979年初版)、《世界名著》(上、下,1956年初版),这些均以历史的眼光,按年代顺序排,可以算作"经典"的体现。还有按文类或"文类"编集的,如诗歌、短篇小说、散文、文学入门。为便于教学,还配有教师用书、课堂指南等等。

作为一条线索，进行梳理和评述。这种叙述虽然带有"修正"的痕迹，但书中精心勾勒出带有"女性经验"的集体书写轨迹，体现了性别"差异"的女性论说模式①：作为"女人"的特有"经验"促成了女性的自我意识、欲念和气质的形成。女人作为父权制文化中不同于男性的性别整体，不仅拥有大致相同的生理、心理经历，而且社会文化地位相似，都受到男权的禁锢和压抑，于是作品中就有共通的主题、情感、态度、手法和文学意象。当然，女性的自我意识的形成、发展的历史过程并非完全一致，也存在阶级、种族、文化等方方面面的差异，但是作为母女相继、姐妹抱团的女性创作却似一个整体，独立于"经典"的主流文学之外，加之"女儿身"的独特经验本身不同于男性，有着不可通约性，自然女性文本不必依附男性标准，而应该有自己的评判标准。《诺顿妇女文学选集》的出版，说明对女性创作的研究已经几近规模。妇女文学能够被选入这本文集并成为"经典"足以证明女性文学创作的价值，它的魅力"在于通过筛选而形成强烈的文本互涉性，它使几百年间的女作家的作品凝聚成一股势力，一种合力，凸现出编者想让我们看到的意义"。② 就连丛书的主编，美国康奈尔大学英语系 M.H. 艾布拉姆斯教授也因此承认自己对妇女文学的"无视"。虽然在《英国文学选集》(第五版)③中收录的女性作家的数量比例并不高(10位)，但"从无到有"的质变足以说明《诺顿妇女文学选集》的影响，女作家由"隐"到"显"的出现，使得女性正当地走进英美文学的"经典"之列。

同时，这一时期女权主义书目的热销，在一定意义上也有助于女权思想的传播，并促成女性读者群的扩大和女性主义意识的觉醒，并"强

---

① 强调女人(女作家、女主人公、女批评家)作为女儿、妻子、母亲的经验，如青春期、出嫁、生养、哺育、进入老年、死亡等等。以上过程之所以特殊，是因为女人有月经初潮至闭经的行经经历。

② 韩敏中：《她们无"女书"：〈诺顿妇女文学选集〉及其他》，《外国文学评论》[J]，1995年第3期，第124页。

③ 1986年出版，比《诺顿妇女文学选集》晚一年。

有力地渗透和影响着女性主义政治"。① 当中艾瑞克·琼(Erica Jong)的《怕飞》(*Fear of Flying*,1973)、丽塔·马克·布朗(Rita Mac Brown)的《红宝石水果丛林》(*Rubyfruit Jungle*,1973)、玛丽莲·弗兰奇(Marilyn French)的《女人们的房间》(*The Women's Room*,1977)成为女性读者的枕边书。美国黑人女作家托尼·莫里森(Toni Morrison)的《最蓝的眼睛》(*The Bluest Eyes*,1970)和《苏拉》(*Sula*,1973),艾丽斯·沃克(Alice Walker)的《紫色》(*The Colour Purple*,1982)等优秀黑人女性作家的著作探索了黑人的历史、命运与精神世界,揭示在种族和性别双重压迫下女性心灵上留下的烙印。美国女作家和评论家艾德里安娜·里奇(Adrienne Rich)曾把《紫色》看作代表黑人女性主义与女同性爱的女性话语的最杰出的文本。而莫里森也成为历史上唯一一位黑人女性诺贝尔奖的得主(1993)。妇女文学提供了大量的由女性作者创作,真实表达女性生活体验、情感经历的文本。它们的传播和广泛的研读,丰富和加深了妇女对女性本质的体认,为研究女性文学的历史、传统和美学特征、反思文学观点、批评标准的合理性提供了丰富的一手阅读材料和阅读经验。

本章论述了两次女权运动给女性主义学说的崛起积累了诸多实践经验与理论成果。而女性主义文学批评本身就是女权主义运动在文学和出版界的延伸。妇女文学文本的繁荣不仅表达真实女性生活体验,而且彰显了女性情感与欲望。这些文本丰富和加深了对女性自身本质的认识。同时,对文本的性别化处理为进一步研究女性文学的历史、传统和美学特征,反思经典文学观点、标准确立的合理性,以及重新评价与解读文学史,提供了最为丰厚的文学资源。女性主义批评正是扎根在这些丰腴的妇女文学土壤中,并适应文学艺术发展的内在需要而产生的。

---

① Newton, Judith Lowder, and Deborah Silverton Rosenfelt, "Introduction", *Feminist Criticism and Social Change: Sex, Class and Race in Literature and Culture*, New York and London: Methuen, 1985, p. xxvi.

第二章

"女性批评":从肖沃尔特谈起

女性主义批评假定:"所有的写作都打上性别的烙印。"①基于不同的性别经验和心理因素,作家会把他/她的性别观念有意无意投影在文学文本上,这些性别观点和固有形象给文学文本打上了性别烙印并赋予不同的性别内涵。由此,广义上讲,女性主义文学批评正是以批评的性别缺场问题进入 20 世纪 70 年代的女性主义论争。它以性别和性别差异为出发点,考察女性文学历史上被压抑的女性声音、被藏匿的妇女经历和被忽略的妇女所关心的问题,而以文学文本分析作为切入点的女性主义文学批评对于阐释女性主义文学史和表达"至关重要"。② 伊

---

① Showalter, Elaine, "Feminism and Literature", *Literary Theory Today*, edited by Collier, Peter and Helga Geyer-ryan, Cambridge: Polity Press, 1990, p. 190.

② Showalter, Elaine, "Feminist Critical Revolution", *New Feminist Criticism*, edited by Showalter, New York: Pantheon, 1985, p. 5.

第二章 "女性批评":从肖沃尔特谈起

莲·肖沃尔特本人就是带着对性别意识的关怀和思考,进入文学遗产中性别文化身份的清理和考察的。

然而,在女性主义文学批评还没有浮出地表之时,肖沃尔特形单影只的探索异常艰难。1968年,在加州大学戴维斯分校期间,她以"少数派"访问学者的身份赴英国进行狭隘、古怪、无前途的维多利亚妇女小说家的双重批评标准的研究。肖沃尔特先期思考的目标是要寻找一种新的阅读方式,一种能把妇女的智力和经验、理性与痛苦、怀疑和幻想凝聚在一起的新的语言。她提出的问题是:女性是如何被界定的?我们应该如何重新界定自己?性别关系、两性的权力斗争何以在文本的政治中呈现?将女性纳入历史文本又如何改变以往的性别预设机制?性别歧视如何制约妇女的写作?女性文学是否拥有自己的文学类型、主题、意象、隐喻和情节特征?在文学流通和消费领域中,男性文本所塑造的女性形象如何被传播?女性又是如何被诱导,被压抑后进入"男性崇拜"和否定身体物质的符号系统的?文学的标准和传统旨趣是什么?谁制定的标准,为谁服务?体现文本中的两性关系如何体现价值观和文化内涵?

在进入男性即父子君臣的文化符号结构之前,肖沃尔特的上述思考并不是无中生有,凭空杜撰的。在女性批评学说体系的形成之初,她亲身参与和体验女权运动第二次浪潮;耳濡目染学院派女性主义批评的呐喊之声和英国维多利亚女性作家文学文本研究的热潮,这些都成为肖沃尔特在女性主义批评还是一片"荒野"时,看到的可以燎原的"理论"阵地的星星之火。

第一节 剥离性别:女性方言的文本化

作为女权运动第二次浪潮的学术延伸,女性主义批评的浮出是以捍卫小说是一种受人尊重的文学形式,强调性别和文类的联系以及恢复女性读者的阅读"合适性"为目标而进入学界的视野。作为一个分离的批评场域,20世纪60年代末的女性主义文学批评则是以提高政治的自我觉悟和女性意识的特征区别于先前女性主义批评。弗里丹的《女性奥秘》最先唤醒了美国白人中产阶级家庭主妇的女性主义意识。她们意识到自身被工作和公共生活排除在外的现实,由此觉悟自我的家庭自闭实际上就是维系父权社会性别不平等的同谋,"提高她们的觉悟"成为当时女性主义批评识别文化和文学中性别歧视现象的政治诉求。反映在文学上,最有影响的"提高觉悟"阅读书目是玛丽·艾尔曼(Mary Ellemann)所著的《想想妇女》和米利特的《性别政治》。两者都把文学看作男性权力的文本体现和使两性关系固定下来的社会化工具。艾尔曼认为西方文化各个层次上充斥着一种"性别类比"(thought by sexual analogy)的思维习惯,即人们习惯于以男性性征或女性性征对人的行为和社会现象等进行分类。文学上她从男性作家笔下的妇女形象和男性批评家笔下的妇女作品中总结出了十种女性模式和两种难以改变的形象(悍妇与巫婆),这十种明确带有歧视的"性别类比"中,我们看到的是一幅被绘制的女性性征的画面——被动、顺从、非理性、不稳定等等。虽然这本书的影响不及米勒特的《性别政治》,然而在《性别政治》出版之后,人们反倒重新关注起这本书来,艾尔曼提出的"菲勒斯批评"也成为70年代后清理男性作品中扭曲女性形象的重要文论之一。相比之下,米利特从"个人的就是政治的"女权运动的政治本质出发,解开局限于政府、选举等传统的公共领域的权力之争,并放大到生物学、社会、文化、意识形态、阶级、教育、人类学、霸权和心理学领域,考察两性权力的不平等例证和根源。米利特认为正如"性别是经常被忽略的政治维度,文学也如此"。[①] 也就是说文学中被忽略的政治维度正是在文本中体现出的男女两性的权力关系。她以几近谩骂的口气攻击劳伦斯、诺曼·米勒、亨利·米勒和让·热内笔下的"厌女"现象。不论

---

① 转引自 *Cambridge Companion to Feminist Literary Theory*, edited by Ellen Rooney, Cambridge: Cambridge University Press, 2006, p.35.

第二章 "女性批评":从肖沃尔特谈起

是学院派还是书评和文化批评界的普通批评家都把米利特的文本作为典范构思各自的文学批评对象,以"文学的就是政治的"姿态加入"拒绝性别压迫"的行动,女性主义文学批评也正是在个人和政治之间寻找一个改变文学机制的契机和渠道。

肯定和寻找一份女性文学传统引发了一种强调女性文学意识的女性审美观念的出现。这种审美观念从女性特殊的心理和生理经验出发,审视一种过去被忽视现在必须恢复的女性文化,审视女性写作的语言、风格和形式等等。正当女性主义批评家努力把女性写作的不同视为女性审美表现,并从中获益和享有一定声望与权威的时候,女性主义批评开始对传统文学批评理论发出挑战。女性主义批评内部也开始注意到女性主义批评的局限性。女性主义批评的"修正""挪用"和"阐释"之路只能是"穿着男人裁错的旧衣服到处游走"——沦为男性传统批评的同谋。正如肖沃尔特所担心的:"女性经验,很容易被湮没而变得沉默,无用,无影无踪地消失在结构主义者的范式和马克思主义者的阶级冲突之中。"[1]"经验"并非等同情感,对"经验权威"[2]的把持会将女性重新归入艾尔曼所警示的十种歧视之一——"非理性"。理性的反抗应该是考虑女性与其他理论之间的联系,从根本上反思文学研究理论的基础,修改基于男性文学经验的有关写作和阅读的理论。女性主义批评家的任务是要"发现一种新的语言,一种能把我们(妇女)的智慧、经验、理性与痛苦、怀疑与幻想综合为一体的新的阅读方式,为它营造一个永远的家"。[3] 这种理论上要求建制的呼声成为女性主义批评和60年代以后兴起的理论思潮对话和交流的开始。现象学、精神分析理论、结构主义、符号学、结构主义、西方马克思主义等等,对女性主义批评在80

---

[1] Showalter, Elaine, "Toward a Feminist Poetics", *New Feminist Criticism*, edited by Showalter, New York: Pantheon, 1985, p.140.

[2] Diamond, Arlyn and Lee R. Edwards eds., *The Authority of Experience: Essays in Feminist Criticism*, Amherst: The University of Massachusetts Press, 1977, p.11.

[3] Ibid., p.142.

年代的多元化发展埋下了伏笔。在诸种批评理论以"科学"标榜自己抢占批评王国里的位置时,女性主义批评显然应该透过女性文本的缝隙寻找历史、人类学、心理学和自身被埋没的信息,从而用确定的女性性征重新确定文学价值标准,展现女性差异。

70年代后期,美国学术界的声讨成为女权运动第二次浪潮的最强音。女性主义批评作为一门学科进入高等院校,并拥有了职业的研究团队和影响深远的期刊和出版商等女性主义声音的阵地。与60年代末发起的检视男性文本中的受压迫和扭曲的"妇女形象"批评不同,70年代,女性主义批评家把斗争的焦点由"男支女配"的性别政治维度,扩展到"女权批判"文本分析上,这为女权运动寻根溯源提供了重要的"性别"前提和"差异"界定。这一时期的女性主义批评聚焦于女性文本特殊的情节设置、人物类型、风格等,以求发现附有性符码的字里行间透露出的女性作家受压抑的恐惧和愤怒的状况,更为重要的是识别妇女的文学创作的连贯性和女性写作的传统,揭露以男性为中心的带有"厌女情结"的文学机制。那么作为作者的女性,为什么要写作?妇女作品是否有固定主题?女性作家在选择写作的文类上和男性作家是否不同?女性人物在女性文本和男性文本中的表现有没有不同?女性作家在形式和风格上如何创新以便提供新的文学性?女性文学如何影响历史和文化进程?父权制文学机制下的女性写作体现哪些焦虑、不满和忿恨?一系列带有女性性别视角的文学研究活动为修正文学思维方式、转换价值判断尺度,乃至改变道德与审美价值提供了可能。

帕特西亚·梅恩·斯帕克斯率先通过对众多女性作家的作品研究和分析,揭示出面对男性中心文化中被消音的女性作家在文字中暗含的对处于低级社会地位的愤怒。斯帕克斯探求到女性作家用以表达愤怒所使用的策略,可以说是"用女性主义语言界定女性作品"的第一人。① 斯

---

① Showalter, Elaine, "Feminism in the wildness", *New Feminist Criticism*, edited by Showalter, New York: Pantheon, 1985, p. 248.

第二章 "女性批评":从肖沃尔特谈起

帕克斯在《女性想象:女性写作的文学与心理研究》(*The Female Imagination:A Literary and Psychological Investigation of Women's Writing*)中描述了父权制中沦为"第二性"的女性经验的文学,出版后立即受到已经具有女性意识的学生的喜欢。斯帕克斯有选择地考察19世纪和20世纪的体现女性想象力的散文中女性经验和意识的浮出,并归纳了英语文学史上一直吸引着女性作家创作的主题。虽然斯帕克斯勾勒出影响妇女创造性写作的自我感知的模式,但没能像书名一样"认同抑或否认"存在一种体现"性别差异的想象力"。[1] 然而,艾伦·摩尔斯(Ellen Moers)则尝试性地把女性作家放在其创作的历史背景中,研究女性写作和女性作家之间产生的影响,并针对男性创作的轨迹,试图建立一种女性文学传统的联系。在《文学妇女:伟大的作家》(*Literary Women:The Great Writers*)中,她明确地把男性和女性所关注的主题区分开来,用带有性别意识的"女性现实主义""女性哥特主义"命名各章,并在书后附有一个"伟大"女性作者的名单。她把女性作家和她们笔下的女性主人公看作女性历史中的功臣,认为"妇女文本为文学史注入了女人的声音"。[2] 另外,对于摩尔斯来讲,女性写作是暗藏在男性传统之下的一股"迅猛和有力"的潜流。她把最著名的女性作家放在一连串名不见经传的女性作者当中,在妇女文本间努力建构意义的联系。例如,简·奥斯丁的小说之所以成为"经典",是因为"她研究和改进大量妇女小说,不论优秀的、平庸的甚或无聊的……奥斯丁对理查森(Richardson)的研究不及对范尼·伯内(Fanny Burney)的考察,与斯塔尔夫人(Mme de Stael)的精神交流远远超过对于她那个年代的任何一个文学男性"。[3] 由此,摩尔斯男性传统身旁平行放置了一份女性传统的影响,并发现了

---

[1] Todd,Janet,*Feminist Literary History:A Defence*,Oxford:Basil Blackwell Ltd.,1988,p.25.

[2] Benstock,Shari etc.,*A Handbook of Literary Feminisms*,Oxford:Oxford University Press,2002,p.156.

[3] Ibid.,p.157.

文学中的女性模式和神话。

　　斯帕克斯和摩尔斯都肯定女性经验直接影响她们所铸就的文学成就。女性不同于男性的生理性别经验决定了女性作家拥有自己的主题、情节和创作风格,因此得出女性作家因性别特征体现出女性特有的感知世界的方式和想象力。带有女性性征的写作和她们的研究方法对后期法国女性主义理论家身体写作产生了不小的影响。但这两部著作也存在同样的缺陷:建立在女性生理经验和文学风格之间的联系,实际上体现了作者的生物决定论的本质主义倾向;著作中所论的"伟大的作家"也只是以男性为中心的文学传统中"公认"的女作家;对作家的史料和人物传记研究的依赖,在一定意义上也忽视了作品的文学性。

　　从建构女性文学史的角度,肖沃尔特比斯帕克斯和摩尔斯走得更远,更有影响。在《她们自己的文学》中肖沃尔特不仅发现了一份被掩埋或是受压抑的女性文学传统,而且赋予它独特的姿态和发展的脉络。肖沃尔特提出了女性写作的"三阶段"论,用断代的方法考察1840年以来发表作品的英国维多利亚文学,除了被主流文学传统认可的"伟大"女性作家外,肖沃尔特对上百名不知名或被掩埋的女性作家的小说、传记、日记和报刊的书评和评论文章等文本进行梳理,从中窥见一斑,得出女性写作从模仿到反抗再到自我发现和内省的三阶段。不论妇女作家们采用何种创作的姿态——或为了求得与主流传统同等的智识成就而内化男性传统标准的写作,还是反抗预设的女性性征写作,抑或是寻求把女性经验作为自主艺术源泉的转向——清晰地展示出线性女性文学传统是如何与男性为主导的价值观和审美意识扭打的风采。这条女性文学史的线索凸显出暗含在西方文学经典的性别政治意图,放之四海而皆准的"文学传统"受到空前的挑战,女性文学传统并不是从来没有,而是有意被掩盖、被忽略,甚至被边缘化。重拾一份女性文学传统表明文学史本身也难逃因作者社会地位和性别劣势的厄运,而沦为社会和文化建构的产物。另外,肖沃尔特从不同阶段的女性写作研究中提出女性亚文化的概念,把女性文学看作文学中的亚文化群体,这一群

第二章 "女性批评":从肖沃尔特谈起

体以共享的女性性别经验为基础,将受制于社会文化中有关生理周期、仪式、礼节、女性情感等等带有性别符码的文化因子聚合起来,作为妇女团结一致和价值观念的基础。正如肖沃尔特所论:"与对男性文学表现出的愤怒和仰望的关注不同,以妇女为中心的批评纲领和学说与其说是想适应男性的模式和理论,不如说是想构建分析女性文学的女性框架,发展基于女性经验的新模式。"①

肖沃尔特建构了一份女性文学传统,重新阐释了女性作家作品,并为"伟大"的女性作家的命名。《她们自己的文学》也直接影响了吉尔伯特和古芭继后创作的一系列以妇女为中心的批评巨著,当中影响最广的是《阁楼上的疯女人:妇女作家和19世纪文学想象》。这部著作采用改写文学史的策略,在批判哈罗德·布鲁姆文学史观中的男性中心色彩的同时,肖沃尔特将布鲁姆的"影响的焦虑"理论改写成"作者身份焦虑",用以推动女性主义批评学说的建构。布鲁姆在弗洛伊德心理学说基础上,提出男性作家在面对前辈的成就时受到被遮蔽的"焦虑",如何走出阴影超越前人成为艺术家与他的文学父辈们在文学上的一场"俄狄浦斯"战争。吉尔伯特和古芭改写"影响焦虑"的范式,用"作者身份焦虑"类推父权文化对女性创作心理机制的影响。她们认为女性艺术家面临双重焦虑,不仅遭受男性文学先驱的威吓,还要经受带有女性性征写作的女人腔的责难。父权文化中,笔就是"隐喻的阳器",传统文学机制中作家的身份就是他的文本"父亲"。一个女人怎能用象征父权制文学标准的"笔"获得女性文学的权力?接着她们检视19世纪文学作品,发现两种截然相反的妇女形象——被动、顺从和无私的"屋中的天使"以及魔鬼一般的"疯女人"。19世纪女性作家采取表里不一和颠覆的应对策略。用艾米莉·狄金森(Emily Dickinson)的诗句来说,一方面女性作家"要说出全部真理",另一方面"又不能直说"。(狄金森,第

---

① Showalter, Elaine, "Toward a Feminist Poetics", *New Feminist Criticism*, edited by Showalter, New York: Pantheon, 1985, p.131.

1129首诗)对于吉尔伯特和古芭来讲女性作家要克服心理焦虑,必须用"天使"的身份表面迎合父权制文化传统,而实际上在文本中颠覆以男性为中心的习俗和惯例。

第二节 修正经典:批评的双重标准

70年代以前,文学经典所确立的"伟大作品"几乎全部是出自男性作家之手。评论界认为文学领域是中性的,经典公允地再现了曾经出版的最佳著作,这里暗指几乎没有女作家。妇女之所以没能获得文学创作的最高荣誉,那是因为"她们很少写作,或者即便写作,她们只不过不像男性那样写作"。① 这里,父权制文化标准被视为俯瞰一切的唯一评价标准,弗吉尼亚·伍尔芙清楚地看到"妇女所谓的价值毫无疑问与男人制定的标准不同,情况自然就是如此,然而,总是男人的价值观占优势"。② 她提到的单一思维的传统批评标准实际上是带有父权制文化渗透乃至强制和潜移默化的结果。写作,对于女作家来讲,不但要面临经济上的困难,空间上家人的横加干扰,更为无奈的是要经受男性作家的"冷眼"甚至"敌意",因为"这个世界对男女作家态度很不一样。它对男人说:你想写就写;这与我无关。它对女人却大声嘲笑:写作?你写作有何用处?"③

为了求得生存和发展,女性作家对待评论家和读者的态度出现了两种情况:一部分女性作家(19世纪初以来)以"迎合"或是"挑衅"的姿态逡巡在"外界权威"对她和她的作品的批评和指责之间。实际上,这部分女性作家已经内化了男性文学标准,"听从他人的意见,而改变了

---

① Rooney, Ellen, *The Cambridge Companion to Feminist Literary Theory*, Cambridge: Cambridge University Press, 2006, p. 326.
② 弗吉尼亚·伍尔芙:《一间自己的房间》,翟世镜译,收于《论小说与小说家》,上海:上海译文出版社,2000年,第132页。
③ 同上书,第111—112页。

第二章 "女性批评":从肖沃尔特谈起

她自己的价值观"。① 另一部分女性作家(维多利亚时期)则采用匿名或男性或中性的笔名把自己暂时隐藏起来,作品一经面世,批评界的文学侦查游戏中默认的性别品评惯性就发生作用。它根据作品中表现出的性别元素为作者贴上性别标签。一旦作品被确认为出自女作家之手,批评的声音马上改弦更张,贬抑和不屑随即就到。夏洛特·勃朗特发表《简·爱》最初用的是中性笔名科勒·贝尔(Koler Bell)。这部作品一经问世,在英国的评论界掀起轰动,为这个作品的"反常规"的情节、人物和结局的设置感到震惊,甚至认为作者会是一个前途无量的青年。但当作品的性别得以确认后,批评界訾议之声四起。乔治·艾略特(George Eliot)也没能幸免,得知《亚当·比德》和《弗洛斯河上的磨坊》出自一位女作家之手,批评界马上把她归入现代女性小说家,建立艾略特作品的性别元素标签档案,类似的作品已经出版,作者性别成为阅读和品评作品的先决条件,"批评家们断定那是一部重要著作是因为它论述到战争,这是一部毫无意义的书因为它描述了客厅里女人的感情"。② 这种所谓客观、公允的文学批评标准,实际是以伟大的男性作家和其创造的不朽作品,如史诗、诗歌、戏剧等文类为例,作为人类文学史的唯一标准,成为菲勒斯批评表象的核心,更为糟糕的是,男性文学标准在维多利亚时期文学评判的惯性影响下作为普遍标准自发地被广为接受,并成为评判文学经典的准则。

"标则"的背后我们看到的是权力的角力,即性别权力在文学视域的博弈。用性标准来衡量一切文学遗产和创作显然有失公允。那么,女性文学传统被排除在外的事实成为肖沃尔特的"女性批评"首先清理的对象。批评出发点便是揭露男女有别的双重文学标准以及改变文学研究领域中"经典"的预设。她的笔端首先探向维多利亚 1845—1880

---

① 弗吉尼亚·伍尔芙:《一间自己的房间》,瞿世镜译,收录于《论小说与小说家》,上海:上海译文出版社,2000 年,第 133 页。

② 同上书,第 132 页。

年间刊发的评论对女性作家的两分法批评。① 通过疏理维多利亚期刊评论,肖沃尔特揭示作家的性别标签决定了文学作品的风格。男性风格的作品以"广博的思想""人物设置的大跨度""性格和事件设置的艺术性"等彰显男子气;而女性作家和女性气质连在一起被冠以"低等人种""短小作品""表达拗口"的写作风格。之后,采用男性笔名或匿名写作的伟大的妇女作家也未能逃脱评论界对其作品的性别鉴定和女性性征的文本归类,正如肖沃尔特所议:"相当多自称普遍适用的文学概念实际上描述的只是男性的观念、经验和取舍,并且窜改了文学得以生产和消费的社会和人际关系。"② 肖沃尔特看到这种男女二分法的批评标准其背后一整套男支女配的权利结构体系。③ 她认为菲勒斯中心主义指涉父权制强加给这个世界的偏见,并通过绝对肯定男性权力和价值,维持其社会特权的一种姿态。女性在男性话语中心场域中是"空洞的能指""在场的缺席""被消音的客体""不能说话的底层人"和"被位移的他者",第三世界妇女的形象消失"在父权制与帝国主义之间、主体(法律)建构与客体(压抑)形成之间"。④ 那么,如何识别菲勒斯中心主义投射在男性文本上的性别意识形态,是重构还是放弃批评标准成为女性主义批评初期首要面对的问题。

女权运动的第二次浪潮之前,评论界认为女性写作的立场应该采用"双性同体诗学"(Androgynist Poetics)。"双性同体"源于希腊语中"男性"(andro)和"女性"(gyny)两个词的合成词,古希腊神话和宗教

---

① Showalter, Elaine, *A Literature of Their Own: British Women Novelists from Bronte to Lessing* (Expanded edition), Beijing: Foreign Language Teaching and Reaching Press, 1999, pp.73—99.

② Showalter, Elaine, "Toward a Feminist Poetics", *New Feminist Criticism*, edited by Showalter, New York: Pantheon, 1985, p.127.

③ 有关"男支女配"的性别政治论述可见凯特·米列特的《性别政治》。她通过阐述"性别政治"理论、背景和在文学上的反映,从政治角度看待两性关系,认为性别支配作为一种"内部殖民"形式是"最为持久""无处不在"的维护父权制思想意识形态的基本策略。

④ 佳亚特里·斯皮瓦克,陈永国等主编:《从解构到全球化批判:斯皮瓦克读本》,北京:北京大学出版社,2007年,第126页。

第二章 "女性批评":从肖沃尔特谈起

确实存在这种同时具有男性和女性性征的人物。由伍尔芙在《一间自己的房间》的最后一章所提出的"双性同体诗学"的设想,实际上是顺便提及的想法,但却成为她后期小说《奥兰多传》(Orlando,1928)的关键词。"双性同体诗学"意在反对一种结束以男性价值为单一价值标准的"性别暴政"(sex tyranny),提倡两性和睦的处世关系。"双性同体诗学"曾被认为是以消除性别对立为目的的女性艺术创作的理想境地。卡洛琳·赫布尔(Caroline Herlbrun)把布卢姆茨伯里派(Bloomsbury)团体看作"双性同体"生活方式的最早范例①,因为"拯救我们的未来在于脱离性别的两极分化及性别的牢笼"。② 当代美国作家乔伊斯·卡洛·欧茨(Joyce Carol Oates)在一篇名为《(妇女)作家:理论和实践》(1986)的文章中,抗议艺术中性别范畴。"主题是由文化决定的,不是由性别决定的。想象力本身是无性别的,向我们敞开大门。"③

但20世纪60年代末以"性别政治"为己任的美国女权主义批评,"双性同体"论遭到强烈质疑。肖沃尔特认为:"伍尔芙的'双性同体'概念是理想主义艺术家的乌托邦式自我投影:镇静、稳定并且不受性别意识的干扰。"④在肖沃尔特看来,面对女性性征和男性性征"双性同体"意味着逃避。也就是说,双性同体实际上是一种性别固化的形式,它否认由歧视下的性别体制造成的历史差异和冲突,也忽视两性之间斗争所依存的社会和文化大背景,用双性的假象代替父权制度中的意识形态

---

① 20世纪初,包括弗吉尼亚·伍尔芙在内的众多才子文人,聚集在了大英博物馆附近的地区,每周在自家的花园里会谈,这个小团体以其自成体系的审美在当时的英国独树一帜,因此被人称作"布卢姆茨伯里派"(Bloomsbury Group)。
② 转引自柏棣主编:《西方女性主义文学理论》,桂林:广西师范大学出版社,2007年,第205页。
③ Showalter, Elaine, "A Criticism of Our Own: Autonomy and Assimilation in Afro-American and Feminist Literary Theory", *The Future of Literary Theory*, edited by Ralph Cohen, New York & London: Routledge, 1989, p.360.
④ 转引自 Showalter, Elaine, "A Criticism of Our Own: Autonomy and Assimilation in Afro-American and Feminist Literary Theory", *The Future of Literary Theory*, edited by Ralph Cohen, New York & London: Routledge, 1989, p.265.

策略。虽然"双性同体"诗学试图超越性别特征的潜意识结构和束缚，但否认女性主义文学意识的独特性和抹杀性别差异的做法显然行不通。因为当时的女性主义文学批评的出发点就是解构性别等级机制以及性别不平等投影在父权制文化、社会和历史中的意识形态。女性主义批评的"清理"和"讨伐"父权制文学机制的"菲勒斯批评"方兴未艾，伍尔芙的"乌托邦"式理想注定成为早期女性主义批评家诟病的主要目标。相反，强调女性在文学经验中的积极因素，把妇女放在社会的政治、经济、文化地位角度来考察女性创作成为女性主义批评初期的最强音，这种历史社会文学批评方法奠定了美国女性主义批评的基调。

70年代以来，随着女性意识的觉醒和带有女性主义批判色彩的小说的出现，女性主义批评家虽然承认不再感受到标签的束缚，但是也拒绝无性别的论调。正如肖沃尔特所说：

> 她们否认无性别的"想象力"的论调，她们从各种角度指出想象力逃脱不了性别特征的潜意识结构和束缚，强调不能把想象力同置身于社会、性别和历史的自我割裂开来……与双性同体诗学的"只有作家"的问题相反，多数女性主义批评家坚持认为反对父权制歧视妇女的方法不是抹杀性别差异，而是要解构性别等级制。①

从政治上强调平等的两性权力关系是走向性别的差异论，以求弘扬女性价值，挖掘性格差异的等级制的开始，也是导致压迫、被迫消音和内在"性别殖民"体系的根源。女性主义批评家的任务就是在坚守女性的性别精神立场同时，辨别一种新的语言，一种能够综合女性智识和独特体验的书写模式。

女性主义读者始终认为妇女的特殊经验在艺术中往往表现出特殊的形式。正如孟悦和戴锦华在《浮出历史地表》一书中开宗明义："对那

---

① Showalter, Elaine, "A Criticism of Our Own: Autonomy and Assimilation in Afro-American and Feminist Literary Theory", *The Future of Literary Theory*, edited by Ralph Cohen, New York & London: Routledge, 1989, p.360.

些不隐讳自己的女性身份的作家而言,写作与其说是'创造',毋宁说是'拯救',是对那个还不是'无'但行将成为'无'的'自我'的拯救,是对淹没在"他人话语"之下的女性之真的拯救。"①那么女性主义批评家如何发现一种基于女性共有的智慧和经验、理性和期待的阅读方式呢?妇女在写作时,是否存在因认同男性作家写作传统而反映在语言上的承袭?或者因反对男性价值观念而在文学要素,如文类、主题、人物和结构上,呈现"另一种风景"?妇女在写作时,遇到哪些困难?作为小说家的她们创作源泉是什么?写作要点是什么?如何记录个人生活轨迹?如何记录与外界发生的各种关系?形式主义对于写作技巧的关注引发了女性主义批评家对妇女小说结构和观念的研究。肯尼斯·伯克(Kenneth Burke)在分析艺术和习俗制定的策略时在艺术上的功能和社会行为之间建立联系。伯克创造了一种模式能够让文学形式和生活、心理学和社会学艺术领域、个人行为和社会制度之间产生完满的往来关系。虽然伯克没有明确这种模式是两性的共有还是为男性定制的,但带有女性意识的批评家试图在女性和文学关系之间找寻实在和持久的联系。

基于性别差异,女性作为一个具有共同经验的实体和文化力量,以瓦解旧有女性神话、男性中心批评偏见和抗拒性别政治秩序的精神立场,从现实的社会群体中脱离出来,积极参与建构新的社会和艺术创造力的模式。在政治运动、社会批评和语言的实验中,构建一种她们自己的批评和理论,书写"她们自己文学",正如肖沃尔特所论:"在与公平的理想境界之间,横亘着一大片理论的荒地,我们必须把这片荒野视为自己的领地。"②

第三节 对"菲勒斯批评"的批评

"荒野"中浮出的"地表"不再争论男性和理性之间到底有没有联

---

① 孟悦、戴锦华:《浮出历史地表》,郑州:河南人民出版社,1989年,第43页。
② Showalter, Elaine, "Feminism in the Wilderness", *New Feminist Criticism*, edited by Showalter, New York: Pantheon, 1985, p.243.

系,也不去一味挖掘女性文本中带有女性性征的写作风格、意象、情节、主题和结构等等文学要素上的连贯性,而是竭力考察现行的批评过程、假设和目标是否是维护男性权威的同谋,并试图找到一种可供替代的批评方法。

法国社会学者皮埃尔·布迪厄(Pierre Bourdieu)认为,文学批评通常是文化权力之民众表达的一部分。① 在英国,19世纪文学批评课程可以替代神学。而19世纪中叶由于维多利亚期刊的剧增创造了职业作家这个行当。然而,所刊的批评文章大多维护维多利亚资本主义意识形态。阅读19世纪的小说实际上是在传播父权制文化和教条。父权制文化背后承载的一系列批评价值和标准就隐藏在出版刊物和教育机构背后。而女性主义批评就是要重新定义文学理论中对文学妇女经历的理解,从而打破为妇女构建的一系列理论阐释和男人占据的批评领地。也就是说,改变文学批评话语的权力和占有关系。

肖沃尔特率先细察1840—1880年间英国文学期刊的书评、妇女作家的信件和自传、出版商以及批评家对妇女小说的评价。她发现1845年前妇女小说家自从暴露在公众的注视和批评界的评说后,最明显的挑战来自于维多利亚女人结婚和母性的道德标准的挑战。一旦妇女作家表现出认错和卑微的态度,评论界的批评就显得谦和,一旦她们不理不睬,恣意之声鹊起。1845年《简·爱》的出版表明妇女作家开始用笔名或匿名发表作品。夏洛特·勃朗特是隐去了自己性别的第一个妇女作家,《呼啸山庄》的出版便掀起了评论界猜测作者性别的两种截然不同的分歧。隐去性别使得妇女作家在保护隐私和名声的前提下,不受标签、不受羁绊地发挥文学艺术的才智。可是当妇女的身份一旦昭示天下时,招来的却是批评界诸如"鲁莽""没有女人味"的责骂之声。1880年,一批杰出的维多利亚妇女作家,如勃朗特姐妹、盖斯凯尔夫人、

---

① 转引自 Humm, Maggi, *Feminist Criticism*: *Women as Contemporary Critics*, England: Harvester Wheatsheaf, 1986, p.4. 布迪厄尤为强调掩藏在教育机构背后的阶级(并非性属)控制的重要分析。

第二章 "女性批评":从肖沃尔特谈起

伊丽莎白·B.布朗宁辞世。而此后的35年,几代人都没能结束双重批评标准。直到弗吉尼亚·伍尔芙的第一部小说《出航》(*To the Lighthouse*)的出版,才被批评界公认为妇女作家的杰出代表。① 这期间的妇女作品被冠以"琐碎"并非"宏大"、"毫无想象力"缺少"经验"、"情节描述"重于"内心剖析"。②

尽管肖沃尔特针对历史资料和文学文本的整理和评论所做的二元对照工作显得有些简单化,但她所发现的一条重要线索——男女有别的批评准则——始终贯穿于父权制话语的文化强势。对文本男性性征和女性性征标签式的识别也使得批评界因作者性别的不同而呈现不同的评判。妇女作家被认为应该具有描写女子角色的家庭和道德天赋;这样的妇女作家的天赋包括举止文雅、言谈机智,能够有效地再现有关女子角色的穿着、家务活、照顾病人和促进道德提升的教育和感化的特点。女子的不足则表现为缺少创新精神、所受教育不多、抽象思维匮乏、情感泛滥、偏执己见、没有幽默感和无法塑造男性人物等等。然而,所有令人渴望的艺术特征则赋予男性,并始终由男性把持:如权力掌控、广博知识、清晰思辨、独特创造、机智幽默、人际交往和生活历练。男性唯一的缺憾是"感性",而"感性"在维多利亚时期是"放荡"的轻蔑词语。正如肖沃尔特所议,文学文本的价值全部归功于男性,"接近上述男性写作特征的作家能够令人信服地写就优秀的小说,而一个拥有女性应该具有女子气的特征则只能写出肤浅的作品"。③

肖沃尔特提炼出的维多利亚期刊上男女作家的性征并不仅仅是揭露菲勒斯中心批评的偏见。她表明男女二分的文学批评标准背后,传

---

① 《出航》(1915)发表后,布里姆利·约翰逊(Brimley Johnson)这样评价:"挥之不去的双重标准一直影响着伍尔芙的作品,妇女压抑的情感在妇女作品中仍然清晰可辨,而且这种影响糟糕透顶,艺术存在的问题在于批评本身囿于困境,因为无法忽略妇女和妇女性别相关的道德贞洁的标准。""The Women Novelists", reprinted in *TLS*, Oct. 17th, 1968, p.1183.

② Showalter, Elaine, *Double Standard: Criticism of Women Writers in England, 1845—1880*, Davis: University of California, Davis Press, 1970, p.74.

③ Ibid., p.77.

达的是一种文学权力关系,一种男强女弱的性别等级关系。一旦这种批评标准得以传承,批评家和读者就会自发地运用到检视文学作品的成规中。对一部小说的品评犹如识别一种化学试剂,批评家拆解小说所有元素,对其进行性别鉴定后,通过男性性征或女性性征标签的多少来确定作家的性别,并据此评判小说的优劣。事实上,僵化的性别标签阅读方法因不少错判而证明是不可信的。《简·爱》以笔名的方式在出版之初得到的评价是"明晰""有力""人物鲜明"的赞誉之词,但得知它出自一名女性作家之手,怀疑和质问批评之声四起。《英国北部书评》这样评价:"作者一定是无性别倾向,简·爱这个人物之所以让我们吃惊是因为它出自一个男人的构思,而且是深思熟虑的构思……几乎不会受女性创造力的影响。"夏洛特·勃朗特回应道:"……对于这样的批评家我既非男性也非女性,我是以作家的身份站在你们面前。这是因为你们的评价基于你们认可的唯一标准,这个标准只允许我接受你们的评判。"①乔治·艾略特(George Eliot)以男性笔名出版小说《亚当·彼得》(Adam Bede)前后经历了批评论调的毁誉之间的转变,从"无与伦比的佳作"跌至"妇女作家的蹩脚小说"的批评论调的急转弯,只因为发现了作者的性别。尽管艾略特后期作品中放弃自传和争议的写作风格转向道德说教,并因此受到赞誉,但批评的声音对于女性作家群体的接受态度和评价标准并没有改变,像勃朗特、艾略特、盖斯凯尔夫人等违反性别鉴别阅读标准的女性作家,也被视为"特例"作家,另当别论。妇女作家作为"亚阶级"(sub-class),共同体会受制于性别体验和世俗标准的限制。她们虽然放弃了被男性诟病的家庭、自我牺牲、田园生活和感伤等主题的创造,但忠实于女性经验的意识和警觉保持下来,成为女性和声的最强音,共同书写着一份以女性为中心的文学传统。

从女性主义角度阅读男性作家及其文本的"女权批判"旨在揭露菲

---

① 转引自 Showalter, Elaine, *Double Standard: Criticism of Women Writers in England, 1845—1880*, Davis: University of California, Davis Press, 1970, p.87.

第二章 "女性批评":从肖沃尔特谈起

勒斯中心主义的性别霸权和政治策略。随着修正式阅读的女性主义文学批评原则的展开,标准重构的呼声则成为颠覆男女有别的传统文学批评的重要口号。艾德里安娜·里奇(Adrienne Rich)提出"用写作进行修正"的主张。[①] 她结合自身诗歌创作中逐步摆脱和识别内化男性批评标准的过程,提出修正不仅要求女性作家打破男性文学传统的桎梏,而且要求彻底摒弃菲勒斯中心批评。吉尔伯特和古芭在《阁楼上的疯女人》中将里奇的"修正"观点发展为一种批评方法,用于研究19世纪英美女作家及其创作实践。19世纪妇女作品反映出受制于男性作家缔造的艺术和小说的宫殿,这种被囚禁的书写背后,实际上暗藏着一股女性为挣脱社会和文学限制而进行写作的集体动力,她们的反抗策略表现为重新定义自我、艺术和社会,这正是修正文学批评惯例的努力。正如古芭所说:"'空白之页',即女性的内部世界代表了对灵感和创作的准备状态……在这个改写过程中(改写神学创造),她们重新修订、补正独特的女性作为创造的基本隐喻……而它被视为女性文化和文学史的'空白之页'。"[②]女性作家修正文学双重标准的革命正是运用"空白之页"赋予女性一个神秘空间。如果说对于男性作家来说,空白之处暗指创作的困境,那么,这块空白却等待女性作家赋予其意义,是摆脱父权制统治后对"纯真"的拒绝,因为她"通过不去书写人们希望她书写的东西在宣告自我",这种"不被书写"的写作实践正是一种全新的"女性书写状态"。[③] 妇女的劳作生育、口传故事、缝制艺术活动中,所蕴含的正是这种神秘和无穷的创造力,妇女将被动的贞洁符号转变为潜在的自我表达的动能,在抵抗父权制意识形态的无声行为中,谱写女性集体的静寂之音,完成"她们自己的文学"的集体创作。

[①] Rich, Adrienne, "When We Dead Awaken: Writing as Revision", *On Lies, Secrets, and Silence*, New York: Norton, 1979, pp.33—49.

[②] Gilbert and Gubar, "The Blank Page and the Issues of Female Creativity", *New Feminist Criticism*, edited by Showalter, 1985, p.308.

[③] Ibid., p.306.

美国性别批评理论研究

对于女性主义批评家来说,"标准重构"正是为建构妇女文本的新标准而进行的"批评革命"。肖沃尔特认为"标准重构"意味着两个方向的努力:清理男性文本中"厌女症"现象以及寻找一份被掩埋的女性文学传统。女性主义批评家在批判隐藏在文学经典作品中的菲勒斯中心意图之后,把女性作家和文本的浮出作为理解文学历史和传统的关键因素。所谓"标准"是"历史建构的过程,并非对美学价值的坚持"。[①]"标准"的形成过程并非学术性的,非文学因素的影响痕迹比比皆是。政治、经济、文化、意识形态的冲突等等都会影响经典的制定和批评标准的导向。而文学标准因历史时期不同,经典判断的标准也不同;种族、阶级、国别和性别偏见同样会影响文学评判。主流意识形态的规范也会决定经典书目的入选和评判标准的建构。那么,女性主义批评所倡导的标准重构是要拓宽文学研究的领域,文学批评的审美标准应该建制在新的、更广阔的文学作品的重读和挖掘工作上。"经典"的构成不全是美学,它同样是政治的,修订"经典"和"经典"标准重构的重要意义正是为了提醒批评界重视历史现实、还原美国文学传统和文化背景的多样性。

肖沃尔特把重构标准的批评革命放在两个层面上:重估被歪曲的妇女形象和挖掘被遗忘的女性作家作品。重估被歪曲的妇女形象是"女权批判"的主要内容。界定"女权批判"所持的正是女性主义历史—社会批判立场,其实质是一种女性主义修正式的阐释策略。尽管它被后来新的阐释取代,但在女性主义批评初期这种对文本的女性主义读解"十分有效地识别了妇女作家的特别成就,并适用于破译女性这个性别符码"。[②] 无论是对男性文学文本的抗拒性阅读、揭露男性笔下被歪曲的妇女形象和不真实的处境,还是抨击菲勒斯批评中的"厌女"现象,

---

① Showalter, Elaine, "Feminism and Literature", *Literary Theory Today*, edited by Peter collier and Helga Geyer-Ryan, Cambridge: Polity Press, p.193.

② Showalter, Elaine, "Toward a Feminist Poetics", *New Feminist Criticism*, edited by Showalter, New York: Pantheon, 1985, p.246.

第二章 "女性批评":从肖沃尔特谈起

女性视角的介入突破了视男性经验为中心的文学惯例,使得对男性文本的修正性阅读方式成为可能。肖沃尔特通过女性读者假设的概念对"经验"进行"双重"和"分离"的性别化考察,以此分离和颠覆父权制中心话语。① 同样认为"女权批判"具有"修正使命"的桑德拉·吉尔伯特认为:"作为考察文学文本方法之一的女性主义批评,其最大的雄心是想要对所有遮蔽在文本性和性欲、文学类别和社会性别、心理身份和文化权威之间的联系,对伪善的问题和答案进行解码和祛魅。"② 此外,她还注意识别父权制美学在女性身上的内化以及男性批评家对菲勒斯中心批评的批评。正如安妮特·科劳德尼(Annette Kolodny)所说:"阅读是一种习得的过程,就像我们社会中许多习得的阐释策略一样,必定被性别符码化。"③ 另一方面,标准重构的任务是挖掘被标准遗忘和遮蔽的女性作家和作品,并在女性作品之间建立互文本的联系,用以表明传统标准的影响和修正的工作并非女性本身的觉悟,而是女性批评家之间为重新撰写女性文学史、文学选集所进行的努力。

---

① Culler, Jonathan, *On Deconstruction: Theory and Criticism after Structuralism*, London & Henley: Routledge & Kegan Paul, 1983, p.50.
② Gilbert, Sandra, "What do Feminist Critics Want? A Postcard from Volcano", *New Feminist Criticism*, edited by Showalter, New York: Pantheon, 1985, p.36.
③ Culler, Jonathan, *On Deconstruction: Theory and Criticism after Structuralism*, London & Henley: Routledge & Kegan Paul, 1983, p.51.

第三章

性别与政治

　　自认识到传统批评的双重标准之时起,美国女性主义批评家就呼吁批评家摆脱男性文本的阴影,转向女性文学自身,重新梳理、发掘并努力重构经典的标准。但是,女性主义批评阵营中也存在一部分批评者持有"女性经验"至高无上的"权威"经验论和所有男性文本都带有父权制意识形态的僵化论。因为无论她们的声讨之势有多浩大,提高女性读者的性别意识觉醒,抵制父权统治的自觉就是走到了这场运动尽头。一味坚守清算男性文本中心价值观的争斗只会沦为父权制文化传统的同谋,无法逃脱男性中心的理论框架。肖沃尔特在《走向女性主义诗学》一文中,对当时女性主义批评的先期尝试及时做出承前启后的总结和整理。这篇论文发出以妇女为中心,基于女性群体经验的女性主义批评的第一声,而文中对"女权批判"(Feminist Critique)和"妇女中心批评"

(Gynocritics)的区分成为女性主义批评史上最浓重的一笔,肖沃尔特提出两种女性主义批评模式为各国女性主义批评家在 80 年代的主要研究工作圈定了范围。她的努力使得女性主义批评跨越"菲勒斯批评",摒弃"大师们的话语"。研究的重心也转向以妇女为中心,在思想认识上独立、连贯的"女性批评"(Gynocritism)。

第一节　作为女性的阅读

肖沃尔特将批评家们关于清理文学文本中的观念、思想意识、女性形象和类型等女性主义批评实践称为"女权批判"。"女权批判"是关于妇女作为读者和文学消费者的批评。它注重揭示隐匿在男权中心批评背后的"意识形态、文学作品中女性形象的偏见、文学批评中女性的疏漏和曲解,以及语言符号系统中女性性别符码"。[①] 由她自己给出的定义不难看出,作为以妇女为中心的女性主义批评初期的策略,它体现了带有女性性别意识的三层批评理论维度:第一,识别男性文本中的性别政治,清理男性作者在文本中暗藏的性别歧视,质疑菲勒斯批评中对女性形象的扭曲和遮蔽。第二,挖掘女性创作风格和美学要素之间的内在关联,开启女性阅读与阐释的新视域。第三,作为读者的女性经验是修正批评标准的开始和重构批评标准的参照系,用女性阅读视角重新审视一切文学文本。

传统文学标准是以男性为中心。读者只能认同男性作家的观点,毋庸置疑的男性价值观念。然而,对于女性读者来说,阅读文学作品意味着内化男性中心的文学经验,认同男性社会秩序和规则。实际上,这个阅读过程是女人以男性的身份接受预先假定的男性经验,女人一直

[①] Showalter, Elaine, "Toward a Feminist Poetics", *New Feminist Criticism*, edited by Showalter, New York: Pantheon, 1985, p.245.

没有作为女人进行阅读，或者"与那个适合于她们作为女人的经验相背离"。① 那么，改变女性读者的阅读期待，识别文本的性别符码的意义，拒绝人类完美的男性经验和洞察力以便祛除心中的男性意识成为"女权批判"的第一阶段的主要任务，也是"女权批判"的重要维度之一。

何谓女性阅读？为什么女性总不能作为女性去阅读？一位妇女在阅读时带着何种期待？女性主义阅读又是如何改变自己的阅读期待？要求一个女性作为女性去阅读并非就是一个妇女阅读时产生的感受。因为男性中心的传统文学和文化惯性使得男性、女性总是作为男性去阅读文学作品，尤其是女性，作为男性文学的消费者，一直处于赞同型读者的地位，不自觉维护着隐藏在父权制文化规则下的预设的"（男性）读者经验"。那么，如果具备成为女性的条件，带着女性意识进行的阅读自觉性，难道就是女性阅读吗？在女性主义批评先期阶段，作为女性的阅读并不是简单地要求读者的生理性别是女性。肖珊娜·费尔曼（Shoshana Felman）在论及女人作为女人讲话的可能性时暗示女人的言语不是其性别性征决定而是由文化决定的。② 同样，作为女性的阅读也要求一种理论和策略上的立场，要求女性带着女性经验和这种经验的权威性为阅读提供基础和新的价值观。要求女性在读者经验和女性经验之间建立关联，带着女性主义批评的视角重读男性作品中的女性形象，识别男性符码的意义和运作机制，这便是女性主义阅读。西蒙·德·波伏娃的《第二性》无可争议地奠定了女权批判的基础。书中波伏娃讨伐对妇女进行传统的父权制标准的品评，并提出反对男性作家作品中以男性为中心的阅读方式。在性别革命席卷美国的 60 年代，米利特在《性别政治》中也充分发挥了波伏娃提出的开拓性的阅读方式，并在（男性）文学作品中实证性别内部的"殖民"体系，对男性中心文学传

---

① Culler, Jonathan, *On Deconstruction: Theory and Criticism after Structuralism*, London & Henley: Routledge & Kegan Paul, 1983, p.50.

② Felman, Shoshana, *Writing and Madness: Literature/Philosophy/Psychoanalysis*, New York & Ithaca: Cornell University Press, 1978, p.65.

第三章 性别与政治

统标准所推崇的经典之作的女性幻象和性意识形态进行批判。米利特通过把劳伦斯、梅勒、米勒和热内作品重点体现性和权力的相关段落集合起来,大胆揭露被父权制文学传统奉为圭臬的作家的性政治观念以及如何把性和权力玩弄在股掌之间。米利特对劳伦斯笔下的"高高在上的阳刚之气",梅勒心中露骨的厌女情绪描写和感受宣泄,米勒手中压抑"某些情感"的"古老蔑视"的男性文化系统,热奈特褒扬男同性恋时对女性性征的怨恨进行了酣畅淋漓的批判和解构。这些格格不入的阅读,拒绝了美国"新批评"意识形态所倡导的读者与作者(文本)之间的被动接受,以及由此划分的独裁话语所设定的等级制。米利特提醒读者对文学中性别歧视的清算需要女性作为女性进行抗拒性阅读,打破60年代以前那种尊重权威、尊重作者意图的常规惯例。正如卡洛琳·赫布尔(Caroline Heilbrun)指出的:"米利特的目标就是在男性长期占优势的制高点扭打他,迫使他改变对生活和文学的审视角度。"[①]

米利特所采用的女性主义阅读策略并非贬损他们作品中精心构设的女性形象,而是揭开反映在形象背后的意识形态深处藏匿的"菲勒斯批评"的原则。她用大胆的分析公开地对作者进行另一种透视,用以"说明读者与作者/文本之间的冲突会怎样精确地暴露出一部作品的潜在前提"。[②] 与米利特不同,肖沃尔特没有评判男性作品中的女性形象的歪曲和误用,而是从分析男性角色的"去男性化"过程中挖掘藏在"男人气"背后那个真正的男性性征,或者说男性人物精神深处的女性性征。她在《卡斯特桥市长的去男性化》一文中用托马斯·哈代(Thomas Hardy)小说《卡斯特桥市长》为例来说明女性主义阅读和批判是如何展开的。这部小说以最为著名也是很受争议的卖妻女的一幕开始。男主人公亨奇德(Henchard)在集市上把妻女以5个畿尼(大约5个英镑)卖

[①] Heilbrun, Caroline, "Millett's *Sexual Politics*: A Year Later", *Feminist Literary Theory*, edited by Mary Eagleton, Oxford: Blackwell Publishers Ltd., 1986, p.39.

[②] Moi, Toril, "Sexual/Textual Politics", *Feminist Literary Theory*, edited by Mary Eagleton, Oxford: Blackwell Publishers Ltd., 1986, p.24.

给了新主人。男性和女性对这一情节有何不同的感受呢？肖沃尔特认为尽管哈代在小说中交代，20年后卖妻儿有悖于卡斯特桥市道德规范，但从某种意义上说在这一幕中展现的男性充分实践了从女人财产权的变卖中获得尊严的心理动机。肖沃尔特引用欧文·豪(Irving Howe)对这一幕大肆褒扬的话语，把"卖妻"情节视为摆脱女人"颓废的""累赘""缄默"的抱怨和"让人发疯的屈从"，从而获得"第二次生命"，故事就从这种"我们共有的幻想"中徐徐道来。这份"幻想"，在肖沃尔特看来暴露了以往批评中隐藏着的一个结构：文本的权威和对妇女的蔑视，把男性世界中男性无法面对的冲突作简单化处理——"好男人的厄运是由坏婆娘带来的"。豪完全从男性阅读经验和阅读期待出发，大肆赞赏和宣扬男性在女性面前的威望和力量，毫无疑问，哈代的这部小说在豪看来是一部"男人的档案"。然而，在肖沃尔特看来，亨奇德这个抛妻弃女的起点正是男性开始沉重的"去男性化"朝圣之旅的第一步——否定和背离那个情感的自我。亨奇德形单影只，无母无姊，无妻无女，在切断与女性世界的一切联系后，他重获新生以"新的亚当"身份进入卡斯特桥市——投身进入男性社会，"用金钱、父权、荣耀和法规等男性性征符码来定义他的社会地位和人际关系"。① 此后亨奇德的情感生活的缺场似乎反而成为他赢得卡斯特市显赫地位的一个动因，因为在市民眼中，有一段受利益驱使的性爱应该是他成功的升华。而在亨奇德心中与女人保持距离一点儿不难，并且他本性讨厌女人。是什么原因促使他产生"厌女情结"？米勒认为亨奇德内心有很强烈的完全控制他人的欲望，并称这部小说是一个"受挫欲望的噩梦"。② 肖沃尔特则认为："他(亨奇德)想要的是'贪婪的排他性'，一个头衔；这种感受来自于男

---

① Showalter, Elaine, "The Unmanning of the Mayor of Casterbridge", *Critical Approaches to the Fiction of Thomas Hardy*, edited by Dale Kramer, London and Basingstoke: The Macmillan Press Ltd., 1979, p.103.

② Ibid., p.106.

第三章 性别与政治

性完满自我的需要。"① 然而,故事中间部分讲述的与罗茜塔(Lucetta)浅薄的罗曼史、与法弗瑞(Farfrae)暧昧的同性爱行为以及妻女的回归,仿佛又把他拖入从前那个受压抑、懦弱的自我。他把病榻上无法独立的自己归咎于女人的热情,把女人的照料看作对自己尊严和独立的羁绊。于是,为了摆脱女人的关爱,他"在女人中做交易,用盛气凌人的口吻给法弗瑞写信,用仅存的自负满足他兴奋的欲求"。② 哈代没有让亨奇德的朝圣之旅就此终止,接下来的一系列事件使得亨奇德去男性化进程达到高潮:罗茜塔故意让自己失去魅力、法弗瑞对他的漠然、与当年买走妻女的尼尔森(Newson)相遇后自杀想法,让他认识到人与人依赖的重要性,这使得他重新拾起一直抵制的爱的能力。正如肖沃尔特所说:"(亨奇德)如同出鞘之前的蝉,一步步完成去男性化的过程,摆脱成见、空洞外衣、目空一切和权威的一面……回到家,甘愿为爱和保护女儿(Elizabeth-Jane)奉献自己,他获得了人性的重生。"③

肖沃尔特对欧文·豪所阐释的卖妻女的情节进行了女性主义检视:她认为豪的阅读经验"悄然无声"地将这份小说改变成一部"以金钱、父权、荣耀和立法条文的男性符码来定义社会关系"的男人档案,女人只是作为男人压抑的投影,摆脱阴影意味着男人们"获得了新生"。④ 肖沃尔特撕去男性性征伪装,还原男性身上"非男性化"的特征,或者说男性真实状态:痛苦、孤独、绝望和无法控制的无意识。可以看出肖沃尔特用另一只眼睛在拒绝认同男性经验的阅读基础上,建立一种女性

---

① Showalter, Elaine, "The Unmanning of the Mayor of Casterbridge", *Critical Approaches to the Fiction of Thomas Hardy*, edited by Dale Kramer, London and Basingstoke: The Macmillan Press Ltd., 1979, p.106.
② Ibid., p.109.
③ Ibid., p.112.
④ 参见 Showalter, Elaine, "The Unmanning of the Mayor of Casterbridge", *Critical Approaches to the Fiction of Thomas Hardy*, edited by Dale Kramer, London and Basingstoke: The Macmillan Press Ltd., 1979, p.103. 又见乔纳森·卡勒《作为妇女的阅读》,从读者经验和女性经验的角度进一步阐释肖沃尔特提出的"女权批判"。张京媛:《当代女性主义文学批评》,北京:北京大学出版社,1992年,第43—68页。

阅读的新视角,剥去父权制文化投射在女性身上阴影的优越感和自负,颠覆性别符码的文本结构和潜在规则。她用女性读者的性别"经验"进行双重性或分离性的阅读策略,诠释了女权批判的早期尝试。这个尝试是成功的,让高高在上的菲勒斯批评不经意间受到不小的震动,赋予女性经验的抗拒性阅读的合理性,清算男性文本中的性别歧视,检视男性文本中虚假和歪曲女性形象,普遍提高女性自身觉悟,这是完全符合女权主义运动初期的政治主张。但是正如肖沃尔特所预测的,男性指向男性的批评方法,只能让女性了解大男人心中的女人应该是什么样子,无法了解女人的真实感受,因此,深入文本内部,挖掘文本中女性的写作传统和文学基本元素上的连续性成为"女权批判"的第二个任务——女性写作有何不同和缘何不同。

第二节　作为女性的写作

70年代之前持有修正论的"女权批判"在肖沃尔特看来只是经验主义孤儿,仅关涉作为读者的女性阅读经验,重读男性文本只是提供了一种与女性形象不同的阐释模式,或是质疑女性在其他批评方法之中的误读。这种阐释模式的功能有限,至多是"许多阐释模式中的一种",最终会被"更新的阐释模式替代"。① 因为它总是逃脱不了以男性经验为中心的男性主导模式中的言说,而这样言说的背后所依仗的其实是女性主义批评一直声称要修正的男性中心批评理论。肖沃尔特认为"女权批判"就此停滞不前是因为没有理论根基,女性主义批评家宁愿持有经验的批评"权威",而止步于理论阵营的建构。与作为读者的"女权批判"不同,肖沃尔特认识到一种以女性为中心的批评模式,它独立于男

---

① Showalter, Elaine, "Feminist Criticism in the Wilderness", *New Feminist Criticism*, edited by Showalter, New York: Pantheon, 1985, pp.245-246.

第三章　性别与政治

性批评框架之外,试图寻找"来自我们(女性)经验的问题的答案"。① 她认为要建立专门研究女性作家,论及女性写作的历史、文类、风格和女性创作的集体心理动力等等能够从修正的阅读阐释转移到作为作家的女性写作的研究。这一转变标志着女性主义批评"一跃成为新课题的前沿"②,女性作家的写作成为女权主义文学研究的中心议题。

摆在肖沃尔特面前的另一个中心任务是如何识别女性写作的独特差别。实际上这也是很多女性主义批评家共同的任务,她们的目标是找到带有女性特质,区别于男性特质的美学。语言是这种女性美学的核心,它带有女性写作的性别特征,其差异体现在作者的女性性征上。延伸开去,批评家聚焦于文学的其他元素的性别考证:文类、形式、风格、主题、人物形象和主题等等。不论哪个层面上的考证,她们共同立足于一个基本前提:妇女写作的语言和文本策略是作者日常生活经验的写照。因此,分析女性写作的差异源自和男性作家不同的生理、心理和历史方面的差异。但更为重要的是体现在父权制社会中妇女社会和经济地位,正如尼娜·贝姆(Nina Baym)看到的,1820—1870年间的美国女性文学转为妇女读者进行的写作,这种写作采用了一种几乎不为男性使用的文类。针对女性读者,女性作家对照各种女主人公成长经历的小说,把她们的命运放到19世纪的社会中,尽力表达妇女寻求个人变化并为之努力的能力是"恰当或是有限或是实用的女性主义"的代言。③ 贝姆认为女主人公的愿望,合理或不合理,都没能得以实现的事实使得女主人公意识到求助自我内心的可能性。类似的故事形式和内容是作为女性的作者在19世纪社会境遇中发出的真实心声。

作为反抗和挑战父权制的妇女写作,艾伦·摩尔斯(Ellen Moers)

---

① Showalter, Elaine, "Feminist Criticism in the Wilderness", *New Feminist Criticism*, edited by Showalter, New York: Pantheon, 1985, p.247.

② Ibid., p.248.

③ Baym, Nina, *Women's Fiction: A Guide to Novels by and about Women in America 1820—1870*, Ithaca and New York: Cornell University Press, 1978, p.18.

美国性别批评理论研究

在阅读18世纪以来的女性著作时,读到父权制的女性压抑现状,同时,也认为这是对这一体制最初的微弱和有限的抵抗。莫尔斯因此提出发掘和恢复"女性文学的回声"的观点。她为女性作家的创作重新建立主题和意象的联系,以及共同的文学加工办法。在《文学妇女》(*Literary Women*)这本书中,摩尔斯尤为突出地关注女性作家抵抗父权制所采用的策略,例如,在评价女性作家处理通奸的主题(男性作品中常见主题)时,摩尔斯把它描述为"女性主义者反抗婚姻是因为婚姻并非天赐而是不平等的一种人律制度。自卢梭(Jean-Jacques Rousseau)之后,通奸小说成为女性作家攻击和嘲讽爱情的经济和社会阶层现实目标,成为妇女思考、感知和采取行动的一种自我表达的工具"。① 在写作手法上,摩尔斯发现一连串相似的隐喻,用以代言她们所处的社会境遇强加给她们的道德规范,并成为她们既是表达受挫和无力,又是反抗和拒斥的手段。例如,鸟的意象是妇女作家频繁使用的隐喻之一。在《简·爱》中,鸟与简·爱之间的类比搭建起弱小与柔弱、囚禁与蹂躏、"笼中物"和自我抹杀之间的父权制思维定式和品评标准。同样,维拉·凯瑟(Willa Cather)在《云雀之歌》中用金鹰浮现女主人公头顶的意象,影射一段看似安逸实则情非所愿的婚姻征兆。② 鹰的形象在凯瑟的作品中被放大为更为大胆、更为野性和更为痛楚的女性主义文学观念。那么有关鸟的隐喻,男性作品是如何表现的呢?摩尔斯发现,与女性作家笔下的弱小、囚禁、无助的孤鸟相比,男性作品中鸟的意象变成了与母性相关的筑巢的雌鸟,而女性作家笔下雌鸟被认为是暗指"女性角色的主动规避"。③

---

① Moers, Ellen, *Literary Women*, New York: Oxford University Press, 1985, pp. 154—155.
② 维拉·凯瑟在《云雀之歌》(*The Song of the Lark*)(1915)中写到女主人公头顶出现的金鹰时,发出这样的感叹:"鹰!努力、成就、欲望、人类艺术的辉煌进步!她注视着(金鹰)划破天际的裂痕。"鹰的形象在凯瑟的作品中被放大为更为大胆、更为野性和更为痛楚的女性主义文学观念。
③ Moers, Ellen, *Literary Women*, New York: Oxford University Press, 1985, p. 247.

第三章 性别与政治

与莫尔斯相比,同期考察女性写作美学的帕翠西亚·梅·斯帕克斯是第一个认识到女性主义批评从男性中心向女性中心转移的学院派女性主义批评家。与摩尔斯关注的焦点不同,斯帕克斯在跨越几个世纪间的女性作品中努力考察女性经验和女性性征的美学传统。她提出的"女性想象"模式为妇女真实渴求提供了唯一可能的出口。这种模式为妇女确立了"有关心灵获得自由的长远方式"。① 对很多妇女来说,妇女写作的最重要的"差异"在于想象仍保留一个关照现实的重要维度。斯帕克斯还体察女性写作与男性写作的差异,并称之为"细微的背离"。② 这正印证了女性写作行为微妙闪烁的本质。然而正因为女性作品是如此微妙的歧出,我们才必须以同样的细腻与准确,去面对其中任何细小但却举足轻重的偏离现象,去响应其中累积的经验与传统排斥的思想。斯帕克斯在对女性文学做历时性考察当中,也提出不同时期的女性写作的细微差别。如果说18世纪和19世纪的妇女小说中女主人公还能够掌控自己的命运,那么20世纪的妇女作家则倾向于表达无能、挫折和愤怒的情感,"(妇女)将痛苦、嘲讽和自我怜悯夸张为个人英雄主义"③,甚至女性反抗的描摹也不得不以疯狂或精神崩溃结束此生。④

在女性写作的差异上,斯帕克斯提出的"细微的背离"(delicate divergence)与肖沃尔特提出的"荒野地带"有异曲同工之处。肖沃尔特援引阿登纳(Ardener)女性文化境遇的模型。那个代表失声的、月牙型的女性文化荒野地带处于主宰区域之外,空间意义上,它是"无人的地带"(no-man's land),男性的禁区,从经验范畴看,它包括与男性不同的女性生活方式,男性地带中也相应存在对女性来说完全陌生的男性经

---

① Moers, Ellen, *Literary Women*, New York: Oxford University Press, 1985, p.316.
② Spacks, Patricia Meyer, *Female Imagination: A Literary and Psychological Investigation of Women's Writing*, London: Aleen and Unwin, 1976, p.315.
③ Ibid.
④ Ibid., p.152.

验区域。就无意识而言,荒野地带不存在相对应的男性地带。因为男性意识存在于主宰结构圈内,并通过语言得以表达,或建构在语言之上。尽管女性从未亲身体验过,女性了解男性经验,因为他们是神话和传奇的主角,但男性从未关注荒野地带的任何信息。女性文本中的"女性空间"必然就是真正以女性为中心的批评,也必然是女性自治的理论界说和彰显性别意蕴的所在——"使用革命性女性语言的地方,使得受压抑的差异之处得以表达,是女性用'白墨'谱写革命的地方"。① 肖沃尔特将这片"荒野地带"看作女性差异的试验场,用以标记女性性征的不同。由于女性嵌套在两种传统之间,女性主义文学批评的任务必须与主宰集团和失声团体同时对话。妇女小说由此也被视为"双声话语",讲述主宰和失声的故事。那么,有关妇女写作的批评标准也相应显露其双重性,在女性言说与主宰集团的对话之间、在女性话语权与菲勒斯批评压抑之间,女性要占据这块横亘在女性主义思想意识和公正的理想境界之间的荒野之地,并视其为自己的理论领地,改变"女权批判"的阐释策略,挽救理论绝境的困境。矛头首先指向菲勒斯中心的文学传统批评"惯性"和男女有别的双重标准。

第三节 "无人地带":建构女性主义文论

肖沃尔特称"女权批判"和"妇女中心批评"是两种女性主义读解模式,认为其实质是一种阐释活动。而任何复杂的文本都该容纳并允许多种模式的阐释,因此女性主义文学批评只是坚持拥有同等的权力去发掘文本的新意义。女性主义者有权本着自己的理解和立场去破译文本符号;有权决定文本中哪些特点与论题有关,哪些属于女性作家的特殊成就,即有权提出与传统不同的新问题。但是,任何阐释要寻到某种

---

① Showalter, Elaine, "Feminism in the Wilderness", *New Feminist Criticism*, edited by Showalter, New York: Pantheon, 1985, p.262.

第三章　性别与政治

一致和连贯的定论是困难的,阐释活动也必须依赖多元的背景支持。那么,女性主义批评是不是只是阐释和再阐释?是不是女性主义研究者都会满足于这种多元的批评姿态?女性主义文学批评能否就写作过程和与写作有关的种种情况提出问题?肖沃尔特分析,从某种意义上说,一切女性主义批评都持修正论观点,即对公认的概念框架提出质疑,揭示那些掩盖了性别意义的文化言说。但是,如果女性主义批评与当代其他批评实践和方法论之间的种种关系,仅体现在以现成的模式对男性批评理论加以纠错、修改、补充、匡正,使他们多一些女性的参照系和人情味,那么女性主义批评仍然不可能解决自己的理论问题。因为,批评理论是指纯然基于男性经验且作为普遍规律推出的关于创造力、文学史或文学阐释的概念;若女性主义批评仅依仗这种男权中心范式来规定自己最基本的准则,那么女性主义思想就只能依靠"白人父亲"大师们的话语为生了。故肖沃尔特追问:在宗教与修正之间,女性主义能否声称自己有坚实的理论领地?同时肖沃尔特指出当今已到了女性主义批评该对此有决断的时候了。所以,建立一种真正以女性为中心,思想认识上一致连贯的女性主义批评尤为迫切。正如肖沃尔特所说:我们需要深刻探究自己到底想知道什么?怎样才能找到我们经验中涌现的问题答案?它们不存在于男性中心的传统批评中,我们应该从国际女性主义理论中吸取养分,才能找到自己的论题、体系、理论和声言,我们必须最终在专属女性的前提下立论。

一、以妇女为中心的批评

肖沃尔特一直致力于建构基于女性经验的批评模式。这种批评模式以妇女为中心,视妇女为文本意义的生产者,研究妇女文学的历史、主题、文类和结构等问题,以及妇女创作的集体心理动力和女性语言问题。肖沃尔特反对简单地照搬一种既定的理论。因为理论是一种解释,而后结构主义者倡导的"反理论"(anti-theory)不是抛弃理论,而是反对一种固定而单一的理论体系,肖沃尔特建立的以妇女为中心的批评旨在分析女性文学的构设,观照女性价值观念,并非简单地采纳男性中心批评模式和理论。从肖沃尔特对过去理论话语的反思中,可以看出,她不仅意识到理论描述的是以往文学现象中有关男性的感知、经验和选择,而且认为批评的理论话语是父权制的一种专制话语,是男性理论大师们的理论堡垒。以妇女为中心的批评将妇女从男性价值观和男性中心的批评标准中解救出来,将批评的理论阵营圈定在全新的女性文学和文化视域之内,用以探究与主宰集团相对应,并浮出地表的女性性征话语和言说的方式和策略。她认为女性的"双重话语"(double voice),既在与男性批评标准对话又在女性团体内部言说。这正是解构二元对立中女性从属性地位的出口和策略。肖沃尔特并非强调本质的性别差异的对立结构,而是将女性看作社会内部一种反社会力量,因为女性"不是一个可以定义的身份,女性同别的事物没有保持距离,无法站在别处宣称自己……也许女性——一个无特征、无形状的模拟物——是距离的断层、超越距离的距离、休止符之间的节奏、距离本身"。① 正如德里达把女性批评的浮出视为"从无底深渊浮出,吞没和扭曲所有的本质、特征和所属的痕迹"。② 肖沃尔特把女性看作男性中心话语的断层,抵抗男性中心话语的等级制和本体论的真正的力量。肖沃尔特秉持以女性经验为基础的理论基础,逃离男性中心话语机制对女性的界定,女性定位的滑动和拒绝命名(unnaming)成为她的女性批评学的立足和抵抗的动能,用社会构成代替生物决定论来讨论性别差异;把性别作为马克思主义批评的"阶级"和第三世界批评的"种族"同等重要的分析范畴参与理论论争。

　　肖沃尔特坚持把"女性批评"理论应用于具体文本的分析和女性文学史的研究,基于女性文本的阅读而进行的批评不仅构筑女性主义文

---

① Jacques Derrida, *Epersons: Les Styles de Nietzsche*, Paris: Flammarion, 1978, p.49.

② 转引自张京媛:《引言:当代女性主义文学批评》,北京:北京大学出版社,1992年,第12页。

第三章 性别与政治

学理论,更重要的是对女性主义批评阵地的坚守。而运用女性主义理论来分析女性作家和作品也是对文学批评模式的重要贡献。尤其是挖掘不知名女作家和恢复被歪曲的女性作家地位,从矫正文学标准的"普遍性"假设角度来说,则建构了一份妇女自身的文学经典和传统。① 另外,撰写女性文学史和挖掘文学史上的女性文学传统也成为女性主义批评一个重要的议题。在肖沃尔特之后,很多女性主义批评家把断代的女性主义文学传记提前并追溯到更为久远的时期,从女性写作的时间上继续拓展"女性批评"的触角,寻找女性写作的空间。例如约瑟芬·多诺万(Josephine Donovan)在《妇女和小说的兴起 1405—1726》(1999)中,从 15—18 世纪的法国、西班牙和拉丁美洲国家的妇女小说中发掘一种主要的文类——妇女框架中篇小说(women framed-novella)模式。叙述框架内的一系列故事使得女性作家拥有一种与其创作的文本对话的潜力,让作者远离作品,对故事中用到的素材做讽刺性处理。这个框架的运用成为女性主义批评家阐述自己观点的立脚点,多诺万将妇女小说兴起的时间向前足足推进了三个世纪,延续肖沃尔特开创的"她们自己的文学"言说,这些声音穿越时空一直诉说着作为"人"并非"物"的自我意识和主张,作为"人"(people),妇女是"拥有需求和欲望的主体",并非"供他人使用的客体"。②

对于女性主义批评理论的建构问题,女性主义批评内部存在两种倾向:激进派完全否定理论和以科劳德尼为代表的女性主义批评理论"戏谑的多元论"观点。肖沃尔特所倡导的以女性为基础的批评理论建构反对这两种倾向。她认为重构批评标准、修正文学经典和建构女性主义理论界说是女性主义批评家的首要任务,也是女性主义批评的研

---

① 受肖瓦尔特的影响,从 70 年代起,批评界出现了一系列以女性文本为研究对象的女性主义批评著作。除了肖瓦尔特自己的《她们自己的文学》和《姐妹们的选择》以外,还有吉尔伯特和古芭的《阁楼上的疯女人》《中间地带》(三卷本)和《诺顿女性文学选集》,以及玛格丽特·霍曼斯(Margaret Homans)的《女作家与诗人身份》等等。

② Donovan, Josephine, *Women and the Rise of the Novel*, 1405—1726, London: Macmillan Press Ltd., 1999, p.146.

究重心。完全排斥现存理论等于把理论的武器拱手让给菲勒斯中心批评体系。她批评艾德里安娜·里奇对理论的排斥,认为她们的这种态度是女性主义批评行进中的主要障碍。肖沃尔特看到妇女的经验如果不能理论化,那么基于妇女经验的女性批评就毫无意义。她在《荒野中的女性主义批评》一文中明确表明没有理论根基的女性主义批评只能是经验主义孤儿。持反理论立场的激进女性主义者讽刺男性的学问不会开花结果,强调抵制理论就是抗拒现行的规范和批评标准。肖沃尔特为女性主义批评孤立在批评界之外的事实感到焦虑。因为"女权批判"对经验的把持只是若干批评模式的一种,无法参与新的批评理论的论争,而缺少与理论界的对话等于放弃自己的理论领地。激进派"分裂主义"的幻想最终只能放弃女性主义批评的政治诉求目标,修正式的阅读阐释也只能停留在对男性批评理论的纠错上,只能依赖男性参照系来规范和限定女性自己的创造力。这显然与女性主义批评的初衷相悖。另外科劳德尼倡导的女性主义批评的多元论观点也是肖沃尔特批评的对象。科劳德尼"排斥理论一致的前景"为的是与"大量妇女运动现有潮流"保持一致,因为有多少种运动形式和目标就有多少种批评理论。[1] 肖沃尔特所主张的女性主义批评并不是一种阐释和再阐释的工作,如果采用多元批评的姿态,就不能从整体上对不了解女性批评的人提出有关女性写作和女性文学传统相关的问题,更不能反抗菲勒斯中心批评标准,因而就失去女性主义批评的理论基石。"戏谑的多元论"的结局只是女性主义批评家喋喋不休的"申冤诉苦",其根基仍是现有的男性中心批评模式,终究逃脱不了大师们操控的语言体系和评判标准。肖沃尔特正是看到女性主义批评的理论前景,在女性主义意识形态和公允的理想境界之间找寻理论的荒地,彰显女性著作的差异,并将这片荒地视为自己的理论阵地,与菲勒斯批评据理抗衡。

---

[1] Kolodny, Annette, "Dancing Through the Minefield: Some Observations on the Theory, Practice, and Politics of a Feminist Literary Criticism", *New Feminist Criticism*, edited by Showalter, New York: Pantheon, 1985, p. 162.

二、女性主义批评的四种模式

"女性写作"的概念提供了谈论女性著述的方法,它注重女性创造的价值,并把分析差异作为女性主义批评理论的方向。那么,差异在哪里？差异在于风格？还是文类？还是经验？它们是产生于创作过程还是阅读过程？肖沃尔特认为:"我们的理论必须扎根于阅读和研究,由此切实地了解女性与文学关系的实实在在、持久真实的情形。"肖沃尔特在《走向女性主义诗学》一文中提出了女性主义批评的两种模式,将批评的重点转向以妇女为中心的"女性批评"。她的"女性批评"学说在《荒野中的女性主义批评》一文中得到了进一步的发展,用以考察女性作品的差异所在。她将女性写作分为四种模式:生物学批评模式、语言批评模式、心理学批评模式和文化批评模式。每一种模式代表女性主义批评的一个派别,展现独特的文本、风格和方法。但它们同时又是交错重叠,甚至前后贯通,有时后一种模式纳入前一种某些规范,相互生发。肖沃尔特虽然对这四种模式分别进行了评说,但第四种模式——文化模式着墨颇多,因为它涉猎的内容最广,最为复杂,也最能够概括女性写作的差异和特征。

第一,生物学批评模式。按照生物学的观点写就的女性主义批评著作一般都强调:身体是女性写作的源泉。甚至一些激进女性主义批评家认为女性和男性写作的最大区别在于生理差别,而男女在生物学上的差异反映在妇女作品中则体现在大胆使用生物学的意象。肖沃尔特承认类似生理解剖式的女性写作最大限度地彰显了性别差异,使用隐喻层次上的类比书写自己身体,往往带有"吐露隐私的自白语气"。[1] 妇女把身体作为意象的素材和创造力的来源是为了肯定女性性征的不同,并不是因为女性的被动和服从的弱点,相反,是为了强调身体作为

---

[1] Showalter, Elaine, "Feminist Criticism in the Wilderness", *New Feminist Criticism*, edited by Showalter, New York: Pantheon, 1985, p.252.

妇女写作的生物学意象的重要性,但肖沃尔特认为身体不会是纯粹的人体表达方式,它必然涉及并通过语言、社会和文学等不同的形式表达"身体"概念,"从作品的实体而非肉身的作品中寻找女性文学实践的差异"。① 这种从作品"肉体"而非"作品实体"的人体表达对理解妇女如何形成自身所处社会的境遇有重要意义。但它却没能揭示女性文学实践的差异。

第二,语言批评模式。有关妇女作品的语言理论,肖沃尔特提出了一系列值得思考的问题:男女作家在语言使用上是否有差异? 语言使用的性别差异是否可以用生物学、社会学或文化研究中的术语得以体现并使其理论化? 妇女是否创造了专属于自己的语言? 女性在言说、写作和阅读过程中拥有自己的性别标签? 这些与语言相关的论争在肖沃尔特看来是女性批评学中"最令人亢奋的议题",因为语言被视为构建和影响我们观察和理解现实的一套体系,一套男性建构的语言分类体系,妇女只能压抑自己的性别体验。很多法国女性主义批评家认为语言是讨论性别差异的关键。她们认为创造一种女性专属的语言是表达女性经验的合理方式。正如卡洛琳·伯克所论:"在男性建构的语言体系中,妇女被迫使用一种好像异国的语言在讲话,一种她自己都感到不舒服的语言。"②法国女性主义批评家声称创造了带有女性性征的语言,这种语言体系忠实于女性身体的生理结构和节奏。但是肖沃尔特认为没有任何因为性别不同而发展出结构不同的两种语言体系,更不可能产生与男性中心话语完全背离的语言系统。相反,肖沃尔特认为男性和女性在言语、语调和表达上的差异需要从文类、结构、写作技巧和具体语境等层面加以考察。玛丽·雅各布森(Mary Jacobus)认为:"妇女只能在男性中心话语中写作,但是写作是为了不停地解构男性话

---

① Showalter, Elaine, "Feminist Criticism in the Wilderness", *New Feminist Criticism*, edited by Showalter, New York: Pantheon, 1985, p.253.
② Carolyn Burke, *Report from Paris*, p.844, 转引自 Showalter, *New Feminist Criticism*, edited by Showalter, New York: Pantheon, 1985, p.191.

第三章　性别与政治

语权威:书写不能被书写的内容。"①肖沃尔特强调女性主义批评的任务应该是改进女性使用语言的途径,清除否认妇女是丰富语言源泉的"审查制度"。从这一意义上说,肖沃尔特主张妇女语言的使用和使用的有效性是一种"政治姿态"。"女性批评"的根本任务是增加女性使用语言的途径、可供选择的词语之间的有效词汇范围。如果没有一种绝对分离的女性语言体系,那么女性应该争取充分运用语言的权力和改变"被迫以沉默,或是遮掩、讳饰的方法表达自我"的方式。② 这一切都掩藏在父权制的意识形态和文化机制之下。不能清除这些鬼怪,这种语言就不能成为女性主义批评建构妇女差异理论的先决条件。

　　第三,心理学批评模式。女性写作中加入心理分析元素汲取前两个模式的营养,从性别身份的建构和发展看到女性创造力的个案阐释的合理性。这种心理分析模式同弗洛伊德的俄狄浦斯情结和拉康将后弗洛伊德学说应用于语言和儿童进入"象征秩序"有着密切关系。根据弗洛伊德的理论,"阉割情节""阴茎羡慕"成为两性之间差别和确定妇女同语言、想象和文化关系的坐标。弗洛伊德分析模式的女性主义批评提供了有效且令人信服的阅读方式,妇女作家之间虽然处于不同的文化环境,但女性作品之间存在相似性,即面对妇女不利和低微的社会地位,妇女作家表现出克服她们性别中与生俱来的"缺失"和"不利"一面。拉康认为女性进入父亲秩序或俄狄浦斯的阴茎羡慕阶段正好和儿童进入象征秩序和语言秩序吻合。此时她们意识到性别差异和隐含在语言内部的不同。与男孩进入认同父亲的象征秩序不同,女孩的经验则是否定自我并认同身体和精神的"缺失"。肖沃尔特赞同部分持有心理分析女性主义批评家的观点。她们大多利用弗洛伊德和拉康的观点,例如南希·乔多罗夫(Nancy Chodorow)把前俄狄浦斯解释为女孩

---

① Jacobus, Mary, "The Difference of View", 1980. *Women Writing and Writing about Women*, edited by Mary Jacobus, London: Croom Helm, 1980, pp.12—13.

② Showalter, Elaine, "Feminist Criticism in the Wilderness", *New Feminist Criticism*, edited by Showalter, New York: Pantheon, 1985, p.255.

认同母亲的积极阶段,并认为男孩在这个阶段的经验是负面的——经历不是"女性"的焦虑。俄狄浦斯情结之后,女性的性征虽然与男性象征秩序相悖,但依然保留着与母亲的联系。① 肖沃尔特看到其他女性主义批评家,如莫尔斯、妮娜·贝姆和斯帕柯斯都有近似的理论阐释。她们用这一理论分析妇女作品中的女性人物或是妇女作家的联系时,看到女性人物和妇女作家创作的集体心理动力。虽然妇女作家共有的集体动力能够解释处于不同文化境遇中的妇女写作的共同之处,但是肖沃尔特认为"女性批评"不能停留在妇女作家和作品共有的心理动能上,它不能解释由历史、种族和经济等因素带来的变化和差异。考察这些因素必须把讨论的边缘打开,女性主义批评需要更广泛的综合的批评模式,用以标示女性写作差异。就此,肖沃尔特把妇女作品放在涉猎极广的文化研究的语境中进行考察。

第四,文化批评模式。在女性写作的四种差异模式中,肖沃尔特最看重并极力提倡的是文化批评模式。与前三种模式相比,文化人类学和社会学或许能够清楚地说明女性批评所处的"荒野",标出女性文学确切的文化坐标,能够更加完满地论及妇女作品的特征和差异。文化理论包括妇女身体、语言和心理分析等各派学说。这些学说与产生它的社会环境关系密切,并通过与社会环境发生的联系来阐释女性写作的不同。肖沃尔特认为尽管女性作家在阶级、种族、地域和国别上千差万别,但这些因素同性别因素一样都是导致差异的极为重要的因素。但是对肖沃尔特来说妇女文化在大文化圈内,形成了某种共有的集体经验,妇女作家之间的联系跨越时间和空间组成一个团结的力量源泉(source)。牛津大学人类学家阿登纳认为在男性文化和女性文化相交的两个圆圈中,有一个不属于男性的女性"荒原地带"。这是一块男性的禁区、男性所不了解的区域。一些女性主义批评家把它视为女性批

---

① 具体参见 Chodorow, Nancy J., *The Reproduction of Mothering*, Berkeley: University of California Press, 1999, p.125.

评、理论和艺术的独立地带。法国女性主义批评家把这块荒原看作女性差异论的理论基地。这里成为女性写作和进行革命性言说的地方,是西苏笔下狂笑的美杜莎和维茨格《游击队员》居住的"黑暗大陆"。自愿进入荒原的女性作家借助写作充分表达欲望,"摆脱了父权领地中狭窄牢笼"。美国激进女性主义批评家则将这块难得的女性主义领地视为女性亚马逊乌托邦理想国。她们认为妇女比男人更接近自然,接近母权制原则,这个原则既有生物学又有生态学的重要意义。玛丽·戴利《女性生态学》、玛格丽特·阿特伍德《浮出水面》和吉尔曼《她国》都是这个想象的女性主义乌托邦神话的缔造者。

女性创作的文化模型理论对女性主义批评亦至关重要,因为此派理论的基础文化人类学和社会史学都能提供说明女性文化境遇的术语和图表,同时关联女性创作的实践经验,就可使研究免于清谈,避免空泛。但是,肖沃尔特提醒上述持有文化批评的女性主义批评家是纯粹的"田园飞歌式奇想"。[①] 她认为不可能存在完全独立,不受男性控制的野地。女性作家应该看到不可能存在独立于占统治地位的批评标准之外的作品和批评,更不会有任何出版物能够逃逸于男性主宰的经济和政治的压迫。肖沃尔特主张"双声话语"的妇女写作方式。妇女作品既在界定自我的妇女文学传统内部言说,同时与传统的批评史进行对话,妇女写作游走于这两种传统之间,成为"主流的潜流"。妇女写作的差异坐标就存在于各种文化变量的复杂、纠结的力量之中。对于文化变量的考察,诸如妇女作品生产与分配方式、作者与作者的关系、高雅和通俗文化的等级制度,是为了确定女性主义批评家的文化坐标,这也是女性主义批评家的首要任务。肖沃尔特认为"荒原地带"是考察女性差异的场域——这个地带是女性性征的精华所在。文化批评模式正是建

[①] Showalter, Elaine, "Feminist Criticism in the Wilderness", *New Feminist Criticism*, edited by Showalter, New York: Pantheon, 1985, p.263.

构女性差异的"有力和坚实的积极源泉"。① 既然妇女作家同时处于两种传统之内,妇女作家必须和主宰集团和沉默集团同时对话,那么,妇女小说兼具主宰和沉默两个故事,这个特征正是女性作品特有的,不可替代的特征也是女性写作的最大的差异。

　　这四种不同的女性主义批评模式对女性主义批评理论在美国的建构产生了相当大的影响,为女性主义批评打下了坚实的理论基础,也为女性主义批评扎根于文本阅读和历史考证起到巩固作用。同时,促成了女性主义批评理论在后现代批评视域中的博弈。肖沃尔特将精神分析学、语言学、解构主义理论引入自己的理论思辨中,进一步推进了美国女性主义文论的理论化,使其呈现出兼收并蓄的特征,实现从批评实践到理论探索的转移。另外,肖沃尔特还提供了一套阅读妇女作品的女性主义批评方法。女性批评学理论开启和提醒读者阅读妇女文本时应采用女性主义批评视角,这种方法同样适用于阅读女性主义话语内部带有女性性征差异的女性写作。用以区分女性作品的四种模式回答了关于女性主义和妇女作品的有关问题,无疑对推动女性主义批评和理论的建构产生了不小的影响。下一章重点论及"女性批评"学说建构妇女文学史的过程,以及批评家们为修正文学标准所采用的女性主义批评策略和建构英美女性文学史所进行的努力。

---

① Showalter, Elaine, "Feminist Criticism in the Wilderness", *New Feminist Criticism*, edited by Showalter, New York: Pantheon, 1985, p. 265.

第四章

性别与文学史观

在揭露传统的文学批评链条中暗含的"男支女配"问题上，女性主义者不乏前人和同行者，但正如肖沃尔特本人所说，"女权批判"无论怎样深切地抨击父权制文学意识形态和既有规范，留给女性更多的是女性经验反映在历史、文化和文学场域的消极和负面的实践。乔纳森·卡勒（Jonathan Culler）把妇女作为读者的阅读分成三个时期，即从带有女性经验的接受阅读到拒绝接受的抗拒性阅读，再到成为男性权威同谋的阅读。他认为这个过程恰恰表明作为妇女的阅读是作为女人同一性被建构的阅读过程，这一行为不得不将阅读主体分离出主体"经验"，因为这种具有二重性特征的"经验"必然要有一个参照系。而这个参照系，如肖沃尔特所察觉，是"基于男性经验而又作为普遍规律而提出的有关文学创造力、文学历史或文学阐释的'男性批评理论'"。① 仅仅基于男女经验的两分法的比附远远不够,还要从女作家和作品中挖掘文学经验和女性文化的连续性。另外,女性主义批评这个理论风雨中的"经验孤儿"需要一方自己的批评阵地,这也成为80年代初女性批评学尤为重要的呼声,作为以女性为中心的"妇女中心批评"思路浮出地表。

肖沃尔特试图在理论层面对"女性中心批评"概念下定义。"女性中心批评"以作为生产者和作家的妇女为中心,涉及妇女文学创作的历史、主题、类型、语域等相关问题的研究。同时涉及女性作家的文学史和女性美学的构建、女性亚文化理论图谱的绘制以及与主流文化的对话等等方面的研究。当女性主义批评的重心由修正式的阐释转移到专门研究女性作家,研究对象也相应转变为女性著作的历史、风格、主题、文类和结构,以及女性创造的心理动力、女性个体和集体创作的轨迹、女性文学传统的演变和规律等等。而在传统和现有的批评话语中找不到一个概念可以囊括此研究现象。"妇女中心批评"这个词应运而生,因为它重新规定了理论问题的性别缺憾,注重女性作为一个独立的文字团体及其著述的不同。

由此看出,"妇女中心批评"转向女性自身的思考,从性别角度深入分析女性作家集体创作的心理动力,并将女性主义诗学建构在基于女性经验的性别差异和认同基础之上,发展一种自觉的批评方法,挖掘出暗藏在地表之下,不断与主流文化发生联系又使其规范的理论潜流。这条潜流一旦浮出地表,便在"专属男性"的批评理论"荒野"中,开凿出"横亘在女权主义意识形态和公正的自由理想国之间"一片属于女性主义的"理论荒原"。②

---

① Showalter, Elaine, "Feminism in the Wilderness", *New Feminist Criticism*, edited by Showalter, New York: Pantheon, 1985, p.247.
② Ibid., p.243.

第四章 性别与文学史观

第一节 暗藏的潜流:重构英国妇女文学史

"妇女中心批评"与"女权批判"不同,它从修正式的阐释转移到建构女性文学的不懈努力中。帕姆·莫里斯(Pam Morris)认为:"肖沃尔特比其他批评家更加积极倡导了妇女写作,妇女写作也是女性主义批评的第二个阶段……与否定男性文本的'女权批判'相反,'妇女中心批评'则注重正面的批评建构。"[①]"妇女中心批评"是贯穿肖沃尔特的"女性批评"学说的一条重要线索,它建构在已有的男性文学传统压抑妇女传统的前提下,我们的任务就是要发现被忽略或遮蔽的一个与男性传统并行的文学传统。正如肖沃尔特在《走向女性主义批评》一文中指出:"'妇女中心批评'开始于女性将自己从男性文学史的线性绝对状态中解放出来之时,它不再试图将女性纳入男性传统的线条中,相反,它着力研究开始浮出历史地表的女性文化世界,谱写女性自己的文学史。"

在这一领域,肖沃尔特的著作《她们自己的文学》展开了对女性写作的文本和历史的细察,描绘出女性文学的亚文化特征及其与其他亚文化之间的类比关系。女性文学传统犹如其他亚文化群,它建构于一个庞大的社会圈子中,由自己的表达方式及自我意识的发展凝聚而成。肖沃尔特提出女性文学的影响说,即在一个影响的网络里来探讨女作家的自我意识的发展,析其脉络、察其特殊的视角和位置,以及在时间长河中的女性表达,寻其从何处来将往何处去。对这种历史发展的考察,不是让人窥探某种天生的性别姿态,而是要究其文化的价值和意义。如哈罗德·布鲁姆(Harold Bloom)的影响理论,肖沃尔特试图讨论女性作家的知识构成与知识生产中与前辈的关系,用以表明女性所

---

① 转引自 Poonam Srivastava, *Gardener of Eve: Feminist Literary Theory and Sigmund Freud*, Delhi: Adhyayan Publishers & Distributors, 2004, p.82.

具有的文学创作的不同关注和思想。肖沃尔特认同埃伦·莫尔斯的言说,即女性所受的影响来自对前辈作品的潜心研究,由此借鉴、模仿,而致相似。因此一个优秀的女作家如简·奥斯丁的伟大成就,正是得力于一大批优秀的甚至是微不足道的女作家的作品。这份传统在学界被遮蔽的原因在于女作家的历史很容易在后代的记录册上销声匿迹,以至于每一代女作家都在某种意义上发现自己没有历史,不得不重新发现过去,而女性意识也在一次次地被重新唤起。面对这样的破坏,对女性群体的历史思考与书写,更显意义。

全书通过阐述、分析从勃朗特时代到当下英国文学中的女性书写,肖沃尔特归纳了妇女写作三阶段的著名论断:女性气质阶段(The Feminine Phase:1840—1880)——模仿和内化主流文化模式;女权主义阶段(The Feminist Phase:1880—1920)——抗拒和颠覆先前男权价值成规;女性阶段(The Female Phase:1920至今)——内省和自我发现的女性写作。针对这三阶段妇女文学的发展脉络,她探讨了维多利亚时期的历史文化大环境、分析了男性读者对女性创作的期待和偏见,以及批评界的双重标准对妇女写作的压抑,并结合文本分析了三个时期伟大和不知名的女性作家的应对策略和在作品中的具体体现。

女性气质阶段是模仿男性文学传统和内化其艺术标准和社会角色的阶段。肖沃尔特提出这一阶段最为重要的两种女性写作态度:第一种态度表现为妇女作家为争取获得与以男性为中心的社会文化等同的智识成就而进行的努力。她们通过使用男性笔名和模仿男性作家的写作手法遮住自己的性别,参与文学创作,挑战男女二分的双重文学批评标准。用男性笔名写作(如乔治·艾略特)或是借用丈夫名字(Mr. Gaskell)成为这个时期复制父权制观点的一个举措。卡瑞尔(Currer)、埃里斯(Ellis)和艾克顿·贝尔(Acton Bell)等十几位英国女性作家采用男性笔名进行写作。只有用遮羞布(fig leaf)遮住自己的性别,才有可能参与文学主流的博弈。而主流文学的竞技场也不都是妇女作家所擅长。她们仅占据着小说文类的地盘,在男性文学传统的旁边放置一

第四章　性别与文学史观

种同样显赫的女性小说文类,在挖掘母女关系、母性特征、姐妹情谊等主题上寻找改变社会固有的性别机制的契机。为了让男性看到"妇女需要爱,憎恶弱者。如果男性能够获得重生,获得重新修正性别的机会,要让'女的男人'体验一下做女人的过程"。① 另外,女性作家把女性的社会符码和性别气质编织到自己的作品中。在小说的叙事方式、故事情节、情感基调、遣词造句、篇章结构和性格刻画等等方面,用以制造男性作者的假象,拆解单一的男性文学标准。例如简·奥斯丁和乔治·艾略特作品中的女主人公的性格多为被动和依顺的代表。她们在情感上受压抑,压抑的结果是屈从并接受社会为她们设定的与母性关联的角色。以艾略特的《弗洛斯河上的磨坊》为例,女主人公麦基(Maggie)对自我的认同完全来自于她强大且固执己见的哥哥汤姆。肖沃尔特指出麦基面对冲突的反应:"不能正视自己的真实情感,不得不说服自己这样做是因为其他人要求她这样做。"②麦基的被动和服从的生活状态最终让她感到"毁灭自己要比生活在没有幻想挣扎求生的世界要好"。③ 肖沃尔特的这些判断当然不仅仅在分析小说的人物性格,实际上她抨击维多利亚时期特有的行为准则,一种有着特殊的社会文化和意识形态造就的带有女性气质写作的模式。肖沃尔特实际上通过识别反映在文学文本中的思考和行为方式,暗示当代女性不仅应该避免这些方式,更为重要的是指出当下妇女应该抛开内化的男性标准,摆脱受男性压抑的社会赋予的被动和附庸角色,获得自我成长和女性意识的经验。妇女作家的第二种态度则表现为内化男性中心社会主流文学的价值观。女性作家笔下的女主人公形象完全建立于她们对男性形象的构想。这些形象是妇女作为男性作者的投影。但她们利用制造的

---

① Showalter, Elaine, *A Literature of Their Own: British Women Novelists from Bronte to Lessing*, Princeton: Princeton University Press, first printing of the expanded paperback edition, 1999. Reprinted by Foreign Language Teaching and Research Press, 2004, p.158.
② Ibid., p.128.
③ Ibid., p.131.

男主人公幻想来表达她们带有女性气质的写作态度。

在妇女获得选举权之后,妇女作家开始挑战父权制秩序并唤醒女性政治意识。女性作家开始用文学作品展现由于受到社会不公正的待遇而每况愈下的妇女生活现状。在这个时代背景下,1880—1920年间的妇女写作进入"女权主义"写作阶段。"亚马逊乌托邦"(Amazon Utopia)是这个时期女性写作的基本主题。"亚马逊乌托邦"提出姐妹联盟的概念,把妇女视为唯一的地球村公民。这个概念的提出给予妇女一种隐喻的书写权力:亚马逊女勇士式的言说——独立于男性并相互忠诚成为亚马逊权力的基石,也成为妇女作家为了赋权妇女而进行写作的动力和原则。正如肖沃尔特所说:"亚马逊人是女性自立和创造力的最有价值的潜在范例,因为妇女的未来既不在智力上也不会在政治上沦为男性的附属品,妇女的语言、艺术和审美向度完全脱离主宰的男性中心社会,并独立存在。"①

奥利弗·施赖纳(Oliver Schreiner)和莎拉·格兰德(Sarah Grand)成为这一时期最具代表性的女权主义作家。施赖纳笔下工作在南非农场的妇女背负着南非人和南非妇女的双重殖民压迫。与富庶和多彩的父权制文学传统相比,南非妇女所处的乏味的布满山丘和仙人掌的环境让人不禁联想女性地下的社会地位。然而正是这种一富一贫、一丰一简、一强一弱的对比,反而赋予妇女内心一份斗争的原始动力用以"唤醒了灵魂最深处的自己",这个"自己",如多罗西·莱辛(Doris Lessing)所言:"是渴求成长和理解的努力和欲望,是人类最深刻的搏动。"②和施赖纳一样,格兰德的《天堂姊妹》从两姐妹女主人公沉默的性格中汲取不同的搏动力量,透过两个人截然不同的情感成长经历,格兰

---

① Showalter, Elaine, "A Criticism of Our Own: Autonomy and Assimilation in Afro-American and Feminist Literary Theory", *The Future of Literary Theory*, edited by Ralph Cohen, New York & London: Routledge, 1989, p. 349.

② 转引自 Showalter, Elaine, *A Literature of Their Own*, Princeton: Princeton University Press, 1999, p. 204.

第四章　性别与文学史观

德似乎在旧女性和新女性之间找到改变妇女命运的关键点：接受教育和女性意识的觉醒。伊迪丝·沃顿（Edith Wharton）作为旧女性的代表自我囚禁在宗教和女人幻想当中，最终因被丈夫传染上性病而郁郁死去，埃文娜则通过阅读科学、医药和约翰·S.密尔的《女性的屈从》觉悟到自主的重要，并采取行动完成蜕变成新女性的阵痛。拒绝与拥有情妇的丈夫的性需求成为女性主义谴责男性恶习的行动，这显然在传播女权主义观念，但对于为了刻板地保守贞操而困顿于无性婚姻中的做法也折射出她"对情感的恐惧"。① 尽管格兰德通过埃文娜丈夫的死救出她，但她最终还是没有逃出妇女的宿命，用她获得的自由再次嫁人。但对前夫恶习的抗拒放大到整个社会我们可以看到抗拒和颠覆先前男权价值成规成为这一时期妇女叙事的功绩，对于模塑女性团结和女性一致的政治目标起到不可估量的作用，成为女性文学传统的"转折点"。之后的女性文学作品转向"内心自省"，从被赋予抗拒的力量和自由的权力来探讨女性经历转向探索内心那个独立的自我，以求建立女性写作美学。

自1920年，在女性阶段，妇女放弃了模仿和抗拒这两个依赖于男性社会的形式，转而把妇女本身的生活经验作为文学创作的自给自足的源泉。把女性文化的分析带入对文学作品形式和技巧的分析。多罗西·理查森（Dorothy Richardson）、凯瑟琳·曼斯菲尔德（Kathrine Mansfield）和弗吉尼亚·伍尔芙（Virginia Woolf）成为这一时期女性美学的代表。她们从男性和女性运用语言的不同这个角度来思考和分析问题。理查森，如乔伊斯一样，认为男女使用两种不同的语言，或者同样一种语言，男女赋予的意义不同。她认为女性在更高的层次上通过语言进行交流。但在社会交往中，女性所依赖的语词（words）却让女性处于不利的地位——"并非因为作为亚文化群体被迫使用主宰集体的语言，而是作为高级人种被迫在低级层次上使用它"。② 曼斯菲尔德的

---

① Showalter, Elaine, *A Literature of Their Own*, Princeton: Princeton University Press, 1999, p. 207.
② Ibid., p. 259.

短篇小说人物则通过自我背叛来表达自我意识。她用小说中所有文学要素：意象、情节、观点、隐喻和象征等等来"抗议一切固定不变和确定的意识形态"。① 在评论伍尔芙的自传和小说时，肖沃尔特认为伍尔芙从社会强加给妇女的局限中解救出来，赋予女性共享的自由的未来。伍尔芙的女性写作的突围办法是假定存在超越性别差异的雌雄同体意识。肖沃尔特则认为在《自己的房间》里，双性同体视角并未组成一个想象的，没有"性别意识的平静、稳定、无阻的视域"，而是"逃逸于女性性征和男性性征之外"的无菌的妇女空间，这个空间实质上就是牢笼，与真实的生活冲突和环境格格不入。肖沃尔特看到双性同体和私人空间没有解放妇女反而还原妇女的最初状态——"被放逐的人和女太监"。②

肖沃尔特对于伍尔芙的批评引发了广泛的争议。玛利亚·弗格森（Maria Ferguson）认为肖沃尔特对伍尔芙的读解"看似同情实则在维护父权制文学规范"。③ 特里·莫依（Toril Moi）也提出相似的质疑，她认为肖沃尔特在肯定伍尔芙的小说天赋外，对伍尔芙的误读并不是她的文本问题，而是"因为批评家自己的批评取向和方法论出了差错"。④ 肖沃尔特对这一时期的女性作家的作品按"女性性征"和"男性性征"加以区分，用性别差异来划分她们作品中的内在和外在的经验，即带有男性性征的写实状态和女性性征的虚构。这种虚构的写作状态正是"亚马逊女勇士乌托邦"的一个真实表达，或者说伍尔芙为女性提供的一间房子，不论"亚马逊"姐妹联合体还是那个私密的个人"空间"，女性文学的

---

① Fullbrook, Kate, *Katherine Mansfield*, Brighton: The Harvester Press, 1986, p. 127.

② Showalter, *A Literature of Their Own*, Princeton: Princeton University Press, p. 285.

③ Ferguson, Maria, "Women's Literature: The Continuing Debate", *Prairie Schooner* 51 1977, p. 314. Ferguson 认为肖沃尔特通过对女性文学的梳理和分析某种程度上暴露出肖沃尔特维护传统的男性文学批评传统。

④ Moi, Toril, *Sexual/Textual Politics: Feminist Literary Theory*, London & New York: Routledge, 1985, p. 56.

第四章　性别与文学史观

传统无疑成为和男性并行的一个被掩埋的传统昭示天下,为研究英国文学和恢复女性作家的地位提供了文学文本"金矿"。[①]

肖沃尔特不仅引证了大量的历史资料进行宏观的文化分析,而且通过细致文本分析的例证,为读者勾画出妇女小说顽强生存、发展,并与男性文化观念和审美标准复杂纽结的独特经历。更为难能可贵的是,她还纠正了美国女性主义先行学者莫尔斯仅仅关注"伟大"作家的偏颇,挖掘出大量已被历史湮没的不知名的妇女作家,并给予她们极大的重视,填平"奥斯丁山峰""勃朗特峭壁""艾略特山脉""伍尔芙丘陵"等文学巨匠之间的空白。从妇女写作的连续性上、自我意识的觉醒上,创作"她们自己的文学"。因此,创作或者发掘一个与男性不同却又同时并存的女性作家的文学传统显得尤为重要。珍妮特·托德(Janet Todd)将肖沃尔特的这部著作归入她所划分的女性主义文学批评历史的"早期著作"。她认为肖沃尔特为读者呈现出先行学者早期的社会—历史维度的批评尝试,虽为断代的妇女文学传统的研究和女性文本阐释,但推动早期女性主义文论的发展,尝试以自己的术语提供阅读妇女写作的理论和方法。肖沃尔特超出妇女作品的疆界,将"妇女中心批评"的笔端延伸到重新评价所有文学遗产的批评实践,挖掘性别差异在文学中的再现,从中揭示男性或女性对文学文类的形成所起的作用,并用以检视文学、文学批评及其理论将女性声音排除其外的事实。

《她们自己的文学》的贡献不仅是挖掘被遗忘的英国19世纪40年代以来的女性作家和作品,更重要的是对妇女亚文化的强调,从文化层面上对妇女文学进行的研究。书中尤为突出地论及女性文学文本的形式、主题、意象和女性经验的独特性。肖沃尔特看到女性小说家创作的性别意蕴及她们对女性读者的关照很早就表现出一种潜藏的团结。她们体现了母性、姐妹之爱及集体精神,正是这样的情感让女性结盟。肖

---

① Moi, Toril, *Sexual/Textual Politics: Feminist Literary Theory*, London & New York: Routledge, 1985, p.19.

沃尔特将其定义为"文学亚文化群"。

　　从她对英国妇女文学传统的研究来看,妇女亚文化群首先产生于一种共同的、不断变得羞羞答答和仪式化了的身体经验,因给定的性别凝聚成文化上彼此的默契。一幅镶嵌在时空和文化变迁之中的共有的经验图谱成就了妇女共同的话题和主旨。女性性欲、父权制家庭中女性的附属地位、经济和法律上的千规戒律等等,这些类似的话题背后牵引出一系列不断重复的主题:囚禁、狭小房间、冲出牢笼的幻想、女人疯狂的意象。而这些主题不断复现,勾勒出一份压抑和冷漠的维多利亚女性气质。肖沃尔特用一个"统一的声音"而不是某种文学"潮流"来描述妇女文学传统,目的在于警惕过于单一地把女性文学视为"女性集体的想象力",而忽略女性作家的区别,因为女性作家是无意识地把自己遭受压抑的现状反映在作品当中,在这个意义上说,"女性批评"要求读者只有带有女性意识和感受力来重读文本才能发现文本潜藏的意义,即用女性主义批评的视角来分析妇女文本是理解妇女写作究竟缘何与男性文学传统不同的关键。肖沃尔特认为女性作家不仅具有其独特性,女性作家还应该赋予读者阅读时的女性眼光。只有这样才能甄别文本暗藏的写作动机和女性特有的表达方式。如果忽视小说家的性别,就等同于失去考察作者真实和重要的写作策略。肖沃尔特在发掘一份女性自己的文学传统的同时,并非游离于男性传统之外做无性别的考证,而这份有关女性文学传统的考证成为女性主义文学发展之路上最为浓重的一笔。

第二节　多元与融合:构设美国少数族裔妇女文学史

　　和米利特一样,肖沃尔特的《她们自己的文学》一经出版,訾议之声不断。尽管她强调"标准重构"、提倡"以妇女为中心的批评革命"、坚持女性主义批评视角、挖掘并恢复女性作家的写作传统,但是,随着女性主义批评家把批评的矛头指向男性,她所构建的"女性文学传统"被认

第四章　性别与文学史观

为是重蹈菲勒斯中心批评的覆辙,女性主义批评家对女性作家的推崇被视为等同于男性作家关注自己的写作和评价标准,用以彰显女性文本的权威。对女性写作传统的简单归纳、对19世纪之前和当代先锋派妇女作家和作品的忽视成为肖沃尔特整理的"女性文学传统"的批评盲点。但最为明显的盲点,后来肖沃尔特也承认,则是对女性主义阵营内部女性之间差异的忽视。她没能看到妇女作为父权社会亚文化的组成部分,其内部因种族、阶级、国别和性别取向的不同而依然存在差别。当她把美国黑人、犹太人和加拿大女性看作女性亚文化"统一的声音"时,在女性写作阵营中如何区分黑人和犹太人女性作家成为少数族裔妇女向"铁板一块"的女性批评发难的开始。不论是最早关注对黑人女性主义评论的芭芭拉·史密斯(Babara Smith)还是马诺兰金·莫汉蒂(Manoranjan Mohanty)对第三世界妇女在男权主义主观臆断中变形的描写,都注意到在少数族裔妇女注视下的西方妇女的"身份问题"。正如男性对女性文学传统有意或无意的忽略一样,实际上,肖沃尔特在用白人妇女写作的智识传统取代所有女性传统。

《姐妹们的选择:美国妇女文学传统与变化》(*Sisters' Choice: American Women Literary Tradition and Change*)则是肖沃尔特回应上述批评和建构美国妇女文学史的重要著作之一。她采用跨学科文化研究方法,将批评的视角扩展到美国黑人文学、墨西哥裔美国人、亚裔美国人文化研究中。她借鉴同性恋批评和后殖民文学理论的研究方法和理论来进一步匡正和丰富她创立的女性批评学说。她从有色人种妇女、城市贫民、体力劳动妇女的角度反思妇女文化,从妇女文化与妇女文学的关系把握亚文化研究的广度和深度,从性别、种族和阶级的角度品评女性主义文本多元性的问题。

正如她在《她们自己的文学》中对英国妇女文学进行断代的女性写作传统的考察一样,肖沃尔特在《姐妹们的选择》中依然把美国妇女文化的美学传统聚焦在19世纪妇女作家和作品的品评上。因为"产生于'姐妹情意'和'母亲帝国'的性别符码通过感伤小说维持、加强和传递着妇女文化"。① 而研究 19 世纪妇女文化,如尼娜·贝姆(Nina Baym)预言:"让我们研究的视线转向什么是文化,作品如何展现文化等问题。"②

  20 世纪 80 年代末 90 年代初,撰写美国妇女文学史不仅要考量美国文学的历史和文化语境,同时更要关注女性主义主流批评的态势。90 年代初的美国文学传统呈现出多样性和交杂性的特征。非洲裔美国文学研究成为日渐成熟的新学科、奇卡诺和亚裔美国文学的兴起增加了美国文化的多元化维度、同性爱的研究拓展了女性主义批评的性属视角,尤其是后殖民主义文学理论的加盟,使得美国成为继后几乎所有后殖民主义著作效仿的范例,并相当频繁地与女性主义批评和实践进行对话和论争。所有这些批评理论和实践的共生状态使得肖沃尔特认识到撰写美国妇女文学史面临这样三个问题:第一:必须表达性属、地域、种族和阶级等历史和文化元素对妇女写作的影响;第二:必须意识到美国女权运动与妇女写作之间的互动关系,因为"妇女写作和妇女权力之间的关联是美国妇女文学意识发展过程中的重要主题"③;第三:必须考虑出版商和作者之间、文学市场经济运作和妇女作品之间的关系。④

  《姐妹们的选择》是第一部基于美国妇女文化的多样性和交杂性,并试图"创作"一个"原原本本"的妇女文学史的尝试。肖沃尔特通过考察文学与文化之间的"交流、互译、互文本性和本土性(indigeneity)"搭

---

  ① Showalter, Elaine, *Sisters' Choice: Tradition and Change in American Women's Writing*, Oxford: Oxford University Press, 1989, p. 13, 25.
  ② 转引自 Showalter, *Sisters' Choice: Tradition and Change in American Women's Writing*, Oxford: Oxford University Press, 1989, p. 13.
  ③ Ibid., p. 10.
  ④ 参见 Showalter, "American Gynocriticism", *American Literary History*, Vol. 5 No. 1 (Spring, 1993), pp. 112—113.

第四章　性别与文学史观

建一份美国妇女写作的传统。① 根据这些观点和标准,肖沃尔特对美国妇女作家和作品进行了较为全面系统的分析和评价。她选取大量的妇女作家和批评家,包括夏洛特·普金斯·吉尔曼(Charlote Perkins Gilman)、左拉·尼尔·赫斯顿(Zora Neale Hurston)、凯瑟琳·安娜·波特(Katherine Anne Porter)、希尔瓦·普拉斯(Sylvia Plath)、乔伊斯·卡罗琳·欧茨(Joyce Carolyn Oates)等等。她们在美国女性权利、民主理想、家庭伦理、女权主义和废奴运动等历史、文化、理论等领域创作丰厚。她们共同关注的主题和美国社会现实息息相关,正如朱迪斯·菲特勒(Judith Fetterley)所说:"致力于现实主义(文学写作)与关注社会变化密不可分。"②在如此众多的文学创作中,肖沃尔特圈定了三部(《小妇人》《觉醒》和《欢乐之家》)妇女小说,对美国妇女文学中呈现的主题、意象、文类、文化习俗进行了深度的案例式文本分析。另外,肖沃尔特也以考察主题的形式提出了复杂共生的美国女性亚文化与文本之间互动的关系:她挖掘出在两次世界大战之间"另一个失落的一代"(The Other Lost Generation)——女性作家,探讨她们被遗忘的历史原因和社会制约原因。对美国女性哥特式小说的分析,也可以看出女性作家如何利用源自英国和欧洲的文学传统,在美国进行"本土性"的改写和范式的转变,并使其成为美国妇女文学中颇具批判力量的声音之一。这本著作还重点提及美国妇女缝制"拼贴被"(patchwork)的文化传统。这个传统在当时的学界很快成为理解美国妇女小说(Womanist

---

① 本土性是后殖民理论中的重要概念,本土性指重建本土文化,语言传统并重新幻想与书写本土历史、地理与生活。在建构过去殖民地的各地区英国文学时,赛义德特别使用重新建构(configuration)与改变构型(transfiguration)两种转变模式来说明如何消除文学中的殖民主义影响。具体地说,作家要重新创造一套适合被殖民者的话语,语言本身是权力的媒介。只有使用来自被殖民者国家的语言时,加以重新塑造到完全能表达本土文化与经验时,本土文学才能在宗主国立足。改变构型是指作家把自己国家文学中没有或不重视的边缘性、杂交性的经验与主题,跨越种族、文化,甚至地域的东西写进作品中,创造既有独立性又有自己特殊性的另一种文学传统。在宗主国文化与本土文化冲突中建构其本土性。

② Fetterley, Judith ed., *Provisions: A Reader from 19th-Century American Women*, Bloomington: Indiana University Press, 1985, p.11.

Novel)的形式和结构的关键。作为美国文化身份的重要隐喻,它描述和建构了变化中的美国女性文学分散、多元、杂交等特征的隐喻——"文学拼贴被"(Literary Patchwork)。

当代评论家对《姐妹们的选择》的评价褒贬不一。多数批评家认为这是一部分散的美国女性主义文学批评实践的文集,不能说明和代表美国女性文学传统的整体特征。但笔者认为,肖沃尔特在看似分散的文学和文化之间进行的思考正是延续和拓展她创立的"女性批评"学说在美国妇女文学传统的具体和连贯的实践。正如书中最后一章的题目所示:"共同的丝线"(Common Thread)将潜藏在多元文化背景之下的美国女性文学呈现出的关注历史、社会现实、多元文化主义和共同故事、文类和意象穿起来,构成美国文学特有的妇女文化和文学特征。

首先,较之早期的著说,肖沃尔特这部著作有了重大的突破。她称自己的这次美国文学史的创作是一趟"回家"(home-coming)的旅程。但与写作《她们自己的文学》时她的外国暂居者的身份相比,肖沃尔特虽为本国文学的"女儿",但面临的文学理论批评潮流和女性主义批评的走向发生了重大改变。70年代末,女性批评学的研究如日中大,建构一份英国妇女文学和女性亚文化传统显得如此重要。进入 90 年代,女性主义研究中心转向先前被忽略的种族、阶级、国别、地域和性别取向等女性主义内部的差异。尤其受到法国女性主义批评的影响,美国女性主义接受并开始转向后结构主义引发的性属问题。肖沃尔特采用跨文化的研究方法,吸收非洲裔美国人、奇卡诺人、亚裔美国人的文化研究成果,同性恋批评和后殖民文学理论方法,在多元的美国妇女文化传统背景下"扩展"并更新她创立的女性批评学。[1] 她提出包括妇女文学研究在内的亚文化研究中的几个问题:"一种'沉默'的文化是否有它自己的文学?或者它必须修正主流文化的标准吗?一种文学怎样才能找

---

[1] Showalter, Elaine, *Sisters' Choice: Tradition and Change in American Women's Writing*, Oxford: Oxford University Press, 1989, pp. 5—6.

第四章 性别与文学史观

到自己的声音,如同沃尔·索卡因所谓'自我界说',又能避免国别、重组或是性别本质主义?"①肖沃尔特在著作中使用的主要策略之一便是考察不同种族、阶级和族裔的作者在对待一系列"女性"隐喻时所使用的不同方法,而这些方法会因为时间和空间的改变而呈现多样性。结合历史事件和文化多样性的美国亚文化大环境,肖沃尔特避免割裂历史、唯我独尊的女性"自己"的文学传统。②"美国女性哥特小说"一章中,她修改了有关女性哥特小说的心理分析解读模式,她认为母亲身体的隐喻并非一成不变的本体,而是不同历史时期和国别文学中体现着完全不同的内涵。她把这一观点放大到女性文本中的文学元素的研究,比如遣词造句、隐喻、比喻、神话传说,暗示女性写作传统不是对女性经验的整体划一的描述,而是跨越历史、多种文化之间交织、碰撞的结果。正如书名"姐妹们的选择"这个中心隐喻,对于妇女文学来说,缝制拼贴被的过程就是妇女写作的过程。美国妇女作家将带有"自我界说"式的表达嵌入带有女性特征的"马赛克"文学史,她们共同织造一幅多元、流动和带有性别意蕴的美国女性文学拼贴被。

肖沃尔特对妇女写作的历史引证和多元文化主义的关注体现在她论述的广度和对材料分析的多元评价视角上。但贯穿《姐妹们的选择》的始末是反复出现的一条线索——不同族裔之间的经验虽然不同,"但作为文学和批评的生产者我们有着共同的历史轨迹,而非共同的表达方式"。③这个共同的轨迹可以描述为从19世纪现实主义写作技巧转向顿悟和性意识的印象式写作风格,从单一妇女文化构建向多元文化散播的过渡,从寻求文学文本表达的"一种声音"到释放文本的多重意义,从而打开妇女写作的多维边缘。肖沃尔特把三部妇女小说中的女主人公串联起来,从中勾勒出妇女作家和作品与主流写作传统契合和

---

① Showalter, Elaine, *Sisters' Choice: Tradition and Change in American Women's Writing*, Oxford: Oxford University Press, 1989, p.6.
② Ibid., p.21.
③ Ibid., p.8.

历史文化分离的演变过程。她认为《小妇人》有助于建构妇女文化历史进程，而《觉醒》和《快乐之家》则分别代表与妇女文化背离的不同的态度和回应。《小妇人》被认为是"美国女性神话"的开山之作。肖沃尔特认为作为父权制文学传统的女儿，奥尔科特（Alcott）表达了女性两难的境遇：女性身份和艺术自由之间的张力、文学生涯的父权模式和与妇女相关的生活之间的冲突。奥尔科特对女性自主意识和冒险精神的彰显和分析表现了女性作家的创造力和对"女子文学"（Girl's Literature）的拒斥，因而影响了几代美国妇女。①《觉醒》则突破了以往小说的常规模式。肖沃尔特认为肖邦从女性性欲意识和自我意识觉醒的角度，大胆追求女性独立人格，开创了女性文学主题和文类的新领域，因而肖邦也被称为"新妇女"，对妇女作家和男性作家都产生了不小的影响。这部作品也被看作美国女性小说从家庭现实主义向现代主义异性恋的过渡。② 伊迪丝·沃顿（Edith Wharton）在《快乐之家》中，让女主人公莉莉（Lily）死去，用来抵抗她内心那个幼稚自己，斩断与女性世界的一切联系和性欲造成的后果。莉莉的死也意味着那个压抑自己想象力的"顺从的女儿"的死，也映射"顺从"的女性小说家的消亡。而沃顿作为新女性作家，摒弃"传统的女儿"的写作焦虑和危机，成为世纪之交女性文学成熟的代表作之一，沃顿也被认为是美国女性自主和成长小说文学史的先驱。③

　　这三部小说都因意识形态、历史和批评标准等等原因遭禁，并于沉寂几十年后重新走进批评家的视野，这是肖沃尔特和她同时代的女性

---

① 波伏娃曾这样赞颂《小妇人》："我深切认同乔（Jo）这个知识女性……为此，我写了两三部短篇小说以便模仿她（奥尔科特的写作风格）。"波伏娃后来回忆说，奥尔科特笔下的乔帮助她度过了孤独的童年，并成长为自己做主的女性。她说："我那样尊崇乔以至于我就是她，因此我不在乎残酷无情的社会，因为我高尚，我有我自己的位置。"转引自 Showalter, Elaine, *Sisters' Choice*, p. 64.

② Showalter, Elaine, *Sisters' Choice: Tradition and Change in American Women's Writing*, Oxford: Oxford University Press, 1989, p. 73.

③ Ibid., p. 103.

第四章 性别与文学史观

批评家始终坚持恢复女性文学之声的结果。在评述三位女性作家作品时，肖沃尔特用一条"家的叙述"之线穿起被隐匿的女性文学声音，在"文学和批评"之父、"无语和感性"之母以及她们的女儿之间建构女性文学史。① 肖沃尔特以奥尔科特缔造的"女性神话"为起点，肖邦的自我觉醒和自我成长的朝圣之旅为轨迹，走向背离传统和游弋于"主宰"和"沉默"两种文化的沃顿。一条美国女性文学的大致方向浮出地表：从单一的家庭伦理小说中建构带有女性性征的妇女写作和妇女文化传统，从与母性身份和女性性征的背弃和分离走向自主和独立的小说创作。肖沃尔特勾勒的这条美国女性文学传统的线索实际上扩展了姐妹团体的同质同构的妇女写作范围，她点明女性写作在历史的脉络中是用两个声音在言说，因为它同时在批评的主流传统之外，又在女性沉默的集团之内言说，在两种传统之间或交叉口写作，在这个意义上同时具有"父亲"和"母亲"的写作传统，并用妇女自己的写作传统定义妇女写作的空间和时间，拒绝成为传统批评标准的附庸。②

对19世纪末的经典妇女作品的重读也引发了20世纪末建构当代妇女文学身份、修订批评体制和重塑美国文学经典的影射阅读和对照思考。肖沃尔特反复强调女性主义批评是带有姐妹情谊的"妇女团体"（Women's Community）。实际上，她把这个团体描述为妇女艺术家和妇女批评家之间的和谐、团结的状态，因为"一个让我们联合起来的原因是渴望女性团体的延续，这也是渗透在文学和批评理论中不变的理

---

① 在《姐妹们的选择》中，肖沃尔特运用了一系列有关父亲、母亲和女儿的隐喻来论述三位女性作家笔下女主人公的成长。《小妇人》中乔（Jo）的女性神话在于"她有选择的自由。她独立地生活和不停地写作并非成为遥不可及的莎士比亚姐妹，而是称为我们中弥足珍贵的姐妹"。（第64页）肖邦笔下艾德娜（Edna）的觉醒并不是因为一个男人，而是把她引入同性之间情爱的阿黛尔（Adele）。因为她在"自我发现"的情感之旅始于女性的爱抚。沃顿则摒弃19世纪女性小说家对母亲和女性情谊的依赖，莉莉（Lily）的死也预示着传统妇女小说家死去——"那个压抑她强大想象力动力的乖女儿"的消失。沃顿正是处于"文学批评之父的世界和无语感性之母的世界之间"挣扎的女儿。（第102—103页）

② 参见 Showalter, Elaine, "Women's Time and Women's Space", *Tulsa Studies in Women's Literature*, 3(Fall 1984), p.32.

念,为的是打破女性之间不平等的桎梏"。① 对于妇女文学来讲,妇女写作亦如缝制拼贴被的过程,从选料到谋色、从裁剪不同形状的小块到重新缝合成整体图案以及最后缝制镶嵌的花纹和线条。整个过程正是艺术创作过程的写照和影射,也是妇女作家形成同盟和达成一致的女性审美理念的过程。作家对于题材的选用、情节的构思如同对形状各异的几何图形布片的选择和裁剪,对章节的设置又如布片整体的摆放和细化过程,而艺术手法和技巧的选用则是将精心构设的局部图案用笔缝制在一起,并配以遣词造句、修辞搭配,最终完成一部完整的作品。作为妇女生活的一部分,缝制拼贴被的美学隐喻,在构设美国妇女文学的过程中,把女性之间的因种族、阶级、地域和性别选择的多样性统一在"姐妹"共同的"拼贴被"之下,用"缝合"消解以白人妇女文本为中心结构,正如莫妮卡·威蒂格(Monique Wittig)笔下"女游击队"战士一样,女性写作应该是没有"停顿、没有分歧、所有的事物不分等级和从属,犹如一块多词语的拼贴被,用一词代表多物"。②

第三节 "女性陪审团":构设美国妇女文学史

与《她们自己的文学》并行,2009 年肖沃尔特推出的又一部力作《她的同性陪审团:从安妮·布雷兹特利特至安妮·普鲁克斯的美国女性作家》(A Jury of Her Peers: American Women Writers from Anne Bradstreet to Annie Proulx),可以说这是肖瓦尔特为整理一份三个半世纪美国女性文学史所进行的又一番努力。它涵盖了从布雷兹特利特至普鲁克斯 250 位女性作家。她从女性与文学市场的关系入手,着眼于她们的文学影响力,而不是性别差异。她在书中探讨了写作如何改

---

① Showalter, Elaine, *Sisters' Choice: Tradition and Change in Anurican Women's Writing*, Oxford: Oxford University Press, 1989.
② 转引自 Dupulessis, Rachel "For the Etruscans", *New Feminist Criticism*, edited by Showalter, New York: Pantheon, 1985, p.278.

第四章 性别与文学史观

变女性的人生、她们如何把公共自我与私人生活相妥协、女性地位的改变如何影响到她们的生活和职业等等。基于这一出发点,肖沃尔特在这部文学史中不仅涉及包括诗歌、小说和戏剧在内的传统文学体裁,而且涵盖通俗小说、女性成长小说、自传、剧本和讽刺诗歌,也大致勾勒了女性作家创作的时代背景。在这部含有 20 个章节的断代史中,肖沃尔特以夹叙夹议的方式展示了美国女性文学的集体成就。作为新世界的新文学,第一章以诗人安娜·布雷兹特利特(Anne Bradstreet)开篇。她是 1630 年乘坐著名的阿贝拉号移居美洲大陆的英国人,见证了早期定居者在残酷的新环境中的艰难困苦。1638—1648 年十年的时间里,她创作了 6000 多诗行,几乎超出大西洋两岸的任何一位作家一生创作的总量。而这一期间,她还生育了七个儿女。《新近在美洲出现的第十位缪斯女神》(*The Tenth Muse Lately Sprung Up in America*,1650)是一部诗集,描绘了作者作为殖民地定居者、妻子和母亲的艰辛与欢乐,也表现了对当时政局的关注。具有讽刺意味的是,当这部诗集在伦敦出版时,11 位男性朋友、家庭成员和评论家为此书做了证词,证明它的确出自一位女性之手,值得出版。诗集出版后成为当时与莎士比亚和约翰·弥尔顿的作品并列的畅销作品,在新英格兰也被广泛阅读和广受推崇。玛丽·罗兰森(Mary Rowlandson)关于自己被印第安人劫持的回忆录《玛丽·罗兰森夫人被囚掳和恢复自由的真实历史》(*A True History of the Captivity and Restoration of Mrs. Mary Rowlandson*,1682)成为之后众多的印第安囚掳叙事的第一部,在 17—19 世纪期间吸引了大批读者,也是美国早期的经典作品。印第安囚掳叙事主要描绘了女性经历的美国义学形式,它表现了美国白人女性的畏惧、无助和所面临的死亡的威胁,但也展示了她们的机智、勇敢和生存能力。在不同文化、不同种族的碰撞中,生活在荒蛮之地的美国女性超越了被文化所赋予的传统角色,也因创造了这一文学体裁而受人注目。18 世纪的后半叶虽然文学产出不多,但女性的文学成就还是可圈可点。被誉为"黑人文学传统先驱"的惠特利(Phillis Wheatley)是在孩童时期从非洲贩卖到美洲的奴隶,被一位富有的裁缝买下来之后在主人家受到良好的教育,很快展现出超群的智力和颖悟。惠特利13岁起开始写诗,之后主人把她的28首诗歌带到波士顿,试图找到赞助人发表。1772年,在波士顿的一座古老的住宅里上演了被哈佛非裔美国教授小亨利·路易斯·盖茨称为"非裔美国文学的原始场景"。① 惠特利受到18位马萨诸塞州知名公共人物的盘问,以确定她是否为那些诗歌的作者。尽管她通过了这些人的面试,并由他们出示了证明,美国出版商仍然拒绝出版这些作品。惠特利的第一本诗集《关于宗教和道德的各种主题的诗作》(*Poems on Various Subjects, Religious and Moral*)于1773年在伦敦出版。惠特利的文学天赋并不能使她享有幸福的生活,主人去世后她以缝纫维持生计,后来又遭到丈夫遗弃。1784年年仅30岁的惠特利离开了人世。作为非裔美国文学的第一人,惠特利身后遭到褒贬不一的评价。她曾受到许多评论家的高度评价,被称为是"她生活时代的托尼·莫里森"。② 但恣意之声也没有间断过,甚至在20世纪60年代她被谴责为有着白人头脑的黑人女性。苏珊娜·罗森(Susanna Rowson)也是一位值得关注的18世纪女作家,她在《夏洛特·坦普尔》(*Charlotte Temple*, 1794)中描写了一个中产阶级女孩的道德悲剧。小说在出版后的100多年间广为流传,前后印刷了200多种版本,在哈里特·比彻·斯托的《汤姆叔叔的小屋》面世之前是当仁不让的第一畅销书。

19世纪中叶是美国民族文学发展的黄金时代,除了爱默生、霍桑、麦尔维尔、梭罗和惠特曼等男性文学大师之外,这一时期也是美国女性文学的繁荣时期。著名评论家弗雷德·路易斯·帕蒂(Fred Lewis Pattee)开创了从作者的性别入手、将作品视为其生理结构和生活经历

---

① Showalter, Elaine, *A Jury of Her Peers: Celebrating American Women Writers from Anne Bradstreet to Annie Proulx*, New York: Alfred A. Knopf, 2009, p. 21.
② Ibid., pp. 21—22.

第四章　性别与文学史观

之延伸的文学批评方法,将女性作品定义为情感泛滥型的"次类别"。[①]他甚至专门出版了一本题为《女性化的五十年代》的论著。这一时期最为流行的文学文类是小说,女性家庭小说作品大批登陆美国文学市场,赢得了广泛的读者,因而招致某些男性作家对女性作家占据文学市场的抱怨。其中霍桑于1855年致出版商的那封把女性作家群体称为"一群该死的乱写乱画的女人"的信函,成为一个有力的反面佐证。用肖沃尔特的话说,在这一时期,"美国的男性与女性成为文学市场上的竞争对手"。[②]她们之中的苏珊·沃纳(Susan Warner)、玛利亚·卡明斯(Maria Cummins)、卡洛琳·李·亨兹(Caroline Lee Hentz)、奥古斯·简·伊万斯(Augusa Jane Evans)、萨斯沃斯(E. D. E. N. Southworth)、范尼·弗恩(Fanny Fern)都是当时红极一时的作家。同样值得关注的是,19世纪中叶的女性作家也以自己的作品影响了美国社会,最为著名的当属哈里特·比彻·斯托(Harriet Beecher Stowe)的小说《汤姆叔叔的小屋》,一部在19世纪的美国除了《圣经》之外,拥有最多读者的作品。虽然这部小说在当时以及20世纪都曾遭到指责,但它曾经是,也依然是最伟大的美国文学作品之一。19世纪中叶也是黑人女性作品和奴隶叙事陆续出现的年代。威尔逊(Harriet E. Wilson)的《我们的黑鬼》(*Our Niger：Sketches from the Life of a Free Black, in a Two Story White House*,1859)和雅各布斯(Harriet Jacobs)的《一个奴隶女孩的生活事件》(*Incidents in the Life of a Slave Girl*,1861)都在20世纪80年代之后再版后成为美国黑人女性文学的重要文本。2002年《女奴叙事》(*The Bondwoman's Narrative*)首次面世,其作者克拉夫茨(Hannah Crafts)的身份成为学界论战的焦点。毋庸置疑,奴隶制对于19世纪女性写作起到了重要影响。

19世纪最特立独行的作家是艾米莉·狄金森(Emily Dickenson)。

[①] 金莉:《文学女性与女性文学:19世纪美国女性小说家及作品》,北京:外语教学与研究出版社,2004年,第2—8页。

[②] 同上书,第72页。

肖沃尔特显然对狄金森充满了敬意,她指出狄金森是19世纪最古怪的,但又是最具创新意识的、最勇敢和最有决心的19世纪女作家,她彻底摧毁了19世纪的诗歌传统,与惠特曼一起重新发明了美国诗歌。肖沃尔特也为狄金森作品中没有涉及美国内战进行了辩护,她强调狄金森诗歌充满了死亡与丧失,她在内心深处不断地进行着内战,反抗着生活中的权威。19世纪后半叶的区域小说(Regional Novel)也是美国文学史上一个极有争议的话题。包括马克·吐温在内的许多男性作家都从这一文类起步进入文坛,但它又被认为是个以短篇故事为主的次重要文类,与"伟大的美国小说"的天定命运格格不入,因而更适合于不具有如此雄心抱负的女性。近年来不少评论家已对这一说法提出质疑,指出女性作家正是利用这一体裁探讨了性别问题。19世纪后半叶最为知名的区域作家是莎拉·欧内·朱厄特(Sarah Orne Jewett),她的声誉在其身后也经历了不少风风雨雨,令人咋舌。肖沃尔特颇具幽默地指出,没有哪个女性作家乘坐过如此令人眩晕的批评政治过山车。①朱厄特的《尖尖的枞树之乡》(The Country of the Pointed Firs,1896)描写了一个年轻女作家夏季时在缅因州一个渔村的逗留及感受。这部作品20世纪初曾被认为是区域作品的杰作,受到著名作家薇拉·凯瑟(Willa Cather)的高度赞誉,她甚至把它与《红字》和《哈克贝利芬历险记》一起誉为最伟大的三部美国小说。

20世纪初期是美国女性文学发展的重要时期,包括格尔楚德·斯泰因(Gertrude Stein)、夏洛特·皮尔金斯·吉尔曼(Charlotte Perkins Gilman)、凯特·肖邦(Kate Chopin)和爱丽丝·詹姆斯(Alice James)在内的女性作家通过描写维多利亚家庭意识形态的阴暗面,通过把家庭、家务劳动和日常婚姻生活带进小说范围而标志着这一时代的告终。肖沃尔特毫不掩饰地在书中表达了对斯泰因这位现代文学大师的不

---

① 金莉:《文学女性与女性文学:19世纪美国女性小说家及作品》,北京:外语教学与研究出版社,2004年,第194页。

第四章 性别与文学史观

屑,把她称为"未穿衣服的女皇"。① 20世纪初期受到肖沃尔特高度赞扬的两位女作家是伊迪斯·沃顿(Edith Wharton)和薇拉·凯瑟(Willa Cather)。有趣的是,两位作家都拒绝被定义为女人。两人家庭背景和写作范围截然不同,但两人都超越了女性写作的模式和社会期待,投身于超越性别局限的艺术创作之中。沃顿反对被定义为女性作家,凯瑟也对女性作家颇有微词,两位作家或许都不屑成为美国女性文学的一部分,然而在20世纪20年代之后,她们无法避免与其他女性作家一样被排斥和轻视的命运,之后又在美国文学作品被收入文学选集、被研究的过程中逐步从经典书目中被排除在外。在美国文学作为一个学科建立之后,大多数女性学者在美国女性作家被排除在文学史之外的同时,也被排挤出领导地位。20年代的女性作家虽已取得了选举权,但她们与男性的平等权利还有待时日。

20世纪30—60年代也见证了女性文学在恶劣的文化环境中所取得的文学成就。左拉·尼尔·赫斯顿(Zora Neale Hurston)是30年代最具天赋的女性作家之一,她拒绝以个人的视角而非黑人的视角看待生活的做法曾使她饱受黑人作家群的指责。这一时期的著名作家还包括剧作家莉莲·海尔曼(Lillian Hellman)、第一位获得诺贝尔文学奖的美国女性赛珍珠(Pearl Buck),以及发表了一部闻名世界的关于美国内战的名作《飘》的作家玛格丽特·米切尔(Margaret Mitchell)。40年代的两位著名作家为创作了南方哥特小说的卡森·麦卡勒斯(Carson McCullers)和尤多拉·韦尔蒂(Eudora Welty)。韦尔蒂生前备受推崇,但去世后却因其作品中对于种族问题的缺失招致一些批评。非裔女诗人布鲁克斯(Gwendolyn Brooks)创作的唯一小说《莫德·马萨》(*Maud Martha*)为50年代初一部技巧精湛的小说,描述了芝加哥一位穷苦的非裔家庭妇女面对种族主义、战争和黑人女性的生活悲剧。玛

---

① 金莉:《文学女性与女性文学:19世纪美国女性小说家及作品》,北京:外语教学与研究出版社,2004年,第254页。

丽·麦卡锡在50年代达到其创作生涯的高峰,其《天主教女孩童年的回忆》(*Memories of a Catholic Girlhood*,1957)是她在50年代创作的最有深度的作品,极大地影响了20世纪后半叶发展起来的女性自传。弗莱德里·奥康纳(Flannery O'Conner)也是50年代的知名作家,但评论家对于究竟如何看待她的作品一直争执不休。毫无疑问,其作品中表现出的天主教思想为评论家提供了解释她作品中残暴和血腥的理由,但也有评论家把她的作品看作一位生活在骑士时代的南方女作家的反应和妥协。莎莉·杰克逊(Shirley Jackson)以撰写女性哥特小说闻名于50年代,其短篇故事《彩票》("Lottery")成为20世纪最常被收入文集的故事之一。

　　80年代的女性作为作家、评论家、出版商、历史学家已堂堂正正地加入了美国文学的评审团,她们因为女性读者的支持、女性学者的关注和女权运动活动的影响而被赋予力量。吉尔伯特和苏珊·格巴主编的《诺顿女性文学选集》(1985)的出版,改变了美国文学的教学现状,提出了构建美国女性文学史的基本问题。2000多页的选集包括了英、美、加、澳与其他英语国家的148位女作家的作品。女性作家对于自己作为职业作家的地位也表现出一种新的自信。在戏剧界,亨利(Beth Henley)、诺曼(Marsha Norman)和沃瑟斯坦(Wendy Wasserstein)三位剧作家在80年代都获得了普利策奖,这几乎是前60年中女剧作家获得该奖项的总数。欧茨在更加直接地抒写女性经历的同时,也表现出处理传统男性题材的能力。罗宾逊(Marilynne Robinson)的小说《持家》(*Housekeeping*,1980)将小说的背景设在美国爱达荷州,叙述了两种不同的女性生活,持家成为一种富有象征意义的活动。虽然如今《持家》已经被视为女权评论家的时尚作品,但对于如何解读这部小说,见解却大相径庭。安妮·泰勒在80年代创作的几部作品,包括《想家饭馆的晚餐》(*Dinner at the Homesick Restaurant*,1982)、《偶然的游客》(*The Accidental Tourist*,1985),以及《呼吸课》(*Breathing Lessons*,1988)都获得评论家的好评,探讨了充满着破碎婚姻的美国家庭生活,

第四章　性别与文学史观

以及其人物重建新的家庭或乌托邦社区的努力。贝蒂(Ann Beattie)的作品记录了在70年代成人的一代人的充满疑虑的生活,其简约主义风格颇有代表性。这一时期女性侦探小说的涌现颠覆了这一体裁传统,塑造了敢于面对暴力、在枪战前无所畏惧的女性侦探。卡拉夫顿(Sue Crafton)和帕雷茨基(Sara Paretsky)成为其优秀代表。多元文化主义最初以80年代的文化战争以及关于文化和种族在大学人文学科课程设置上的政治和学术争执出现,女权主义者挑战了所有女性都属于一个统一群体的观点。这一时期的许多作品反映了生活在美国文化地理和性别边缘的族裔女性的生活。爱丽丝·沃克的书信体小说《紫色》探讨了非裔女性遭受的性别压迫和女性之间的情谊,作品无论从主题或文体上都具有创新意义,开启了非裔女性作家在80年代的先河。其论文集《寻找母亲的花园》把非裔女权批评观点传播给大众。内勒(Gloria Naylor)的《布鲁斯特街的女人》(*The Women of Brewster Place*,1983)等作品叙述了城市中非裔女性的生活,广受读者以及评论界好评。莫里森基于真实事件创作的小说《宠儿》(*Beloved*,1987)描述了一位为了使女儿免受奴役而杀死她的黑人妇女塞斯,以及这一经历对她及家人的影响,这一作品被许多人视为莫里森最具震撼力的杰作。桑德拉·西斯内罗斯是进入主流文学的第一位墨西哥裔美国作家,她的《芒果街的房子》(*The House on Mango Street*,1984)探讨了年轻女性试图逃离禁锢她们自由的房子的故事,以及她们对自己的空间的渴望。具有印第安血统的路易斯·厄德里奇(Louise Erdrich)的《爱之药》(*Love Medicine*,1984)描述了三代印第安人的相互交叉的50年的生活,叙事由7位不同的叙事人完成,该书受到盛赞。谭恩美的《喜福会》(*The Joy Luck Club*,1989)探讨了移民女性与其后代之间的关系,也是80年代一部颇得好评的小说,成为后来诸多作家模仿的叙事模式。穆克吉(Bharati Mukherjee)是来自加尔各答的印度裔作家,她在80年代发表了四部作品,探讨了移民生活以及东西方文化的碰撞。其中小说《茉莉花》(*Jasmine*,1989)叙述了一位年轻的印度女子所遭受的悲惨压迫。从整体来看,女性文学创作呈现出百花齐放的态势,在社会上极具影响。

肖沃尔特认为,美国女性作家在20世纪末进入了创作的第四时期,即自由时期。在这一时期,女性可以与男性享有同样的市场力量和社会变化,以及同样的大众品味和批评时尚的变化。而最能说明问题的是莫里森获得诺贝尔文学奖这件事情,不但把她的作品带入经典,也反映了女性创作的整体地位。150年前曾经出现过文学市场女性化的现象,女性在20世纪末更是在文学书籍市场上占主导地位。据《纽约时报》1997年的调查,70%—80%的小说都是女性购买的。① 而曾经一度触动女性心弦的诗歌,却正在失去其阵地。虽然大量的资金用来资助诗歌刊物,大量奖项用于诗歌创作,但显然目前创作和教授诗歌的女性多于阅读和购买诗集的女性。而女性哥特小说与恐怖回忆录成为当前写作圈的时尚,这些作品笔锋直指当代生活中的暴行、谋杀、贫困、性乱行为、虐童、乱伦、破产等。少女文学(chicklit)也是20世纪末的新宠,题材涉及年轻女性面对的安全感缺失、减肥、酗酒、令人失望的两性关系、代沟、对于性道德的疑惑等等。20世纪末的女性作家长驱直入之前被认为是男性创作的传统领域,性别和题材上都有所创新。她们或从男性视角或从女性视角进行创作,题材涉及养猪、养马、牧民骑术表演等等。斯迈利(Jane Smiley)毅然挑战性别界限,同时也把女性想象为美国小说的主人公。其1991年的小说《一千公顷土地》(A Thousand Acres)以美国农场上三姊妹的生活改写了著名的《李尔王》。普鲁克斯(Annie Proulx)更是在文学体裁上挑战了性别界限,其创作生动刻画了美国西部的牛仔、农场主和流浪汉,也描写了生活在西部的女性面临的残酷环境。普鲁克斯的西部题材作品破除了传统的美国西部神话,真实地描写了边疆人们艰苦、凄凉的生活现状。其短篇故事《断背山》

---

① 金莉:《文学女性与女性文学:19世纪美国女性小说家及作品》,北京:外语教学与研究出版社,2004年,第495页。

第四章　性别与文学史观

("Brokeback Mountain",1998)就是记录了这样非英雄式的平凡的故事。

世纪之交,肖沃尔特宣称,美国女性文学在21世纪已经进入主流,美国女性读者、评论家和文学史家已经进入评审团。女性创作作为一种独立的文学传统、作为一种定义,其效应已经终结。但是,对于许多评论家来说,美国女性写作对于美国文学传统的构建仍然是第二位的,甚至对此视而不见。肖沃尔特创作此书的目的正是为了构建更加完整、更加公正的文学传统。也正因为如此,女性仍然需要文学史、文学批评和文学经典,以保证对女性创作的公平。也只有如此才能保证女性在美国文学传统中的地位。

《她的同性陪审团》的出版得到了学界,尤其是女性作家和女性评论家的高度赞扬。尽管这不是第一部美国女性文学史,但它是第一部对350年来美国女性文学的综述。著名女作家欧茨的评价充满了溢美之词:《她的同性陪审团》是一部具有令人震撼的洞察力、广度、才智和无畏精神的著作。长期以来被视为我们杰出的女权学者和评论家的伊莱恩·肖沃尔特撰写了其职业生涯中最具雄心、最精心打造的作品。它必将成为每一位对美国文学史感兴趣之人的必读书。《诺顿美国文学选集》的主编、《女性小说》的作者尼娜·贝姆指出,在安妮·布雷兹特利特的《第十位缪斯》于1850年面世之后,不计其数的女性作家发表了大量的作品。肖沃尔特精心挑选了250多名作家,撰写了一部发人深省、令人振奋的关于女性奋斗、拼搏,最终进入文学市场的叙事史。这部作品必将出现在每位对美国文学史感兴趣的人的书架上面。《哥伦比亚美国》——这是一部杰出作品,必将成为一部经典。《三位美国女诗人:安妮·布雷兹特利特、艾米莉·狄金森、阿德里安娜·里奇》的作者、著名评论家马丁(Wendy Martin)赞扬道:"在这部极具可读性和极有启迪作用的追溯了清教时代至今的文学史中,伊莱恩·肖沃尔特把活生生的女性作家展现在读者面前。"《阁楼上的疯女人》的作者与《诺顿女性文学选集》的主编、著名女权评论家吉尔伯特和苏姗·格巴作出了以下评论:"伊莱恩·肖沃尔特对知名和被遗忘的女性作家的描绘清晰易懂、生动活泼、强闻博学,构成了一幅无与伦比的文学拼图,堪称一项杰出成就。"《牛津美国文学女性作品指南》主编之一的戴维森(Cathy N Davidson)强调:"女性为何从文学史中消失是伊莱恩·肖沃尔特提出的中心问题——《她的同性陪审团》以大量事实雄辩地驳斥了这个具有险恶用心的历史模式,颂扬了250位恰巧是女性的伟大作家。"

但是该文学史的出版也引起了一些质疑。诗人、文化评论家奥罗克(Meghan OpRourke)指出,性别是肖沃尔特为读者提供的审视像狄更斯和薇拉·凯瑟这样风格迥异的女作家的重要视角。即使性别有助于构建她们的作品,但这种视角的局限性在于,性别无法解释她们的著作的伟大之处何在。一旦涉及女作家的婚姻、紧张的家庭关系、奴隶制等问题时,肖瓦尔特便长篇论述,这样做,固然重要,但是是从题材上指出女性作品的特征,并未指出女性作品的整体诉求和特别贡献之处。海伦·泰勒在文章中认为,肖沃尔特的美国女性文学史属于传统叙述,聚焦于美国女性而不是美洲女性,而她提出的女性创作第四阶段论,即自由阶段,只不过是女权主义的乌托邦梦想。丘基维尔(Sarah Churchwell)批评肖沃尔特所介绍的文学体裁仍采用了传统的分类,强调在非虚构文学体裁不断增值的当今,如果对回忆录、通讯和新闻业给予更多关注,会拓展我们领域的范围,有助于展现肖沃尔特自称的创新性。当然对于肖氏文学史的作家入选名单也是仁者见仁智者见智的事情,有人在自己心目中的重要作家落选之后甚至对此颇有微词。

综合看来,肖沃尔特的新作的确梳理了一份难得的美国女性文学传统,并且具有以下几个突出特点:第一,《她的同性陪审团》长达近600页,但并不让人感到作者在喋喋不休。首先是因为这部文学史并没有太多的对于文学潮流或文学理论的深奥探讨,也没有什么枯燥乏味的说教。特别值得称道的是作者的叙事才华,这部文学史又一次向读者证明了肖氏充满睿智和风趣的文笔功力。整部作品视野开阔、起落有致、巨细结合、视角新颖,提供了大量趣味盎然的信息、轶事和人物评

第四章 性别与文学史观

论,使美国女性作家群体以栩栩如生的形象展现在读者面前,而且笔触所到之处,对所涉及的文化和社会现象进行了思考,给人诸多启迪。第二,肖氏文学史着眼于女性作品的社会因素(而不是美学因素),其原因在于她所关注的是美国女性如何打破传统理念,在美国文坛上占据一席之地。肖沃尔特在书中多次提及美国女性在20世纪80年代之前为了发表作品所经历的种种困难。她强调女性文学传统的存在,不是出于生理和心理的原因,而是试图证实女性在成为公共人物、在打破文学标准和期待时所面临的巨大压力。继续把女性作家首先定义为女人然后才是作家的做法,意味着性别仍然起着不可忽视的作用。在目前评论女性作家时性别仍然是重要因素。第三,肖沃尔特强调在提及美国文学传统时不可忽视女性的文学成就,也就使此书起到了正名和定位的作用。例如她颂扬了某些被忽略的女性作家,而对于有些她认为评价过高的作家(例如斯泰因)毫不吝啬其批评。的确,肖沃尔特的评论个人喜恶十分鲜明,就连篇幅分配也带有强烈的个人色彩。在她的笔下,包括斯通、狄更斯、凯瑟、沃顿、欧茨、莫里森等在内的女作家被给予相当的篇幅,甚至是两个章节来进行评介,而如泰勒在内的一些知名作家纵然也获得较高的评价,但仅仅被作者一笔带过,而把篇幅留给了那些曾一度颇为出名但后来被忽略的女作家:伊丽莎白·斯图尔特·菲尔普斯、玛丽·奥廷、玛丽·威尔金斯·弗里曼、内拉·拉森等。肖沃尔特在这部文学史中,向读者勾勒了她们鲜为人知的生平和作品。第四,作为对英国女性文学颇有研究的学者,肖沃尔特特别解释了为何当时的英国能够产生几位具有盛名的文学大师而美国女性没有做到这一点的原因。她指出这是因为英美两国对于阶级和劳动的不同社会理念所致。在英国,家务劳动被一个更加卑微的雇佣阶层承担,而在美国,中产阶级妇女即使能够负担得起佣人,仍被期待于全身心地投入到家务劳动中去。在新兴的共和国里,家务劳动的责任从一个雇佣阶级转移到男性公民的女性亲属手中。因为写作一向都被认为是男性的领域,许多女性作家认为她们的创作欲望既是违背本性又是违背社会理

103

念的,所以在从事这一事业时就不那么理直气壮,更不会像惠特曼一样在报纸上匿名发表书评来赞扬自己的作品。美国女性文学正是在这样一种文化语境中发展起来的。第五,肖沃尔特也是一位具有较强政治意识的女权评论家。她以女性作家与文学市场的关系以及女性作家相互之间的关系为基础,创作了这部全面记录了美国女性作家在文坛上获得的文学成就的文学史。肖沃尔特描写了美国女性作家为建构其作家职业身份所进行的努力,也关注女性作品的政治内容和作家生活的戏剧性场面。可贵的是,她也坦陈书中涉及的某些女性作家从历史的角度来说是有意义的,但其作品的文学价值不高。

《她的同性陪审团》是一部勾勒了女性以文学创作表达自己、定义自己的女性文学史。它首先是一部美国女性的奋斗史。美国文学史中一个经常被提及的现象是,男性文学大师描绘的多是拓荒、出海、战争这些反映了具有美国特色的宏大主题,而美国女性出于她们长期以来的二等公民社会地位,其早期作品主题多与家庭、花园、婚姻、生育等有关。肖沃尔特的文学史也证实了这一点。书中诸多部分描述了家务劳动、家庭角色和家庭关系与女性创作的关系,而女性作家的生平和创作中也常常涉及家庭中男性角色的不称职、暴力、破产等。在许多情况中,美国女性正是被迫以创作来补贴家用,甚至是养家糊口的。从这一点来看,弗吉尼亚·沃尔夫关于女性需要经济独立和一间自己的房间的著名论断的确是女性成功的至关重要的因素。而这一现象在20世纪70年代后随着女权运动第二次浪潮的蓬勃发展业已发生了巨大的变化。

美国女性文学也是一部成功史。21世纪的女性作家再也不用为自己的职业表示歉意。女性的作家身份、评论家身份和学者身份已经确立,女性作家已经创作出众多具有巨大艺术感染力的作品,迄今为止已有两位美国女性作家荣膺诺贝尔文学奖。今天任何评论美国文学的作品,已经无法忽视女性所取得的文学成就。肖沃尔特的这部内容涵盖美国女性文学发展全过程的女性文学史,对于构建完整的美国文学传统意义重大,极大地丰富了我们对美国文学史和美国文化的理解。

第五章

性别与文化

20世纪80年代之前,女性主义批评家把妇女作为整体和同质的概念进行探讨是明确且必要的。在早期女性主义批评阶段,肖沃尔特对"妇女"的界定和对女性经验的呼唤成为女性主义文学批评的基础。"女性批评"的主张一经提出,其目标便锁定在批判父权社会男女不平等的政治诉求、改变文学阅读和创作的菲勒斯中心论、建构女性文学史和文学理论框架、重构文学标准和文学经典。这些努力为的是发出女性的声音,确立女性的重要地位。因为深感居于边缘地位的群体和视为"第二性"的文化附属地位,肖沃尔特把女性作为一个特殊的团体,用一条以女性为中心的"女性批评"学说把妇女联合起来,用以揭示父权制中男支女配的现状。但20世纪90年代以降,"标准重构""女性本原"批评、"性别差异写作"研究和"性别理论"的后结构主义批评之声改变了美国女性主义批评家的工作。不论是最早提出黑人女性主义理论的芭芭拉·史密斯还是关注第三世界妇女在父权制主观臆断中变形描写的莫汉蒂,都谈到在少数族裔妇女注视下的西方妇女的"自我身份"问题。因为任何人都是站在特定的文化、种族、性别、阶级、社会、政治、经济和个人等等因素构成的立场上进行言说,作品言说的背后都打上了"身份"的烙印。因此,"女性批评"理论凸显出二元对立批判模式的"性别对抗"和"性别分离"倾向。对女性写作传统的简单归纳、对女性主义阵营内部女性之间的差异的忽视成为肖沃尔特考察女性文学传统时所招致的批评盲点。面对女性主义主流批评的新态势,肖沃尔特采用跨学科、跨文化的方法,拓展"女性批评"理论,转向建构差异中"我们自己的批评",并因此构塑美国女性文化传统。她提出了"拼贴被"的设想,把因种族和身份问题而起的女性主义批评阵营中的差异,理顺为黑人妇女缝制"拼贴被"的拼贴特征,在承认"差异"的前提下,为美国妇女特有的文化保留自主和连贯的文学批评话语的空间。本章立足于美国亚文化传统的构建、女性范式的重塑和精神病学女性歇斯底里症(malady of Hysteria)的文化关联和隐喻等三个方面,考察"女性批评"的延伸阅读和跨学科批评的尝试。

第一节 文化"拼贴被"

不同种族、国别和阶级的妇女之间的区别是后天人为的,而非生理决定的,归根到底是文化和社会模塑的结果。而"美国"的问题,诸如美国特有的历史、传统和多族裔人文环境等等,使得批评家们重新思考女性主义文学批评初期同质同构的民族身份。问题之一便是美国是否存在"与性别、文学作品相关的铁板一块的文化身份"的假设?[①] 在肖沃尔

---

① Showalter, Elaine, *Sisters' Choice: Tradition and Change in American Womens' Writing*, Oxford: Oxford University Press, 1989, p.4.

第五章　性别与文化

特看来,"各种不同形式的文化持续不断地处在一种交混的过程之中"。无视其他种族写作与文化,即是意味着女性主义学说内部的霸权倾向以及在理论概念上过分夸大和以偏概全的弊端。这个弊端的直接结果导致性属问题讨论中忽视种族、阶级和国别等等制约因素,因为一个女性的社会身份不仅仅只是关乎生理与社会性别上的意义,她的身份同时隶属于某个阶级、某个种族、国别、宗教,还可能有不同的生活经验和性别取向。在多元文化和意识形态的社会网络中,每个女性的位置不是固定不变和完全相同的,传统女性主义者追求的"男女平权"只是二元对立中提升女性自身地位的一种形而上的集体策略,这个女性属于哪个阶层、来自哪个民族和国家都无从考证,"平权"意味着相同,相同是相对的,而差异是绝对的。在美国,随着黑人文学研究的发展,性别批评呈现跨文化的倾向。奇卡诺研究、亚裔研究、犹太研究等增加了文化多样性,同性爱研究也增加了性别研究的深度和方法,特别是后殖民理论的加盟,使得美国文学文本和实践成为后来所有后殖民写作批评的先声。

在美国社会结构中,各种"差异"批评之声显得尤为突出。发端于美国黑人女性为主体的有色人种为改变"边缘种族写作"的现状,她们提出了反对本质主义的身份观和总体化定义的思想。① 与占统治地位的"白人性"(whiteness)文化相比,"黑人性"(blackness)②文化是附属

---

① 关于美国黑人女性主义文学批评理论建构的具体分析将在第五章展开。
② 20世纪30年代初兴起的旨在恢复黑人价值、强调非洲文化存在的文化运动。"黑人性"是法语术语,首先出现在塞泽尔1939年发表的长诗《回乡札记》中。其后桑戈尔进一步明确了其内涵,即"黑人世界的文化价值的总和,正如这些价值在黑人的作品、制度、生活中表现的那样"。40年代末至50年代末,这一术语与概念得以广泛传播。"黑人性"作家的刊物是《非洲存在》。他们主张从非洲传统生活的源泉中汲取灵感和题材,展示黑人的光荣历史和精神力量。桑戈尔创作的诗、狄奥普编写的故事、尼亚奈整理的史诗《松迪亚塔》、巴迪昂的剧本、达迪耶的小说等,都具有鲜明的"黑人性"。40—50年代的"黑人性"文化运动在动员和团结法属非洲殖民地的知识分子和人民反抗奴役和种族歧视等方面起了很大作用。60年代以后,由于许多非洲国家陆续独立,"黑人性"受到青年黑人作家的批评,认为全盘继承文化遗产是片面的,无益于解决非洲现实问题。

的、受支配的和被边缘化的。黑人作家和批评家不仅要面对西方文化传统的主流文化表达的歧视,也要面对自身非洲文化渊源给他们带来的生存境遇,在两种文化传统之间,美国黑人女性主义批评用带有明显差异的文化传统、民俗风格和口传历史进行写作,使其在"标准"英语的美国语境得以"发声"并立足。黑人女性作家以自身对世界的领悟和体验对其生存意义所进行的美学意义上的编码,成为其文化和文学丰富性的表征。美国黑人在定义自己的民族身份时,特别褒扬黑人文学艺术的民族自豪感,它有机地结合了两种传统和语言特征,将民族道义提升到弘扬生命意义的层面上,用一条"共同的丝线"(common thread)将黑人文学凝聚成一股批评力量,从而摆脱单一的意识形态。在《姐妹们的选择》中,肖沃尔特借用美国黑人妇女缝制"拼贴被"的传统,提出文化"拼贴被"的原则。其目的在于把有关女性社会身份的多样性问题统摄在拼贴而成的"妇女团体"大画作之内,在互不相同甚至对抗的文化结构(如种族、族裔、阶级、宗教、流散族裔)的交叉点上定位女性多重主体的位置。

　　缝制"拼贴被"演变的过程最为恰当地体现了多元的美国女性文化传统的演变。相应的,其演变过程"成为女性美学、姐妹情谊和女性主义生存政治的最贴切的文化隐喻",也是美国多元文化身份的最生动的写照。① 缝制"拼贴被"的活动最早来自英国和非洲。19世纪末之前,居住在新英格兰地区和广袤草原上的美国人为了御寒而为每个家人准备五床厚实被子,所以,缝被子最初是出于实用和节俭的目的而进行的活动。但学习缝制被子则成为女孩和待嫁新娘必备的技能之一。她们将自己在学校学到的有关图案与形式的艺术、数学与几何原理的知识运用到缝被的实践中。15岁的女孩在过生日之前在家长的促动下要自己缝制一床被子,而已有婚约的女孩则立志要带上15床被子作为嫁妆

---

① Showalter, Elaine, *Sisters' Choice: Tradition and Change in American Women's Writing*, Oxford: Oxford University Press, 1989, p.147.

第五章 性别与文化

出嫁。当地的社区也组织"缝被联谊会"(quilting bee),集体缝制拼贴被。缝被子将妇女联系在一起,并有助于形成妇女团结的一个社会组织的纽带。在缝制拼贴被的过程中她们交流信息、学习新技能、讨论政治话题。她们之间的联合,也成为妇女们庆祝生日、吊念亡友、倾诉情绪的场合。一位女权主义者苏珊·B.安东尼在一次缝被聚会上就妇女选举权进行了一次演讲。① 另外,妇女还自觉地从其他文化传统中借鉴和汲取形式构思和绘制图案的设计元素:如条纹、色彩、形状和即兴拼贴的原则,在缝制过程中发挥自己的想象力和创造力,延续着拼贴被的美学生命力。对别的文化传统的吸纳和内化也昭示缝被子的传统不只是技巧的改进和完善的文化实践,更是增强姐妹情谊、精神交流、寻找自我空间和提升自我意识的妇女亚文化结点。

进入 20 世纪,随着缝纫的机器和技术的出现和改进,缝被子不再成为日常生活的必需品,但是,这个传统在美学意义上的价值,即妇女的集体缝被时内化了的美学观念和设计图案的隐喻意义,代代传承。流行于 19 世纪的一款名为"原木小屋被"图案的原则是鲜明的明暗对比。它从居于中心的一个方块开始,每个方块都按着对角线分割成明暗对比的两个三角形,她们围绕中心对称地排列,明、暗部分各自又构成更大的方块。当这些方块如此组成一个合一的图案时,在视觉整体效果上,它产生强烈的明暗对比图形,在并行排列的小方块之上凸现斜置的若干更大的方格。这个拼贴被的图案正好契合哈利特·比奇·斯通《汤姆叔叔的小屋》创作实践。他把自己的写作看作一项"把各种场景缝合在一起"的工作。② 小说叙事本身均以一栋房子为中心,斯通将跨种族、文化和性别之间的界限的"叙事小方块"组织起来,构建黑白对照区,以此反应黑人社会与白人社会之间的强大反差。这种技巧带来的影响还可以在别的女性作家作品中得以再现,例如:玛丽·威尔金

---

① Showalter, Elaine, *Sisters' Choice: Tradition and Change in American Women's Writing*, Oxford: Oxford University Press, 1989, p.148.
② Ibid., p.155.

斯·弗里曼(Mary Wilkins Freeman)的《我们村庄的缝被子联谊会》就把缝被子传统写进小说,另外,玛格丽特·阿特伍德用拼贴被的每一个图案来命名《别名格蕾丝》(Alias Grace)的各个章节。这足以昭见缝被子传统俨然成为妇女小说中的重要主题,一份妇女生活的集体经验。

70年代以后,缝被被赋予新的隐喻,它与美国女性作家共同分享的创造性和想象力异曲同工。呈现出妇女生活、文化传统、女性美学的直观视觉表征。被忽视的黑人女性的缝被子传统被看作一个能指,成为妇女小说和诗歌文本的去中心结构的隐喻。正如伊莱恩·罕吉斯(Elaine Hedges)在论及美国妇女写作时,认为"拼贴被"代表美化的过去,是在家庭琐事和艺术创造的鸿沟之间搭建的一座桥。这座用针线缝起的"桥"不仅挽救了妇女生活中碎片般的断裂体验,而且建立姐妹情谊的联系、凝聚妇女团体的统一性,并为改变自我形象聚集了勇气和经历。乔伊斯·卡罗·欧茨用诗歌《天上的时钟》(Celestial Timepiece)褒扬"拼贴被"的"标注妇女地图和记载历史"隐喻特征,妇女缝制被子的同时也将自己的"生命嵌进针线"。[①] 艾德里安娜·里奇(Adrienne Rich)则呼吁每一个女性都加入这个缝被子的行列。她赋权于妇女缝被用的每一块碎布,用"拼贴"的原则重塑自己的命运,并表达言说的欲望和无声的反抗。里奇在《自然资源》的诗行中这样表述拼贴被的意义:

  边角余料,变成了拼贴被,布娃娃的长裙、伤口包扎
  所用的洁净纯色碎布、
  新娘用的茶棕色的手帕,
  全都拥有"重塑世界"的权力。[②]

艾丽斯·沃克将被子引申为非洲裔妇女的美学传统,并由此创设

[①] 转引自 Showalter, Elaine, *Sisters' Choice: Tradition and Change in American Women's Writing*, Oxford: Oxford University Press, 1989, p.162.

[②] Ibid., p.163.

第五章　性别与文化

"妇女主义"(Womanism),用以书写"调和和联系"的黑人女性主义美学思想。在《寻找母亲的家园》中,沃克在前辈们缝制的拼贴被中寻访先辈的历史足迹。"虽然它并没有什么明确的图案,虽然它只是由无数片本来并无用处的破布缝缀而成,但它显然表现了缝制它的人强烈的想象力和深厚的精神内涵。"①在沃克写就的两部重要小说《每日使用》和《紫色》中,沃克把"缝被"作为叙事的中心隐喻,在对比姐妹俩不同命运和境遇过程中,通过共同缝缀的劳动促成黑人女性人格成长、女性意识觉醒和自我身份认同的经验。另外,沃克笔下的故事反映了70年代美国黑人"缝被"传统的重拾和身份认同的呼声,由此所建立的黑人女性美学思想和"拼贴"隐喻则被美国不同族裔引用,成为美国多元文化的一个贴切的隐喻。

80年代后,"艾滋被"(AIDS Quilt)的出现则标明缝被子传统被延伸到公共领域,获得社会的认可和接纳。源自美国黑人妇女民间的"缝被"技艺,被提升为美国多元文化的象征,"艾滋被"的缝制和拼对使得缝被传统由一种民间技巧转变为公共事件的隐喻,从单一的妇女文化提升为美国文化的表征之一。面对疾病的隐喻,如癌症和艾滋病带来的"阴森""恐怖""怪异""肮脏"等隐喻性偏见,"艾滋被"揭示了这些隐喻背后藏匿的道德评判和政治态度。② 首先"艾滋被"虽然并非缝缀而成,但由代表全美25州各自缝制的被面拼放一起的巨大被子足以将不同种族、阶级、地区的"健康王国公民"聚在一起,拂去人为附加给疾病的那种隐喻性思考方式,并提醒公众用真诚和健康的方式对待疾病王国的公民。其次,"艾滋被"的内涵并非只是延续一种女性缝制传统,而

---

① Aoi, Mori, *Toni Morrison and Womanist Discourse*, New York:Peter Lang Publishing, Inc., 1999, p.19.
② 针对艾滋病的隐喻,苏珊·桑塔格在文集《疾病隐喻》中(*Illness as Metaphor*),用两篇篇幅很长的批评文字考察和揭示传染性疾病(结核病、癌症、艾滋病等)如何被一步步隐喻化,如何从只是一种身体的疾病转变为文化象征意义的道德界说。正如桑塔格所说:"平息想象,不去演绎意义,而是从意义中剥离出一些东西。"苏珊·桑塔格:《疾病的隐喻》,上海:上海译文出版社,2003年,第2页。

是昭示"拼贴被"持久的隐喻性生命力，以及它带给人们的抵制有关疾病的文化意识形态以及蕴藏的"变化和创新的力量、团结和集体救助的巨大潜在力"。① 另外，它增加了"拼贴被"传统的新的象征符号、意象和独特的文化仪式和集会形式。肖沃尔特看到，缝缀过程不再是个人用以疗伤的个人行为，而是演变为把个人伤痛并汇聚和凝聚成民族的哀思。在个人和国家之间建立情感之桥，以"拼贴被"的包容性、广泛性、持久性和创造性，书写美国多元文化中族裔传统的传承，以及记录政治事件的道德隐喻向度。

不过，肖沃尔特认为，过分强调"拼贴被"的隐喻意义和女性主义美学表征具有冒险性质，可能导致"妇女对缝被有一种自然属性"的观念存在。加强缝被传统的女性性征会导致艺术领域中男性与女性的性别分立，这可能成为女性在艺术领域里缺席的一个补空借口，在男性为中心的社会中，拼贴被无法在博物馆中展出，正是因为"它是由妇女在一种文化中创造出来，在这种文化中妇女的劳动、利益和成就被看作无意义和毫无价值的"。② 对拼贴被女性性征的强化，在肖沃尔特看来，会冒自我贬损和自我污名的危险。肖沃尔特的担心不无道理，因为把美国女性写作看作缝制拼贴被的过程，同样会被认为是琐碎和微不足道的，"对艺术家来说，任何一次与针线活或家庭艺术的传统和时间相结合的实践都是危险的，尤其在这位艺术家还是个女性的时候"。③ 肖沃尔特强调缝被子作为美国女性写作的关键性的隐喻特征，它不能被看作超越历史和女性表达的本质和唯一的形式，而应"作为一种性别化的文本

---

① Showalter, Elaine, *Sisters' Choice: Tradition and Change in American Women's Writing*, Oxford: Oxford University Press, 1989, p. 174.
② Pattie Chase, "The Quilt as An Art Form in New England", *Pilgrims as Pioneers: New England Women in the Arts*, New York: Middlemarch Arts, 1987, p. 81.
③ Parker, Poszika & Griselda Follock, *Old Mistresses: Women, Art, and Ideology*, New York: Pantheon, 1981, p. 78.

第五章　性别与文化

和文化实践隐喻得以传承,在这一意义上成为 20 世纪末美国身份的隐喻"。①

"拼贴被"这个意象,最初和女性文化连在一起"和妇女文学一道共同兴起"。② 通过"拼贴",肖沃尔特将零散、各自特征的妇女创作和文化事件串成一段美国特有的文学和文化史。并且随着"拼贴被"在不同意识形态之间的变迁,她勾勒出"拼贴被"的变革、挪用和修正的文化演变过程,肖沃尔特看到黑人知识分子、艺术家和批评家在这个过程中共同寻找族裔身份的心路历程。缝制被子不仅是一份黑人女性的文化遗产,更是一种美学观念的体现。黑人作为美国社会边缘文化群体,它受制于主流文化的压抑,需要一种能够凝聚民族的文化符号、需要体现民族集体无意识的意象来体认自己的民族身份,增加对自己民族的认同感。而集体缝缀一床"拼贴被"的模式对他们显然具有建构民族身份和自我意识的关键作用。肖沃尔特借用"拼贴被"的隐喻并将其放大并提升,成为美国各个民族的一个特有的文化身份。这给予美国人民一个言说空间:一个能够容纳因种族差异、民族异质性和文化多元性而起的多重身份之争的自我表达空间。在利奥塔反对"宏大叙事"的世俗神话隐喻的背景下,用无数个族裔、阶级和地区的小叙事打散带有主宰集团的意识形态的政治修辞学。

正是这种层出不穷的各个小叙事,使得"拼贴被"的集散式体认策略和方式成为撒播在美国文化和文学并得以传播和传承的契机。对美国黑人文化,特别是上述"拼贴被"传统的详细评述都展示了美国文化中特有的种族、族裔、地域的经验。这个隐喻表明女性传统"从私人转变到公共象征的转变,从妇女文化转向美国文化,从女性性征的意象转向男性性征意象,从性别分离视域转向共同的丝线"。③ 产生于美国妇

---

① Showalter, Elaine, *Sisters' Choice: Tradition and Change in American Women's Writing*, Oxford: Oxford University Press, 1989, p. 147.
② Ibid., p. 12.
③ Ibid., p. 170.

女文化的妇女文学史,和"拼贴被"一样,由妇女创造,并赋予其历史和文化多元主义意义,成为不仅仅属于女性的文学传统,也同样被男性接受并成为美国文学传统的一个组成部分。正如"拼贴被"的拼贴特征,肖沃尔特看到未来的美国文学研究方向应该是打开种族、阶级甚或多元性属在内的多种文类,为文本和批评提供超越男女二分标准的维度,将"妇女团体"共生共存的和谐女性文学传统的批评观念延伸到男性批评视域,因为无论从所涉猎材料的广泛性和资料运用的跨学科性,肖沃尔特表明美国女性文学传统的建构不仅仅是"姐妹们的选择",而是变化中的美国和美国文学和文化的共同选择。

肖沃尔特在《姐妹们的选择》中论及妇女文化与文学的关系、撰写文学史的原则和新观念、重拾被埋没的"另一个失落的时代"的美国女性作家以及强调"姐妹团体"的联系上,延续着"她们自己的文学"的女性主义批评风格。更为可贵的是,她对美国黑人文化、奇卡诺人和亚裔美国人进行跨文化研究,对不同阶级和地域之间的跨学科研究成果的借鉴,都有新的实践积累和理论突破。肖沃尔特看到:"美国妇女写作传统是处于爆发、多文化、矛盾和散播状态,但这不等于放弃把它们缝制起来的所进行的批评努力,努力的结果并非建造一个纪念碑,而是缝制一幅文学拼贴被,用以提供变化中的美国新地图,而美国的文学和文化地图正需要重新绘制。这种探索和合成的工作还将继续,因为……几乎没有某一个美国妇女作家,不论白人还是黑人,被看作文学领域内的一个组成部分。"[1]肖沃尔特还将为延续女性批评学,将笔端落在美国文学文化的妇女文本范式上,从文化理论回答有关"过去和未来的美国问题"。[2]

---

[1] Showalter, Elaine, *Sisters' Choice: Tradition and Change in American Women's Writing*, Oxford: Oxford University Press, 1989, p. 174.

[2] Ibid., p. 175.

第五章　性别与文化

第二节　改写范式

对差异的强调、对多样性的倡导、对等级观念的摒弃，打破了西方主流话语的二元思维，使得女性主义批评从边缘走向中心，也为弱势群体和少数族裔争得了文化合法的地位。不管女性主义主流是否接受这种复数的"女性主义批评"的多元叙述的氛围，这样的批评理路俨然成为女性主义学说发展的内在逻辑。"差异"①成为女性主义文学批评的一个重要的分析范畴，成为一种"政治正确"的学术立场。②

1989年，以肖沃尔特为代表的女性主义批评家，进行了一次跨学科的学术研究行动。第一次以性属为主题词出版了论文集《谈论性属》(*Speaking of Gender*, 1989)。③ 在序言中她这样解释"性属"：一切"言语"(speech)必然要谈及性属问题，因为在每一种语言中性属问题是一个语法的范畴，而阳性语言则成为标准。如法语和德语中阴性词语往往是阳性词语加上表示阴性的后缀或者是阳性的词语的变体。性属、性别和性征，对这三个在文化传统上易混淆的三个概念肖沃尔特做出自己的解释："性属"(gender)指的是在生物学性别身份上的社会、文化和心理学意义；"性别"(sex)则是指作为男性或女性的生物学身份；"性

---

① 巴瑞特把当代女性主义文论及"差异"的内涵归纳为四点：1.男人与女人的差异，这种差异又可分为生理上、心理上以及社会成因上的差异。2.用来指涉妇女这个概念范畴本身由于阶级、种族、国别、性取向等造成有意识或一般普遍化的区别分类。第二种差异指向强调个别"真实"妇女的经验歧异，以对抗"铁板一块"等抽象的大叙述；3.结构与后结构女性主义所论述的差异，根本上是一种德里达"延异"观点的延伸，意在解构男权中心叙述对"阴性特质"的内涵定位，代之以流动、终极意义不断延异的本体位置。4.主要是心理分析学派，尤其是拉康派的女性主义者所言的纯学理意义上的差异，在他们的论述中，男性性征/女性性征的差异主要用来建构整个"象征秩序"的能指。"The Concept of 'Difference'" *Feminist Criticism*, Vol. 26, 1987, pp. 29—41, 参见宋素凤：《多重主体的自我命名》第159—212页。本研究笔者对引文的翻译做了改动。

② 转引自宋素凤：《多重主体的自我命名》，济南：山东大学出版社，2004年，第159页。

③ 为便于区分，本书用"性属"(gender)表示建立在差异基础之上的社会性别，用"性别"(sex)表示建立在生理差别之上的生理性别。

征"(sexuality)则是指个人性别取向、爱好和行为的总和。这一区分增加了女性主义批评的种族成分,在既有的学术和研究领域进行了一种研究范式的转变,在主流学术话语中,则转变了研究范式的二元对立思维模式,增加了种族、阶级、性属等多声话语交杂发声的向度。正如肖沃尔特所说:"性属问题不仅是'差异'问题,而且也是'权力'问题,因为在回顾性属关系的历史时,人们会发现每一种已知社会中都存在着性别的不平等、不均衡的代表男性权力意志的统治。"① 肖沃尔特同时警惕地提出,过分强调差异可能会带来理论前景的"不一致"危险,由此造成的文学批评的断裂和女性主体的拆解会导致作为集体经验的妇女团体的解体。尽管如此,文学和文化"拼贴被"设想的提出正是回应理论"杂音"背景下的女性主义批评策略。

　　作为女性文学史家、女性文学批评家,肖沃尔特为女性建构"历史"的努力从未停止。但是,如何建构女性主义批评家的智识传统成为展开后现代视域下女性主义批评的新方向。她把笔端探向历史上留下重大遗迹的女性知识分子,在展现她们以及她们所处的那个年代的历史事件和素材关联中,区分、组合、构建联系、搭建共性。改写主流批评史上"他历史"(history:his story)的以男性为中心的范式,"创造"② 一份属于女性自己的智识传统。

　　肖沃尔特指出,彰显差异的女性主义者不仅要发现不同身份的女性的存在,而且对于个体女性的个案体认同样重要。女性主义者面对的不仅仅是具有集体身份,而且是有个性意识的女性个体。女性个体与个体的差异能够体现真实的女性性征和女性独特性。自我的"她"是她性别言说的立场,她的"自我"也是她的本质所在,而"她自我"意味着凸显"个体"差异性,而以性别差异为基础的"个体"历史"留声"则是这

---

① 程锡麟、王晓路:《当代美国小说理论》,北京:外语教学与研究出版社,2001 年,第 178 页。
② "创造"一词借用了肖沃尔特一部专著的书名《创造她自己:声讨女性主义智识传统》(*Inventing Herself:Claiming a Feminist Intellectual Heritage*, 2001)。

第五章 性别与文化

一性别存在的精神向度。正如肖沃尔特所说:"当理论退场之时,正是个体生命故事获得力量之机。"①肖沃尔特从历史上选取自18世纪英国玛丽·沃斯通克拉弗特到20世纪末的戴安娜、希拉里·克林顿和奥普拉·温芙蕾等20位女性主义典范妇女,从她们各自的著说、生命历程、社会影响、文化图标隐喻等层面勾勒一份属于"她自己"的智识传统。这些鲜活的"她自我"个案,正如"拼贴被"缝缀传统,构筑属于女性的文化经典和精神财富。《创造她自己:声讨一份女性主义智识传统》正是对上述思考的一个回应。书中勾勒的一条女性主义智识传统也是"她自我"的一部女性范文本史,用以改写以男性为中心的"伟大传统"。对历史上为树立自我意识的女性典范的回味与品评,正是肖沃尔特"创造"的一份彰显差异的女性个体言说空间,也是近现代女性作家和女性文化的一次巡礼。这种"巡礼"不仅在史料上给出了一个文化传承和演变的"交代",也是对淹没的女性作家和批评家的重拾。

玛丽·沃斯通克拉弗特是肖沃尔特提及的第一位女性主义典范,肖沃尔特称之为"女性亚马逊第一人"。在肖沃尔特看来,任何人想写就一部有关女性主义知识分子典范的作品,都得从玛丽·沃斯通克拉弗特开始。玛丽·沃斯通克拉弗特的故事之所以成为每个人的"母亲",并不是因为她的那部传世之作《女权辩护:关于政治和道德的批评》(1792)②,而是因为她的故事中有关信念的生命诉说,是一份"弥足珍贵的人类文献……充满激情而又知性的生活态度是她最基本的工具"。③ 肖沃尔特用大量笔墨讲述玛丽·沃斯特克拉夫特的生平和事

---

① Showalter, Elaine, *Inventing Herself: Claiming A Feminist Intellectual Heritage*, New York: Simon & Schuster Inc, 2001, p.16.

② 2005年英国著名作家梅尔文·布拉格评选出世界有影响的12部作品,《女权辩护》和《圣经》《物种起源》并称为12部影响世界的作品。这部著作在人类进程当中所产生的重要影响由此可见一斑。

③ Ruth Benedict, *Adventures in Womanhood*, 转引自 Showalter, Elaine, *Inventing Herself: Claiming a Feminist Intellectual Heritage*, New York: Simon & Schuster Inc., 2001, p.16.

迹,并把她视作女性主义典范的开篇人,足以表明她的生命轨迹具有冒险性但也具有试验性。她用一生铸就的亚马逊人的精神和诚实,以及果敢的自由生活理念让后世惊叹,因为"她在 100 多年前就明白了当今只有一些人才觉察到的性以及性关系,还有 300 年后世界的样子"。①玛丽·沃斯特克拉夫特看到的"拯救堕落"的办法只有一个:理性和品德。把这本书所提倡的价值观放到目前这样的社会现实,几乎就是讽刺。200 多年来,女性的社会地位发生了显著的变化。但是,即使在当下女性拥有政治权力,拥有自由工作与获得报偿的权力,社会上大部分女性依然与 200 年前一样,把自己仅仅当作妇女,而不是有理性的人。但肖沃尔特强调玛丽·沃斯特克拉夫特的抗争是具有普遍性的,并非离群索居式的个人体验。她把自己放在社会整体机制中,把自己看作整体中的一粒"尘埃"、一个"分子"。她的亚马逊人精神意味着独立的人格和自足的经济地位。她一生中变化着自己的角色——女英雄、教师、为人母、女商人和作家——对自我的关注和性征的体认极富现代性。对普通大众——特别是女权主义者而言,沃斯通克拉夫特的一生要比她的作品更吸引人们的注意,这主要是由于她另类的生活方式。在与无政府主义运动的先驱者威廉·戈德温结婚之前,沃斯通克拉夫特还曾与两个男人有过两段不幸的爱情:其一是画家亨利希·菲斯利,其二是商人吉尔伯特·伊姆利。38 岁时,沃斯通克拉夫特死于产后并发症,并遗留下了几部未完成的手稿。她创办学校为妇女提供受教育的机会;她独立养活与前夫的女儿,拒绝他的赡养费;她参加法国大革命,结果其天真的政治备受打击。38 年的激情人生成就了女性主义亚马逊第一人,别人眼中玛丽·沃斯通克拉弗特的"她自我"的形成虽不合时宜、极具冒险,甚或神经错乱,但她提倡并身体力行的人格独立、经济独立观念却成为独树一帜的女性主义在行动上的映照。正如她的同时代人玛丽·安妮所

---

① Showalter, Elaine, *Inventing Herself: Claiming a Feminist Intellectual Heritage*, New York: Simon & Schuster Inc., 2001, p. 63.

第五章　性别与文化

说:"并不是每个妇女都具有沃斯通克拉弗特式的亚马逊人精神。"①

夏洛特·帕金斯·吉尔曼是 19—20 世纪过渡时期最具代表性的女性典范。肖沃尔特认为吉尔曼最重要的智识贡献是把达尔文主义思想和人类学理论运动平移到家庭、亲族和劳动的性别分工等问题上。她认为:"当维多利亚时期的女性用人类学来支撑她们对黄金时代的母系社会所持有的信念时,吉尔曼运用自然选择和适者生存理论来评说妇女因其经济上依赖男人而使自己的个人发展受到束缚。唯一解脱的办法就是变革教育制度和家庭观念,通过斗争和历练使得女性在智力上获得进化。"②作为过渡(transitional)女性,吉尔曼同玛丽·沃斯通克拉弗特一样,在青少年时期就拥有强烈的自立感和道德的自我完善意识。她在拥有了婚姻和母性之后又拥有一份自己的工作。但 28 岁的吉尔曼在决定与丈夫离婚自己抚养孩子时,她开始了自由写作生涯——阅读、讲演、写作、旅行,也开始了新的恋爱、新的婚姻,正如她在自述中写道:"我学会把我的个人生活与职业活动分开,学会在工作时保持一个自由、有意义的灵魂,并分配给工作应有的时间,之后'回到家……做一个幸福的妻子'"。③ 肖沃尔特把吉尔曼离开前夫的行为看

---

① Redcliffe, Mary Anne, *Preface to the Female Advocate*, 1799, rep. by Oxford and New York: Woodstock Books, 1994, xi, cited from Showalter, Elaine, *Inventing Herself: Claiming A Feminist Intellectual Heritage*, New York: Simon & Schuster Inc, 2001, p. 21.

② Showalter, Elaine, *Inventing Herself: Claiming A Feminist Intellectual Heritage*, New York: Simon & Schuster Inc., 2001, p. 94.

③ 吉尔曼本人曾多次饱受抑郁症的痛苦。吉尔曼在第一次生产之后得了抑郁症,而治疗的过程对她身心造成更大的伤害。《黄色墙纸》中许多情境据说都是她当时心情的写照。故事中的"我"精神忧郁。当时是医生的丈夫强迫她接受一种称为休养治疗法的方法来渡过难关。她的交往活动受到限制,甚至连她最钟爱的写作也被禁止。对于她的建议,她的丈夫和兄长总是用所谓的"善意和疼爱"迫使她屈服。她的生活自主权完全被剥夺,她无法选择卧室,她渴望看到窗前长满玫瑰花,还有那非常漂亮的老式印花布幔,但都被丈夫那"无言的爱"所拒绝。于是她绝望了。在那间加了铁窗、床铺被钉死、地板刮痕累累的丑陋的房间里,面对房间内可怕的黄色壁纸,她由原来的憎恶变成了喜欢。日复一日,在壁纸的后面她仿佛看见了一个女人在那里爬行挣扎着,想要冲破壁纸的束缚。而具有讽刺意义的是,这个爬行挣扎的女人到最后变成了她自己。她把自己锁在房间里,不是要冲出去,反而要把自己永远藏身在这里。

作吉尔曼获得"新自我"的契机。吉尔曼把对婚姻角色的反感写进《黄色墙纸》,用第一人称的叙述视角为被囚禁在婚姻中的女性申诉和呐喊。女主人公"囚禁"了幻觉中的"自我"。她被迫放下钢笔——这个象征了剥夺她的智识和艺术活动的隐喻——在想象力遭劫难的过程中,她疯了。她把自己反锁在房间里,剥落所有墙纸并在地上爬行,最后她从他身上爬过去,爬出这个禁锢的世界。这个令人震惊的"自我救赎"的故事也使得吉尔曼浮出地表,成为美国文学和女性文学经典之作。在对女性主义批评家的不为人知的个人经历的挖掘和不断阐释之间,使得女性独有的"无语的悲愤"得以倾泻,正如吉尔伯特和古巴所说:"女性被囚禁和逃离的故事,如同《简·爱》和《黄色墙纸》,是所有文学女性都能讲述的典型故事。"①

如果说《黄色墙纸》没有回归理性,是一种不能使人汲取力量的"政治陈述",《她国》(*Her Land*)则体现了吉尔曼女性主义思想和写作策略的改变,也表明吉尔曼从控诉父权社会向女性主义理想国的转变。②正如书名所示,"她国"是女性"世外桃源",完全按照女性主义理想建构的一个乌托邦女性国度。吉尔曼的这部作品展示的女性乌托邦社会是一种积极、自觉的虚构,在这种虚构的社会体制中,女性在摆脱无休止的劳务中得到真正的解放,并因而成为自我的主宰者。另外,小说中的女性并不排斥男性,当三个持枪的带有男权社会定势思维的人闯入"她国"时,女性以积极的态度接纳男性,并以成婚作为结局,仅就这一点而言,肖沃尔特看到的是在"她国"中的女性以其自立自强的意识和男女平权的体认摆脱"他者"的附属地位。笔者认为吉尔曼作品中凸显的女性书写意识,实际上也是肖沃尔特一直倡导的摒弃西方传统思维中的

---

① Catherine J. Golden ed., *Charlotte Perkins Gilman's the Yellow Wallpaper*, p. 91.
② Barbara Hill Rigney 这样评价《黄色墙纸》的结尾:"没有丝毫回归理性的迹象。这个结尾是一种政治陈述,是社会将女性变成牺牲品的临终遗言。"*Madness and Sexual Politics in the Feminist Novel: Studies in Brontë, Woolf, Lessing and Atwood*, Madison: the University of Wisconsin Press, 1978, p. 124.

第五章　性别与文化

男性中心模式在20世纪初的第一次体现。吉尔曼笔下灵动的女性人物力求改变"家中天使""伟大女性"的牺牲型传统角色，走出家庭，回到公共社会劳动中，只有获得了经济独立，方能谈及政治、思想等自由权利。吉尔曼所提倡的家庭和教育改革，在20世纪初的美国男权社会，十分具有开拓精神。吉尔曼清楚地看到女性受压抑和不平等的根源来自社会、文化和经济的压迫。虽然她没有真正触及根源的深层原因，但"走出家庭"和"接受教育"的呼声在女性树立自我意识上还原了女性的社会性和精神存在性。虽然她提出的家庭改革不可能在她所处的年代实现，但独立人格的重审和提升为20世纪60—70年代妇女解放运动提供了可供参考的变革思路、果敢设想和精密计划。肖沃尔特从社会规诫权力和女性自身获救的家庭改革和教育变革的角度，赋权于"她自我"，用以抗争并消解规诫权力。拯救自我如同拯救所有姐妹一样，"我"决心奋起反抗，搬动笨重，固定在地面上的婚床，拆除门窗上的铁栅栏和糊墙纸，让大批女性同胞从黑暗的墙角爬出去，投奔自由，"我"也从约翰的身上爬过去获得自由。疯癫的女性否定那个"家中天使"，逃离被"囚禁"的自我牢笼，在拒绝认同男权价值秩序的叛逆中重建自我的主体性，摆脱异端和他者的从属地位，开辟可以产生各种可能性的他者空间。笔者认为在挖掘女性集体无意识空间的言说潜力过程中，吉尔曼强调意义的开放性和多元性，超越形而上的二元对立思考惯性。女性因痛苦的生活体验而被唤醒的自我独立意识，借由"疯癫"得以宣泄，最终在与男性的规诫权力进行较量后，走出被囚禁的绝望境地，重新创造了新的"她自己"。

苏珊·桑塔格(Susan Sontag)与前两位女性典范不同，她虽然也是肖沃尔特遴选的才女之一，但她对个人独立自主的追求远胜于具有一个女性主义者意识的渴求。她把写作看作最好的反抗形式。她从小阅读居里夫人传记，从中构建自己的未来，成年后读到波伏娃的《第二性》，唤醒了她作为女性的独立意识，大学时为 Vintage 文学杂志做过编辑，之后在纽约开拓她的写作生涯。她并没有在报纸上宣扬女性的权利问题,从这一点上,桑塔格是"自由的",因为"她从来不把自己的心智花费在有关她的性别的一些微不足道的考虑之上"。① 她更愿意称自己为"纯粹的火焰"(Pure Flame)②,用特立独行的姿态应对和反抗政治、经济、文化和性别等一切形式的压迫。桑塔格始终敏锐地辨别风向,站在弱者一边。因为她坚持认为,强者总是"成熟而不公平的产物",强者会保护自己,只有弱者才吃亏,而且强者会发展出一套蛊惑人心的文明规则,不仅拥有武力优势,而且还占据"心理和话语优势"。③正是在这种"逆风而动"的"向弱势靠拢,尽可能达成势力上的平衡"的哲学引导下,桑塔格敢冒天下之大不韪。早年反对越战也好,晚年反对伊战也好,她对美国制度、政策无情的批判背后,我们很难体会到一位早已深深融入美国这个大家庭的犹太裔知识分子对祖国那种难以想象的感情,这种感情不是以无条件地服从、盲目地保持一致、鹦鹉学舌般地唱赞歌表达出来的,而是不断地质疑,是以一双知识分子的眼睛寻找另外的视角,坚持自身的尺度。在与癌症斗争的30年,她写就《疾病的隐喻》,虽然不是最出色的作品,但作为"疾病王国"的一员让她认识到疾病的社会机制的感受:患病者被认为是一种失败者,情绪不振者。而癌症治疗和政治权谋是一样的,为了杀死对手,不用区分敌我。好的细胞和坏的细胞一起铲除。建构在疾病之上的隐喻性思考模式暴露了社会集体无意识,她要将"疾病的隐喻"祛除,将疾病从"意义""隐喻"的枷锁下解放出来,还原疾病的本来面目。

  桑塔格还嘲笑"阐释"的所指。她的小说《恩主》(*The Benefactor*)里描写了一个年轻人,过去他通过记录自己的梦来阐释自己的生活,后

---

  ① Ruas, Charles, "Susan Sontag: past present and future", *New York Times Book Review*, October 24, 1982, p. 1139. 转引自 Elaine Showalter, *Inventing Herself: Claiming A Feminist Intellectual Heritage*, New York: Simon & Schuster Inc., 2001, p. 226.
  ② Sontag, Susan, *The Volcano Lover*, New York: Farrar, Straus & Giroux, 1992, p. 417.
  ③ Showalter, Elaine, *Inventing Herself: Claiming A Feminist Intellectual Heritage*, New York: Simon & Schuster Inc., 2001, pp. 239—240.

第五章 性别与文化

来他大胆地决定用梦来指示生活。在这里,"梦"是"阐释工具和能力"的代名词。无论是和女人的肉体交往还是和自己父亲的感情,都依赖于梦的裁决,生活如同做梦。梦和阐释阉割了他的感情。《反对阐释》中她提出的"新感受力"是对腐败陈旧的学院和形而上的文本解析最凌厉的一击。她并不是反对阐释本身,她反对的是唯一的"阐释",简单化的"阐释",也就是将世界纳入事先预设的意识系统,貌似严肃实则花哨地玩弄概念和名词的那种"阐释",其结果只是"影子世界"取代了"真实世界",无比复杂、多元的世界被"阐释"得那么可怜、那么简陋。她从极为复杂的现象、表面中找到事物本来面目的思路,是她有别于其他人的新"感受力",她能从常人习以为常的一切中做出深刻的文化批判,能穿透往往被某种"阐释"所遮蔽的现实真相。① 正是如此,她才能以她的"新感受力"重新阐释世界,将文学艺术现实,社会人生的丰富性、复杂性还给这个多元的世界。正是这一思想方法赋予了她常人难以企及的认知深度与高度。她对70年代女权运动所持有的客观、冷静的评价态度则表明她的性别政治立场。但是,桑塔格在男性批评家眼中或许只是一名女人,"撩拨"女性解放的星星之火显得微不足道,但作为知识女性,她的智慧让人赞叹,但她的桀骜让人骇然。《时代》杂志曾经把她与文艺复兴时代的伊拉斯谟相提并论,从这一点上,她被称为"美国公众的良心",真正的文化英雄。她不是那种皓首穷经、以密密麻麻的注脚炫耀一时的经院哲学家,她是生活中人,现实中人,她的生命始终与这个广大而复杂的世界息息相通。她一生的追求、她那些风靡一时的文化批评的价值、她这个独一无二的生命个体所具有的意义更是耐人寻味。

《创造她自己》中论及的女性典范并非都是女性主义者,其中不乏

---

① 苏珊·桑塔格:《反对阐释》,《苏珊·桑塔格文集》,上海:上海译文出版社,2003年,第3—17页(9)。

代表时代符号的时尚女性。① 这些极具个性的女性在肖沃尔特笔下绘制成一条展现鲜活的个体生命的女性历史画卷昭示天下。女性,作为智识的传承者,在精神向度上同样具有个人存在的意义。因为知识分子向来被看作智识的力量,是意义生产者。然而,只有当智力和意义是一种能够使世界和生活更完美、更自由的力量时,知识分子在人格上才会处于和谐状态。肖沃尔特在为女性共同体索回"她自己"时,为的是扩大意义的可能性。当桑塔格说:"现在重要的是恢复我们的感觉。我们必须学会更多地去看,更多地去听,更多地去感觉"时,意义是一系列彼此无关的片断和瞬间,通过复制世界来复制意义,我们从中"看、听、感觉"复制世界并非创造了只有一个意义的影子世界,而是以"对世界的更多元化的复制(即加倍的复制)来创造一个更庞杂的影子世界"。②

第三节 女性与疾病:性别意识的隐喻

进入90年代,精神分析女性主义文学批评成为活跃在学术理论流派纷争中一支最具颠覆力的力量。它最广泛地参与后现代视域中各种理论的"狂欢"与"对话",从对弗洛伊德的批评和反思到对拉康理论的重审和修订,无不体现着女性主义者对精神分析批评理论的吸收和改造的足迹。③ 法国后结构女性主义理论家则是当代精神分析女性主义的一支劲旅。伊利格瑞、西苏和克里斯蒂娃对弗洛伊德和拉康的重读和发展,改变了心理学与语言学、符号学与解构主义、想象和现实之间的"性别对立和等级"现状,在质疑女性生物本质论,在重构女性主体,

---

① 如美国拥有三千多万女性观众的美国电视访谈节目黑人主持人奥普拉、英国已故王妃戴安娜。
② 程巍:《苏珊·桑塔格:意义的影子世界》,《中华读书报》,2003年7月。
③ 精神分析女性主义者质疑弗洛伊德的女性主义生理特质的生物决定论,重新赋予前俄狄浦斯的母亲"话语权",改造并在此基础上发展弗洛伊德的性别构成理论。从抗拒拉康的语言主体臣服于象征秩序的理论到对"主体与他者"的辩证依存关系来改造主体的同一性的体认。

建构女性写作理论方面，呈现着语言、阅读和写作中性别差异产生的理论根源和当下实践。当有关法国女性主义的报道开始出现在美国妇女研究的杂志上时，女性批评学理论受到后结构女性主义的质疑，美国"女性批评"学说所坚持的女性话语二元论的路线凸显出性别两极分化的简单化处理状况。美国的法国女性主义学者艾丽斯·贾丁（Alice Jardine）提出了"女性起源"（gynesis）①批评学说，探讨女性表达的文本效果。肖沃尔特作为以妇女为中心的批评学说的创立者，并没有回避女性主义批评领域中在认识论上的权力争辩，甚至认为"女性起源"的批评更改了美国"以妇女为中心"的批评工作，但"女性批评"同样修正了"女性本原"批评。

　　70年代末，在欧洲文学和女性主义理论的冲击下，哲学、语言学和心理分析学中探讨的女性问题，或曰后结构主义女性主义批评，对整个女性主义文学批评产生了重大影响。最初美国学界是通过翻译而接受法国女性主义理论，通过索绪尔语言学、心理分析学、符号学和解构主义等理论的分析方式得以理解语言、阅读和写作中的性别差异。这些研究多使用专业化语言，着重对"女性"表述的文本效果的分析。由于解构学派不关心主体，并且其理论的核心意义在于颠覆菲勒斯中心论，故受其影响的后结构主义女性批评家提出首要避免的是以妇女为主体的文学的孤立区域。"妇女中心批评"（gynocritics）研究本来注重的是对女性作品中的父系与母系的探讨，而后结构主义女性主义批评只看重文学文本，把它们看成是既无父又无母的纯粹存在，并认为女性主体只是阅读过程中的产物，因此更看重的是话语中的分裂，并由此导致父权制的分裂。她们称这为"女性起源"（genesis）批评。

　　笔者认为两种学说的争论焦点在于女性主体的定位和建构策略的不同。"女性批评"研究的重心是要在女性文学作品中厘清和挖掘一条

---

①　Gynesis 是贾丁自创之词，她将 gyno（法语中表示"女性"前缀）和 genesis（起源、创世）和在一起，用以表明女性主义话语中的理论渊源。

早已存在却被有意忽略但清晰的母系传统,建构女性互文本的多重意指系统,增加文学批评和传统中性别维度。而"女性起源"批评依赖后结构女性主义批评当中心理分析学的研究成果,把文学文本看作无父无母的话语表征,女性主体则是在阅读的过程中得以定位和建构,在强调文本的女性性征的同时"颂扬一种女性本能的批评意识"。[①] 可以说"女性起源"批评促成了女性话语中重要且难得的理性思维,但它同黑人后结构主义质疑超验的"黑色自我"一样,在理论实践时存在不可避免的问题。在"女性批评"中,女性批评家可以本着女性经验来理解女性作家的写作境遇,思考笔触可以由自己同男性批评传统的冲突而深入;而"女性起源"批评将女性主体破坏之后,言说者的身份便成了问题,当研究只聚焦于纯粹文本时,谁在言说?以什么立场言说?在符号学理论面前,倘若剔除女性主体文化的境遇阐释,女作家和女性作品只作为"符号"存在的话,就很可能再度沦为被窥视者、被谈论者和被分析者,女性的言说地位有可能被再度剥夺,甚至有可能被傲慢的男性权威言说者占领。

然而,"女性起源"批评一定程度上更改了美国妇女的工作,但同时,美国女性主义批评者对女性主义研究领域的认识论的分析,亦有利于修正"女性起源"批评。肖沃尔特从弗洛伊德和拉康的心理分析学理论出发,释解女性性征、性属和性别差异,为妇女的歇斯底里症提供了一种新的阐释视角,并将文学文本作为特殊历史情境下有关女性特质的意义的冲突表现。正如朱丽叶·米歇尔(Juliet Mitchell)所言:"歇斯底里是女儿的疾病",是一种反对父权制中社会和象征秩序的身体和语言抗议的综合症,肖沃尔特从解码身体症状、心理治疗转变当中探讨其如何游走于疾病和隐喻之间,把"女性批评"学说延伸到精神分析学和文化研究领域。在《女性疾病:妇女·疯狂·英国文化 1830—1980》

---

① Showalter, Elaine, "A Criticism of Our Own: Autonomy and Assimilation in Afro-American and Feminist Literary Theory", *The Future of Literary Theory*, edited by Ralph Cohen, New York & London: Routledge, 1989, p. 361.

第五章 性别与文化

(*Female Malady*: *Women*, *Madness and British Culture 1830—1980*)这部女性主义文化批评著作中,她借由女性疯狂的文化文本阅读和分析医学和心理分析的文献(Breuer and Freud),挖掘隐含其中的性别关系。同时也试图析出"歇斯底里"(hysteria)这个名称所蕴含的性别意识的隐喻之义和弦外之音。

一、疯狂与妇女

疯狂问题一直是人类文明进程中的共生现象。福柯认为"疯人"在历史舞台上的出现始于中世纪,即中世纪末随着麻风病的消退,疯人开始取代麻风病患者,成为社会排斥和隔离的新对象。这种排斥/隔离机制在近现代衍生出各种变形:文艺复兴时期的"愚人船",古典时期的"大禁闭",启蒙时期的"大恐惧",终点是19世纪,即把疯人与罪犯分开,当病人看待,这样才形成现代的精神病院。每一时期的疯癫意象都蕴含着深刻的文化、哲学及意识形态的思想。福柯在《疯癫与文明》中对疯癫的社会本质及其与文学艺术的关系做了比较宽泛的阐释。他认为:

> 疯癫之所以称其为疯癫,不是因为它是一种自然疾病,而是一种建构的结果……是另一种疯癫——理性疯癫的结果,疯癫的历史其实是理性疯狂压迫疯癫的历史……艺术离不开疯癫……在现代世界的艺术作品中,疯癫和艺术已融合在一起,表现死亡与空虚,传达作者的悲剧体验,这时你就无法分清是疯癫的谵妄还是清醒的艺术作品了。[①]

福柯通过研究理智与非理智的对立指出:"疯癫的建构具有各种不同的社会和政治功能。"[②]从福柯这里可以看出女性人物的疯癫不是自然疾病所致,而是遭受父权理性压迫的结果;疯癫被运用到文学创作中来,

---

① 参见马新国编:《西方文论史》,北京:高等教育出版社,2002年,第474—476页。
② 转引自 Daniel J. Vitkus, "Madness and Misogyny in Ken Keseyp's *One Flew Over the Cuckoo's Nest*", *A Life*: *Journal of Comparative Poetics*, No. 14, 1994, p.164.

成为一种文学策略,被赋予颠覆性的社会和政治功能。

《女性之病:妇女、疯狂与英国文化 1830—1980》可视为一部女性主义疯狂史。书中肖沃尔特从文学、文化、心理学、医学、生物学等诸多方面来探究女性疯狂的文化和社会建构根源。她细察19—20世纪英国父权文化的惯例、性别偏见、社会传统与心理学的相互影响以及它们和女性疯狂之间的关联。从女性主义立场,揭示女性与疯狂关联的社会和文化机制,以及妇女处境和女性主体建构过程中的自我觉醒意识。从内容上看,这部书主要标明了女性疯狂史的两个坐标:第一,疯人被驱逐、监禁、展示、治疗等被理性人异化对待的历史;第二,理性人对疯女人进行辨识和体认的历史。肖沃尔特认为,女性疯狂既是女性处境的产物,又是对女性角色的逃避,女性通过精神病学解释这个中介的分析和具体化,来改变被迫沉默、遭受异化的文化语境。切断疯狂与女性性征和妇女本质的文化联系是女性控制和掌握女性差异的根本之处,也是女性自我赋权进行言说的途径。正如肖沃尔特在引言中所说:

> 当代女性主义哲学家、文学批评家和社会理论家首先注意到,"妇女"和"疯狂"之间存在着基本的一致性……她们的分析表明一种文化传统,即把妇女看作"疯狂"的代表,运用女性身体的意象表现一般意义上的非理性。[①]

在对精神病医学语汇进行女性主义甄别后肖沃尔特得出,妇女与疯狂之间存在一种文化关联,如同小说语言,精神病医学、诊断和治疗"女儿病"的语汇充满了性别假定,都是由文化决定并以文化隐喻的方式呈现。在弥补疯狂史研究中的性别分析和女性主义批评维度时,肖沃尔特揭示了使疯狂成为女性疾病的性别和权利的不平衡,当疯狂成为女性身体症状和性别标签时,挖掘隐藏在特殊文化环境中的隐喻性思维惯式,是颠覆以男性为中心的线性逻辑的重要突围。

---

① Showalter, Elaine, *The Female Malady:Women, Madness, and English Culture, 1830—1980*, New York: Random House, 1986, p.4.

第五章 性别与文化

《女性之病》分为三个部分:维多利亚时期心理分析(1830—1870)、达尔文主义心理分析(1870—1920)和现代主义心理分析。这个划分与英国过去150年来精神病学的三次重要变化吻合。维多利亚时期,女性精神病人的数量远远超过治疗疯人的男性,然而男性却成为女病人的治疗医生。因为维多利亚时期疯狂被认为是生物学意义上的缺陷,是因为女性身体上缺少阳具而造成的:"妇女要比男人更容易神经错乱,因为她们生殖系统的不稳定性和她们的性欲、情感和理性控制发生了冲突。"① 为了稳定女性的精神和情感,调整妇女生理机能,男性医生通过对妇女身体的控制,来驾驭妇女的精神。其中,最为极端的做法是对女性精神病人进行阴蒂切除术。从医学上讲切除阴蒂是将女性性欲仅仅受限于生殖这个观念。这种手术表明维多利亚时期女性性征被视为女性疯狂的症状和关键因素。这时的女性因受到威吓而"屈服,将她们的不满隐藏起来,使之成为无人所知的秘密"。② 强化疯女人身上的女性性征也成为精神病院对妇女进行精神管制的重要部分。"娴静、端庄、奉献、大方虔诚和感激,这些女性化的价值被严格地强加于最野蛮、最顽抗的妇女身上"。③ "精神管制"系统背后暴露了男性精神病学家对女性性征的恐惧。疯女人被迫接受男性认可的妇女自控和勤勉的特性。肖沃尔特看到"正是用规范女性气质的女性链条和古怪但却使女性文雅的紧身衣"和医生的"惩罚的缰绳"有效地使她们保持"沉默"。④

文学文本中,勃朗特笔下的伯萨·梅森所受的非人待遇最能体现维多利亚的价值观。"阁楼上的疯女人"十分符合维多利亚时期对疯癫的定义。勃朗特对梅森发疯的解释采用的都是"维多利亚精神病学的话语"。⑤ 勃朗特对梅森的疯癫叙述足以体现维多利亚精神病学对疯狂

---

① Showalter, Elaine, *The Female Malady: Women, Madness, and English Culture, 1830—1980*, Now York: Random House, 1986, pp. 52—53.
② Ibid., p. 61.
③ Ibid., p. 64.
④ Ibid., p. 75.
⑤ Ibid., p. 81.

的学理界定和表象信念。梅森的疯狂,在与妇女相关的生理结构和遗传基因上找到了某种文化关联。女性的生育系统、性欲冲动,甚至女性遗传精神病的几率都被看作女性独有的疾病。梅森是一个"疯女人和酒鬼"的女儿,婚后的"放荡和不贞"导致"性欲旺盛的怪物",当医生就此断定她疯了,被囚禁成为当时对精神病进行机构化管理的第一批牺牲品。梅森的凶猛、愤怒、非人的退化状态反过来又影响了医学界对女性精神病的描述。而勃朗特在她的最后一部小说《维莱特》中则通过关于疯狂的更为流行的看法探讨 19 世纪妇女生活中的心理矛盾。"独禁"成为这部小说女主人公露西因暗恋约翰博士所受的残酷的非暴力惩罚。和梅森不同,勃朗特把露西的孤寂和煎熬看作来自外部又来自她内心,虽然勃朗特不能用大火或殉道士般的死亡作为解救女性的隐喻性途径,但她的"独禁"渗透着内心长期所遭受的极度痛苦和冲突,当她的医生约翰博士见到这个禁欲的"修女"时,建议她保持幸福和欢快的情绪。这是维多利亚最受推崇的道德观念,但露西却回答:"对我来说,这个世界上从来没有什么东西比通过教养获得幸福这类话更可恶、更空洞的了。"① 肖沃尔特从勃朗特的《简·爱》和《维莱特》、南丁格尔半自传体小说《卡桑德拉》、玛丽·伊丽莎白·布莱顿的《阿德莱小姐的秘密》的文学文本中找到女性精神病人的心理信息和身体危机所发生的社会语境。在有关中产阶级女性的日记和小说中,肖沃尔特从女性主义视角解读女性生活经历的危机和造成疯癫的社会机理。把疯狂看作一种有关女性"策略性"疾病的一个隐喻,抑郁、退缩、抱怨、狂躁是女性的抗议形式,被动性将女性的利他主义转变为一种仇恨,从幼稚的无意识中醒来,在体认成长的痛苦和采取行动所付出的代价的蜕变中,完成摘除社会管理和习俗贴在自己身上的"易变""愤怒""遗传性精神病"的道德标签。肖沃尔特抓住那一时期的思维模式惯性:即社会不仅把女

---

① 夏洛特·勃朗特,吴钧陶、西海译:《维莱特》,上海:上海译文出版社,2000 年,第 274 页。

第五章 性别与文化

性看作孩子气、非理性和性欲不稳定的人,而且把她们描述为法律上无权和经济上的边缘者,在病理学上加强疯狂与女性生理系统的联系和动因。维多利亚精神病学在肖沃尔特看来,无视时代、心理的影响,但如同一面镜子反映出维多利亚时期对女性疯狂阐释的文化偏见和性别歧视。

在对疯狂的界定上,维多利亚时代对其分类宽泛和单一,如精神失调、忧郁、疯癫,但凡不合常规的行为都被视为疯狂,而1870年以降,达尔文精神病学则比维多利亚时代更加宽泛。通常古怪、反常的表现都被看作疯狂的行为。把介于"健全与疯狂之间潜伏"的"大脑疾病"和"神经错乱的苗头"的阴影地带统统称为疯狂。什么样的人会走进边缘地带呢?达尔文派宣称"是等级思想智慧和感情力量,从野蛮人的本能到文明人的知觉"。[1] 而真正的飞跃发生在大脑力量的最高阶段——意志的自我克制,这是精神健康发展的顶点。在肖沃尔特看来,达尔文派的精神病学的社会准则不但没有给妇女提供工作和接受教育的机会,反而从生理差异的科学理论进一步确认并强化了维多利亚时代狭隘的女性性征的理念。女性的智力低下是生育的结果,妇女为父权社会提供舒适、方便和自我牺牲,用进化论的说法,是为了种族的繁衍和进化的基本需要,生命的形式也被赋予隐喻意义,男人就像蝌蚪形精子,进攻、竞争并富于创造,女性则像卵子,静止、利他并富有营养。一旦女性反抗她们的"本质",夏娃就被归入疯人行列,被冠以歇斯底里、厌食症和神经衰弱为症状的病角色和性角色的恶名。

英国对患有神经疾病的妇女进行的精神治疗则是一场冷酷无情、性别定位之战,其目的"在于完全确立男性医生的权威"。[2] 治疗的医学理想"以一种道德视察的形式表现出来,在向医生忏悔其道德堕落、阴谋诡计和虚伪"的行为中,使病人孤立于家庭支持系统之外,治疗这三

---

[1] Showalter, Elaine, *The Female Malady: Women, Madness, and English Culture, 1830—1980*, New York: Random House, 1986, p. 84.

[2] Ibid., p. 119.

种女性疾病的最佳方法就是"静修疗法"(rest cure)。肖沃尔特认为,对于英美女性主义小说家来说,对此的体验和看法却是大相径庭。吉尔曼的《黄色墙纸》对静修疗法进行了强烈的反抗,对妇女作家的想象力和写作的限制迫使她发疯。而她的疯癫最终战胜了静修疗法和自鸣得意的医生丈夫,她癫狂的文学叙事行为是她抵制丈夫所代表的父权医疗、父权文化的特殊策略。尽管肖沃尔特认为这个"胜利是以她的精神为代价"①,但是吉尔曼着重强调的是她撕碎墙纸时疯癫的精神状态,其中蕴含着受压迫的女性反抗父权统治的巨大张力。这样的疯癫已不再单纯是叙事者的一种精神状况,而变成了她对抗父权统治的特殊的女性话语。从这一角度来看,疯癫就不再是"在以男权文化为中心的社会秩序下,女性要想争取解放平等就必定要付出的惨重的代价,反而成为她们反抗父权文化压迫的有力武器"。②

在现代主义时期,精神分裂症取代歇斯底里症成为女性疾病的重要症状。这种神经错乱提供了"女性性征和疯癫的文化融合最好的例证"。③ 这里的精神分裂患者不限于女性,更多则是男性,但典型的症状诸如"被动、去个人化、分离和碎片"和妇女所处社会境遇平行不悖。这些症状与女性性征之间的文化和医学的关系在英国妇女文学中得到了特殊的解释。肖沃尔特考察了 60 年代三部自传体小说,让·弗莱姆的《水中的脸》、詹妮弗·道森的《哈哈!》和西尔维娅·普拉斯的《钟罩》,对女性所处的精神分裂状态进行了女性主义解读。肖沃尔特把精神分裂的文学隐喻看作"妇女缺乏自信、对外界(常常是对男性)的依赖和自我定义的文本表现,是作为性对象的身体和作为主体的思想之间的分

---

① Showalter, Elaine, *The Female Malady: Women, Madness, and English Culture, 1830—1980*, New York: Random House, 1986, p. 124.

② 刘风山:《疯癫,反抗的疯癫:解码吉尔曼和普拉斯的疯癫叙事者形象》,《外国文学评论》,2007 年,第 4 期,第 92—100 页(96)。

③ Showalter, Elaine, *The Female Malady: Women, Madness, and English Culture, 1830—1980*, New York: Random House, 1986, p. 199.

第五章　性别与文化

裂,是社会对女性性征和成熟女性观念冲突的隐喻"。① 普拉斯笔下的伊赛尔用电与死的隐喻把女性性征和创造性联系起来。肖沃尔特认为电击疗法治疗精神分裂症的隐喻在于电击过后的暂时失忆的"重生"状态。在重生中,但并非出自一个女人的出生,女性超越了平凡的女性气质,并非仅仅经由疯狂而是电痉挛的痛苦的救赎折磨获得自由和健康。《钟罩》中的"电刑"、男人触摸伊赛尔头发时传遍全身的"微小的电流"、形如行刑的"产床"以及伊赛尔第一次接受的"胰岛素电疗"。所有这些与电、与死的关联,由男性控制,像是一次次强大的宗教洗礼的模仿仪式,将"坏"的、疯狂的女性自我杀死,在电疗之后,"好"的自我得以复活。在早期的妇女解放运动中精神分裂症的文学隐喻影响十分重要,对于解放"屋中的天使",冲出被囚禁的"屋子"成为毁灭女性心理的女性性征,挣脱受社会惯例控制、母性的忠贞和女性情感依恋的那一面。60年代以降,随着女作家、文学批评家、心理学家从女性主义角度对疯狂进行女性疾病与文化境遇的考察,女性主义者看到,疯狂史是妇女所处的文化境遇的产物。在以男性为中心的精神病学、心理学领域中,妇女处于被消音、被观察、被捆缚的处境。从性别角度对女性和女性疾病之间关系的描述正是为了打破这层文化关联,在心理学、医学和文化研究领域对女性之疾进行女性主义检视,这场反精神病学的文化运动,不仅"为女性言说,而且也允许女性为自己言说"。②

肖沃尔特在疯狂和女性所面对的社会历史境遇之间搭建的联系曾受到不间断的微词。斯帕克斯(Spacks)指责道:"妇女发疯,是因为社会给她们的空间太窄。但我们也必须承认还有很多其他的可能性。"③斯帕克斯质疑肖沃尔特的论断,她认为:"精神分裂症解决不了妇女的

---

① Showalter, Elaine, *The Female Malady: Women, Madness, and English Culture, 1830—1980*. New York: Random House, 1986, p.200.
② Ibid., p.14.
③ Spacks, Patricia Meyer, "Crazy Ladies? Review of *The Female Malady*", *New Republic*, April 28th, 1986, pp.34—46. 斯巴克斯批评肖沃尔特把女性疯癫仅仅归咎于社会和文化原因。

文化环境,肖沃尔特谈到的妇女的精神分裂症状如被动、去个人化等等,这些症状与厂房里工人面对的社会境遇没什么两样。"① 笔者认为,肖沃尔特作为女性主义文论家,在整理了一份被"传统"遮蔽和歪曲的英国妇女文学传统之后,将笔端伸向英国 200 年的妇女疯狂的历史。肖沃尔特延续了《她们自己的文学》的批评风格,在文学文本和非文学文本之间游走,考察父权文化和文学语境中女性的处境和女性的创作。她涉猎最为广泛的被忽略的疯狂和疯女人的来源②,在挖掘妇女的叙述、日记、小说、喜剧、回忆录、自传等文学文本中为研究女性创作和社会境遇之间的关系提供了可贵的素材。另外,在揭示女性疯狂的文化根源的同时,肖沃尔特看到,女性的生理构造和对女性本质预设的流行偏见,是造成女性的疯狂、精神和心理极度压抑的根源之一。肖沃尔特通过文学、文化、心理学、医学、生物学等等实证研究,打破了以往"疯狂"研究中男性视点和无性别局限,超越了弗洛伊德的"性根源"的假设,增加了福柯疯狂史研究中遗失的性别分析维度。从女性主义立场梳理女性与疾病之间所忽略的文化运作机制,而这种机制反过来又得到医学和生物学领域所谓客观性、科学性和实证性的佐证。这种思考的背后流露出肖沃尔特对英国父权制文化惯例的批判,19 世纪疯女人的数量的暴涨和 20 世纪二战后男性"弹震症"的"女子气"的精神分析都被看作英国父权文化中使

---

① Spacks, Patricia Meyer, "Crazy Ladies? A Review of T*he Female Malady*", *New Republic*, April 28th, 1986, p.35.

② 医学杂志、疯人院记录、议会法案、疯人院建筑以及绘画、摄影、雕塑成为肖沃尔特研究疯狂与妇女的资料,从这一意义上来说,《女性之疾》也是一部社会学著作、一部关于女性疯狂的文化史。

第五章　性别与文化

女性发疯的根源,也是使男性趋于疯狂的真正缘由。①

二、疯狂与写作

历史上,歇斯底里症曾经呈现出很多奇怪的转折,但最令人惊讶的转折是歇斯底里和女性主义的现代联姻。对作家、评论家来讲,歇斯底里曾被认为是通向女性主义批评的第一个台阶,一个声讨父权制的女性病理学说。对其他人来讲,最为著名的是19世纪妇女歇斯底里症现象。它浓缩了典型的女性压抑,正如西苏轰动一时的发问:"任何一个妇女不是杜拉,还能是谁?"

女性主义视域下的歇斯底里症受到符号学和对话理论的影响,把歇斯底里看作女性性征的元语言,通过无法用语言表达的身体信息进行交流。法国后现代女性主义三大家之一克里斯蒂娃的学术思想并非源自女性主义理论,而是符号学研究。与西苏和伊利格瑞不同(西苏的"身体书写"和伊利格瑞的"女人话"不时地卷入"生物本质主义"争议的漩涡之中),克里斯蒂娃的理论则以质疑和拒斥"本质女性"的存在标榜自我。她的符号学理论反对将语言和生理结构混为一谈,摒弃把写作风格分为阴性和阳性,因为这样做无异于把男性和女性重新放入逻各斯中心的两级。她认为:

> 过分强调"男""女"之分近乎荒谬……虽然我承认凸显女性身份可以作为一种手段,但我还是要指出,较深入地来看,"女性"终

---

① 弹震症(Shell Shock):这种病常发生于一般的群体,也称为战争精神病。治疗这类病最常用的是发泄法,用药物或心理学方法把病人催眠,要他再度体验他的战争经历,以便消除这些经历对他的压力。二战中,男性弹震症患者犹如维多利亚时期时的疯女人一样多。士兵们的焦虑、软弱、不适、麻痹、噩梦、神经衰弱、失明失聪等一切都与英雄的幻想及男子汉的梦想完全不符。医生们最初试图寻找男性生理机制方面的病变。因为男性先天具有精神病免疫力。但逐渐她们发现弹震症的原因在于战争本身。士兵们所处的环境的忧郁、紧张、恐惧、饥饿、厌恶使他们精神崩溃。弹震症反映出男性在面对恶劣的环境和道德的谴责时表现出的恐惧本能与爱国主义相互矛盾,是男性对战争的逃避,更是对如坚强、无畏、男性气概等男性性征的社会期待的否定。

究并不是一个本质性的存在,它与其他事物之间有着彼此联系、相互影响的关系。①

克里斯蒂娃在《诗歌语言的革命——19世纪末的劳特莱蒙和马拉美》中系统地阐释了她的符号分析学的原则与概念。她修改了拉康的心理分析理论中"象征秩序"的理论框架,开启了语言的"符号性状"和"象征性状"两个层面,在二者的互动中,发现了意指的建构过程。"符号性状"与前俄狄浦斯阶段的主体心理机制形成原初过程相关。婴儿期主体的心理驱动力的形成来自最早的力比多驱动(libidinal drive),这个动力被看作流质的动能,包容在"母性空间"②(chora)内,克里斯蒂娃认为这是母亲与孩子共享的身体空间,对于阳性象征所标榜的理性、稳定、连贯与逻辑是一种威胁。克里斯蒂娃借用阴性空间的概念,以探索发现主体与象征系统之间的驱力关系,是驱使主体发言的原动力。她认为:"'chora'不是一个符号,也不是一个位置,而完全是一种暂时性的位置,它的本质是流动的,有各种运动及其短暂的状态构成。"③这个难以名状的空间中,婴儿在其模糊的性别意识当中,母亲角色是双性的,不

---

① Julia Kristeva, "An Interview with Tle Quel", *New French Feminisms*, edited by Elaine Marks & Isabelle, de Courtivron, Amherse: University of Massachysetts Press, 1981, p.157. 在克里斯蒂娃的早期著作《符号论:对符号分析学的探究》和《作为文本的小说》中她建立一种新的符号学语言系统。她将这种语言系统称为"超语言学",这是一个开放的语言结构,试图突破索绪尔封闭的语言结构,视文本为语言的表征系统,一个语言的场域,语言在文本中重新获得新的秩序,并由此产生新的秩序,这种文本观体现了文本的"生产性",每个文本意义的确立要通过以其他未出现的潜在文本作为理解这个文本意义的参照系,在文本之间相互置换意义的过程中,获得"互文性"(intertextuality)意义。克里斯蒂娃式的意义确立系统实际上是把文本作为一种意指实践,并不力求使主体控制语言,而是把主体置于权力网络之中,从一个文本中抽出语义部分,在超越该文本而指向先前的文本,正是在这种对其他文本的吸收、转化、兼并和重审过程中,读者在阅读这个文本的意义实践中,在和先前文本"对话"时遭遇的自我压抑和冲突的过程中,产生文本意义。

② 柏拉图在《蒂迈欧篇》中提到的希腊术语"chora",即指存在于可命名形式之前的一种无法命名的、神奇的、无形的、子宫般的空间。

③ Moi, Toil, *Sexual/ Textual Politics: Feminist Literary Theory*, London & New York: Routledge, 1985, p.161.

第五章　性别与文化

能简化为生理本质的母亲,在从符号性状向想象征性状过渡中,男婴和女婴都要面对父亲或母亲的身份认同的抉择,因此无论男婴还是女婴都要面临选择"男性性征"和"女性性征"的机会。这样,女性性征并非天然本质,而是选择的结果。在选择的过程中,幼儿发声、模仿和意义生成过程中,主体割裂单一自我的一元逻辑,由一元逻辑形成的意义被复数化、被细分,从而产生克里斯蒂娃式的"多元逻辑"符号学系统。她的这个学说成为肢解象征父权的语言、文化和社会秩序的革命性主张。

借助女性疯狂在精神病学、心理学、生物学的实证研究成果,肖珊娜·费尔曼在文学领域延伸女性疯狂和父权制治疗体系与精神控制之间的关联,关注女性人物因疯狂而产生的"转化效果"(transference effect)以及读者作为"文本的符号"(sign of the text),是如何通过阅读行为反思和构筑文本的意义。正如费尔曼在论及疯狂与写作的关系时所说:"读者,作为有活力的可转换的文本参与者,作为被文本吸引……并成为无意识的文本演员,成为文本行使权力的对象,成为阐释者的关联。"[①]疯狂,作为能指,需要女性主义批评来读解女性性征的密码,需要行使文本赋予读者的"权力",发掘"疯狂"的意义得以产生的表征和误征,以及"权力"赋予读者的隐喻性思考。

肖沃尔特选取莎翁笔下的奥菲莉娅,作为"女性主义读者",讲出被拒绝和边缘化的"奥菲莉娅的故事"。《再现奥菲莉娅:女人、疯狂以及女性主义批评的责任》一文中,肖沃尔特结合美国女性主义的实证批评精神和法国女性主义后结构主义批评理论,从女性主义批评家的角度,解读"奥菲莉娅"的女性性征密码。她试图从奥菲莉娅这个文学人物出现以后的"被再现的历史"出发,展示女性疯狂和女性性征之间的关系是如何表达的。而这个"被再现的历史"也正是一部关于女性疯狂的手册,而舞台内外的奥菲莉娅的"文本演员"赋予这个角色新的含义和颠

[①] Felman, Shoshana, *Writing and Madness: Literature/Philosophy/Psychoanalysis*, Stanford: Stanford University Press, 2003, p.31.

覆的张力,从文化历史,而非文学理论角度,肖沃尔特拓宽了女性主义批评的视角。

在法国父权理论话语和象征体系中,奥菲莉娅,同哈姆雷特相比,等同于空白、失语、否定。如果说哈姆雷特的疯狂是形而上的,与文化相关,奥菲莉娅的疯狂则是女性性征相关的女性本质造成的。肖沃尔特认为奥菲莉娅的疯狂明显符合伊丽莎白时代对于疯女人表征的惯例:舞台上的奥菲莉娅穿着"白裙"、"散乱着的头发"上带着"奇怪"的花环、"神情恍惚"地自由联想着带有性意义的"胡言乱语"。这些表现都传达了有关女性和疯狂的双重信息。"白色"象征纯洁,"散乱的头发"意味着被奸污,卖弄的歌唱和印象中的乖乖女"格格不入",甚至她的溺水,用法国女性主义观点来讲,充斥着女性深刻的生理符号:女性是液质的、流动的、不确定的,成为"文学和生活事件中女性化的死亡"。①

的确,疯狂与女性被虐待之间的联系成为当时文学虚构的惯性思维模式。这些关于"女性性征"的惯用疯癫符号暗示女性疾病的根源。而后来几个世纪的奥菲莉娅在舞台上的不同表达则展示了一个界定女性疯狂的变化史。肖沃尔特细察从奥古斯丁时期的奥菲莉娅"遭禁"到文艺复兴时期的奥菲莉娅面带薄纱的"神秘意象"的转变,足以看出"疯狂"的女性本质的文化思维定式和象征关联。

肖沃尔特从奥菲莉娅的例子得出女性疯狂的理论建构的历史和文化关联。她反对带有女性本质的"阅读效果"中反映出的女性观,这种女性观在法国理论中指的并非文本性别,而是性别中的文本。女性写作,在法国女性主义者那里强调的是打开写作的边缘,伊利格瑞用女性身体话语来定义女性特征,但竭力建立的德里达式的理论话语,实际上重复着男性的二元对立说。正如珍妮特·托德所论:"(法国派)质疑心理分析的性别歧视语言,却没有检讨一下自己的语言,不是也同样深深

---

① 伊莲·肖沃尔特:《再现奥菲莉娅:女人、疯狂以及女性主义批评的责任》,《文本·文论——英美文学名著重读》,张中载等编,北京:外语教学与研究出版社,2004年,第83—96页(87)。

根植于心理分析。"①疯狂,在肖沃尔特看来,是文化处境的产物,并非女性本质的必然产物,疯狂与女性创作之间的关系正如流行的文化运作机制的惯性对妇女人性极度压抑的结果,而非女性性别生理构造所致。

---

① Todd, Janet, *Feminist Literary History: A Defence*, Oxford: Basil Blackwell Ltd., 1988, p.60.

第六章

性别与当代文论

第一节 契合与分离:对话"后学"

女性批评理论确立了女性经验和女性读者的权威性。她扬起了"女性"这面统一的旗帜,用以批判男强女弱的父权社会,解构以男性为中心的文学批评传统。从女性主义视角重审传统文学理论及批评方法,挖掘被压抑的女性文学史和建构女性文学理论。这些诉求和努力对女性主义批评初期的发展起到重要和积极的建设性意义。不过,对"女性"同质概念的探讨和建立女性亚文化的立场却招致不仅来自男性的拒斥,并且受到其他肤色和阶级的妇女的指责。面对由男性确认的一系列文学准则及其对女作家的无视,批评家们激越的审视和理论追索是充分有力,令人信服的。当肖沃尔特把英

第六章 性别与当代文论

国女性作家纳入考察之列,研究女性形象、反抗性别陈规之时,她所评析的英国女性作家基本都是中产阶级的女儿,她们之间没有太多种族、宗教和阶级的差异。"她们自己的文学"(着重号为笔者所加)是建立在对女性阵营内部的有色妇女、第三世界妇女和女同性恋者的排斥之上。① 在现在看来,这样的訾议之声,实际上反映了肖沃尔特在反本质主义理路上不免存在一种本质主义和"分离主义"倾向。但是,在女性主义批评立论之初,为了发出自己的声音、确立自己的位置、把妇女假定为同质同构的团体而结成统一的阵线用以对抗主流的文化力量,这个"铁板一块"的女性集体言说策略是必要的和符合时宜的。然而,这条整一的女性性别建构路线,实际上是用女性经验替代男性经验,在批判父权制的效度上仅仅揭示了男支女配的一面,而对女性经验的把持也不免与传统批评有着某种程度"简单对调"的同谋关系。用非此即彼的二元对立思考模式孤立地谈论女性的策略,正如谈论男性一样,无法不陷入意识形态的场域中,并不足以说明在不同文化、民族和阶级中影响女性生活的其他因素。在论及女性这个大一统的概念时,性别批评家的确忽视了这个事实:"女性"并不是一个自足的实体,它需要一个扩大的"女性"范畴,也需要一个能够呈现多元自我的,在不断地延宕中获取意义的概念。

女性主义批评家对自己的理论和做法一直保持冷静的反省,尤其在后现代理论思潮的狂欢和喧嚣语域中,不断进行着理性的思索和及时的修正。美国女性批评理论的发展也是在不同时期,与各种理论往来互动中体现自身的价值和言说的意义。肖沃尔特在乔治敦大学参加的一次文学理论年会上,她注意到有一个被忽视、沉默的女性哑语翻译

---

① 肖沃尔特在《女性主义与文学》(1990)一文中,谈到"女性批评"在过去的十年间遭受的三方面攻击——分离主义、过分强调现实主义或 19 世纪文本,以及对有色妇女作家的忽视。她承认早期对维多利亚文本的关注的最严重后果之一是对黑人妇女作家的忽视。但肖沃尔特强调维多利亚研究有其历史特定性。第一,19 世纪是妇女作家被视为典范来接受的唯一时期;第二,19 世纪的英国妇女作家用男性假名写作,这是文学性意识的一个明显开始的历史标志,是妇女的一个新认识,一个能给她们带来男性权威、自由的觉醒时代。

者,这个在场却被忽视的妇女引起了肖沃尔特的警觉。她忽然意识到在建构女性批评理论的同时,也忽视了女性群体内部的差异,如处于学术界之外的第三世界妇女存在的现实——"他者妇女"的存在,无形中充当了男权的同谋。作为一个女性主义批评家,肖沃尔特开始反思自己如何对具有双重身份的"父系语言的女性他者"和"女性话语中的他者妇女"承担批评家的责任和任务的问题。① 她坦言早前的"铁板一块"的"性别对抗"带有"分离主义"的倾向。她意识到那种用占主导地位的欧美白人女性主义批评经验在西方理论内进行言说,等同于"用一种新的殖民主义形式替换另一种殖民主义形式"。② 肖沃尔特进一步援引纳米·斯科(Naomi Schor)的话进行自我批判,女性主义批评"并不处于种族隔离与民族优越的永存的神话之中,而是存在于不同民族的传统的相互渗透之中,存在于女同性爱、黑人、马克思主义和主流女性主义的交叉之中,简而言之,存在于所有差异——民族的、种族的、性别和阶级——的增殖之中,未来的女性主义文学理论和批评将从中产生"。③

一、从女性到性属

80年代,后现代文化思潮对总体性的否定,对局部、多元和特殊性的强调,对于深受本质主义困扰的女性主义批评来说,具有重要的启发意义,自然也或多或少从中汲取了养分。其中,法国学者弗朗索瓦·利奥塔对后现代社会状态的整体描述、米歇尔·福柯的怀疑主义哲学和权力—话语学说、拉康的后弗洛伊德精神分析理论、雅克·德里达的后结构主义哲学、赛义德与斯皮瓦克等后殖民主义文化理论等等,从不同的角度,质疑宏大叙事,解构传统的知识体系、道德规范、思维模式和价

---

① Showalter, Elaine, "A Criticism of Our Own: Autonomy and Assimilation in Afro-American and Feminist Literary Theory", *The Future of Literary Theory*, edited by Ralph Cohen, New York & London: Routledge, 1989, p. 359.
② Ibid., pp. 358—359.
③ Showalter, Elaine, "Feminism and Literature", *Literary Theory Today*, edited by Peter Collier and Helga Geyer-ryan, Cambridge: Polity Press, 1990, p. 196.

值标准。上述理论话语,与颠覆和反叛父权观念的女性主义批评的精神实质不谋而合。美、英、法等国的女性主义批评家基于对后现代社会特征与文化内涵的认识,发展出文化身份批评、精神分析女性主义批评、后殖民女性主义批评,围绕女性话语积极探索和建构女性美学。肖沃尔特适时地将"女性批评"从以妇女为中心的女性主义研究转向包括男性和女性两方的性属关系的研究。她同其他女性主义批评家一道把"性属理论"(Gender Theory)引入美国女性主义的文学批评理论。

"性属理论"打开了历史、人类学、哲学和心理学等领域的女性主义批评,促成了女性学在美国学术机构的建制。[①]"性属理论"已经作为基本类别进入文学话语分析,成为继"厌女症"清查和梳理女性文学传统之后的女性批评理论建构阶段的基础。正如肖沃尔特所说,女性主义批评应该从根本上"重新反思文学研究的基本概念,重新校正完全基于男性文学经历的有关阅读和写作的当下的理论假定"。[②] 在《谈论性属》这本文集中,肖沃尔特论及性属与言语(speech)之间的关系时认为:"要谈论言语必然涉及性属问题。因为对于每一种语言,性属是一个语法范畴,而阳性语言则成了标准。"在法语和德语中,阴性词语需要在阳性词语后加表示阴性的后缀,或者是阳性词语的变体。性属问题同种族和阶级、国别问题一样是表示类别差异的要素,也是构成文本基本要素之一。性属(gender)是附着在生物学性别身份上的社会、文化和心理学意义;性别(sex)是作为男人或女人的生理身份;而性欲特征(sexuality)则是个人性活动的倾向、性取向特征和性行为的统称。肖沃尔特将性属问题与文化研究、社会建构和心理分析结合起来,把批评

[①] 后现代理论对肖沃尔特的影响参见杨莉馨:《西方女性主义文论研究》(2002),南京:江苏文艺出版社,第226—299页;美国女性学的建制过程参见刘霓:《西方女性学》,北京:社会科学文献出版社,2007年,第3—7页。

[②] Showalter, Elaine, "The Feminist Critical Revolution", *New Feminist Criticism*, edited by Showalter, New York: Pantheon, 1985, p. 8.

视角放大到所有写作,在文学话语中对性别的分析打开了文本边界。另外,性别理论还允许男性批评家进入女性主义批评之内,反过来,也使得女性主义批评增加了对男性同性恋问题的考察。性属理论是随着女性主义批评的发展而做出的一种理论论辩和哲学式思考的选择。"作为男人的阅读"和"作为女人的阅读"会存在一定的差异,但是从性属理论来看,它们均有存在的合理性。作为"男人的阅读"也会具有同样的男女平权的政治诉求和论断。乔纳森·卡勒就是这样一个公允的男性女性主义批评家。卡勒并非模仿妇女批评,而是作为一个男性和一个女性主义批评者进行阅读。他从来不会称自己是女性主义批评家,但他对弗洛伊德《摩西与神教》的阐释却明显带有女性主义批评的论调。① K·K.鲁斯文也属于性属理论范畴内的批评家。但女性主义者对他颇有微词,称他的研究是"猎奇观淫的注视"、是"男性企图控制女性想自身说话的征兆"。② 肖沃尔特认为男性女性主义者是一种批评的"男扮女装"形式,是"女性化装舞会上男性篡取女性新获得的权力的一条途径"。③ 而受女性主义批评影响而兴起的男性研究、男同性恋研究和女性主义批评的政治目标并不吻合。它们不过是"提出了文学文本中有关男性的具有挑战性的问题",它们"共同发展了性属理论"。④ 性属理论的另外一个值得关注的重要意义是让"女性主义批评从边缘

---

① 乔纳森·卡勒下面的一段话很好地展示了他的女性主义批评观点:"在弗洛伊德理论中女性处于补充和寄生的地位,以阳具羡慕界定女性心理,无疑是阳具逻各斯中心主义的表现;男性的器官是参照物,是规范;女性则是依附于这个规范的一个附属品。甚至拉康等理论家,都反对这个观点,声称男性的性征不是阳具,但也依赖以男性阳具为男性性征的象征模式,从而再次肯定了阳具逻各斯中心主义批评模式……对菲勒斯批评的批评越是强烈,女性主义批评便越能够提供广泛而全面的视野,用以粉饰和界定男性批评家们片面而偏执的阐释。"Showalter, Elaine, "Critical Cross-Dressing: Male Feminists and the Woman of the Year", *Raritan*, 3 (Fall 1983), pp. 130—149(142).

② Ruthven, K. K., *Feminist Literary Studies: An Introduction*, Cambridge: Cambridge University Press, 1984, p. 2.

③ Showalter, Elaine, "Feminism and Literature", *Literary Theory Today*, edited by Peter Collier etc., Cambridge: Polity Press, 1992, p. 197.

④ Ibid., p. 198.

第六章　性别与当代文论

走向中心,其中蕴藏着对阅读、思考和写作产生革命性的变革的潜能"。① 女性主义批评革命的结果之一是打开了一个空间,赋权于女性批评家使得她们超越女性写作研究进入重新评判已有的文学传统。肖沃尔特把这种"权力"建立在以女性为主体、走性别路线的理论之上,将理论牢固地扎根于阅读和文本分析实践中。

在《我们自己的批评》一文中,肖沃尔特从时间上进一步对女性主义批评的分期做出具体说明。在梳理女性主义文论的纵向发展时,她分析得出"女性美学"(60年代末)、"女性批评"(70年代末)、后结构主义女性批评(80年代)和社会性别研究几个主要阶段(80年代末)。70年代中期以后,肖沃尔特就此认为美国的学院化女性主义文学研究转向了理论化时期。② 所谓"学院化"指的是女性主义理论被正统文学研究机构认可并被纳入麾下。这一时期,美国女性主义批评家深受结构主义、精神分析理论、后结构主义理论的影响,这些理论为女性主义批评带来新鲜血液,对其扎根学术机构起到重要的促进作用。原本互相独立的女性主义和后现代主义,凭借话语建构、理论构想和对暴力语言的认识走到一起,并在理论界说和思辨交锋中,形成了后结构主义女性主义,并日渐形成理论的气候并得到理论界的承认。肖沃尔特同斯皮瓦克、朱迪斯·巴特勒、简·盖洛普、弗莱德曼等批判型女性主义知识分子精英一道坚持与诸多后结构主义理论思潮进行切磋和争论的机会。她们通过对男性批评家理论的借用、解构和置换,对女性主义文学批评取得知识界的合法地位起到了不可忽视的作用。盖洛普这样评价:"传统女性主义批评与后现代女性主义批评共同携手……为女性主

---

① Showalter, Elaine. "A Criticism of Our Own: Autonomy and Assimilation in Afro-American and Feminist Literary Theory", *The Future of Literary Theory*, edited by Ralph Cohen, New York & London: Routledge, 1989, pp. 367—368.

② 简·盖洛普(Jane Gallop)在《大约在1981年:学术化的女性主义文学理论》(*Around 1981: Academic Feminist Literary Theory*, London & New York: Routledge, 1992)中,指出有关女性主义批评在美国进行自身理论界定的时间开始于80年代初。

义批评被纳入学术机构作出了贡献。"①

在有关后结构主义各种理论"狂欢"和"异质"张扬的时代中,接受性属差异和女性批评内部滋生的各种差异是促成美国女性主义批评理论形成的关键一步。对文化身份问题的集体关注使得妇女作家和批评家发出身份批评的声音。持女性主义身份批评观点的女性主义者认为在有特定的文化、种族、国别、阶级和社会因素形成的立场上进行写作、阅读和评论,其观点、角度无不铭刻着身份的标签。弗里德曼的六种社会身份的区分使得女性主义话语形式呈现出一幅多变流动、充满不确定性后现代社会的杂糅身份的景观。② 肖沃尔特则通过多元化"女性批评"学说接受这一挑战。女性批评学考察性别以外更多的因素,从而演变成多元的"女性批评",生发出非洲裔美国女性作家作品、亚洲裔美国女性作家作品、墨西哥女性作家作品、同性爱女性作家作品和欧洲血统女性作家作品的传统。肖沃尔特的《姐妹们的选择》可以被视为一部记录美国女性文学和文化变迁的拼贴被。它打开了女性批评先前整齐划一的女性诗学视域,并把女性诗学放大到研究社会身份的多重矩阵(multiple matrix)中,建构以非洲裔女性主义批评、同性爱批评等代表的少数族裔、少数者身份话语。性属理论把性别作为一个分析范畴,改变了以往学科的范式:"在文学批评中加入作为基本分析范畴的性别是女性主义批评从边缘转移到中心,对我们的阅读、思考和写作具有革命

---

① Gallop, Jane, *Around 1981: Academic Feminist Literary Theory*, London & New York: Routledge, 1992, p.6.

② 这六种身份话语分别是:多重压迫论(multiple subject positions)、多重主体位置论(multiple subject positions)、矛盾主体位置论(contradictory subject positions)、主体社会关系论(relationality)、主体情景论(situationality)、异体合并杂交论(hybridity)。弗里德曼提出的身份疆界说目的在于超越肖瓦尔特的"女性批评"和贾丁的"女性本原批评"。它的提出打破了传统的观点中认为生理性别是唯一和男性区别而存在的单一因素,弗里德曼主张建立跨学科的社会身份和社会性别融合、交杂的女性批评理论,呼吁将社会性别和社会身份涉及的其他若干成分协调起来,打开女性身份的生理性别属性,建构多维的"我们"。

第六章　性别与当代文论

性的改革潜力。"①

20世纪80年代的女性主义理论不再热衷于讨论男性和女性生物性差别。此时的女性主义批评,作为一种学术体制固定下来,已经得到了普遍的承认。尤其在美国,妇女问题的研究可以说已经达到了体制化的程度。在《妇女的时间、妇女的空间:书写女性主义者的历史》一文中,肖沃尔特记录了这一点:"如果女性主义批评来自'女性主义'的比来自'批评理论'的要多,那么我们可以说现在情形已经倒置过来"②,这明确表明美国女性主义文论理论建树的开始。肖沃尔特的多元女性批评、科劳德尼的比较女性主义和迈拉·杰伦(Myra Jehlen)"社会性别研究"共同发展了美国本土的女性主义批评理论的建构。另外,在《美国女性批评》("American Gynocriticism")一文中,肖沃尔特总结了美国妇女文学史,提出了三点与英法不同的妇女文学传统:第一,与妇女运动紧密相连的美国特定的历史、文化环境促成美国独特的女性批评的社会背景和历史土壤;第二,对妇女文化的偏见,在某种程度上帮助了美国妇女作家自由创新,没有了"作家身份的焦虑";第三,美国家庭小说和社会现实小说构成了美国文学传统的主要内容,改变了美国文学史和文学批评的划分。③

肖沃尔特为推动女性主义批评理论在美国的建构所进行的探索,可谓功不可没。她坚守女性主义批评家对妇女文学史的研究,对妇女文本的详细阅读和阐释,对妇女亚文化结构的分析和跟踪,都体现了她

---

① Showalter, Elaine, "The Feminist Critical Revolution", *New Feminist Criticism*, edited by Showalter, New York: Pantheon, 1985, p.9.
② Showalter, Elaine, "Women's Time, Women's Space", *Tulsa Studies in Women's Literature*, 3(Fall 1984), p.21.
③ Showalter, Elaine, "American Gynocriticism", *American Literary History*, Vol.5, No.1(Spring, 1993), pp.111-128(112).还在文中考察了美国三部女性文学史的标志性著作,是美国女性主义批评学走向成熟的标志。分别是:伊丽莎白·阿蒙斯(Elizabeth Ammons)《冲突的故事:进入20世纪美国妇女作家》、苏珊·科尔特来伯-麦克奎恩(Susan Coultrap-McQuin)《做文学生意:19世纪美国妇女作家》,以及苏珊·K.哈利斯(Susan K. Harris)《19世纪美国妇女小说:解析的策略》。

对女性主义批评理论建设的坚持。理论的建设正是在不断的修正和重建过程中得到发展和巩固。肖沃尔特撰写的一系列重要论文清晰地勾勒出女性主义批评理论的轨迹和她对"理论"的反思。正如托德评价肖沃尔特的"女性批评",与其说它"解构",不如说在建构女性主义理论。①她本人也明确指出女性主义批评发展方向:"女性主义批评的发展轨迹把我们从专注于妇女在文学上的从属地位、所受的歧视和排斥等问题,引向对妇女单独的文学传统的研究,引向文学话语中性属和性征的象征性建构研究。现在十分清楚的问题是,我们需要的是一种把男性和女性两方的文学体验结合起来的、新的、共同的文学史和批评,需要的是一场加强我们对文学遗产的理解和彻底的革命。"②

二、与"后学"的互动

在后现代停留在语言的玩味与虚构的话语游戏的纯学理游戏中,女性立足打开并放大话语中的"空白点、缝隙和缄默",这种形而上的语言学领域内的性别差异成为女性意识宣泄的场域。女性主义批评在驳杂的后现代语境下是如何与各种"后学"思潮进行思辨的往来和互动呢?首先我们有必要对所谓第三次女性主义思潮,即后结构主义/后现代视域下的女性主义思潮,或曰"后女性主义"③进行基本概念和背景的交代。

自从克里斯蒂娃写就了《妇女的时间》一文,"思潮"一词成为理解

---

① Todd, Janet, *Feminist Literary History: A Defence*, London: Polity Press, pp. 41—44.
② Showalter, Elaine, "The Feminist Critical Revolution", *New Feminist Criticism*, edited by Showalter, New York: Pantheon, 1985, p.10.
③ "后女性主义"是世纪之交出现在西方的颇具争议性的思潮。使其确立并产生影响的苏珊·法鲁迪(Susan Faludi)认为,后女性主义是对现代女性主义的抵制。在以《抵制:针对妇女的不宣之战》为标题的著作中,她指出:"后女性主义情绪的最早出现不是 80 年代的传媒,而是 20 年代。其特征是妇女能在主流的追求平等的运动之声中保持自我。"林树明认为后女性主义有两个特征:否定"铁板一块"的女性主义阵营,张扬差异;批评理论和实践的无序和驳杂。——林树明:《后女性主义文学批评及启示》,《贵州师范大学学报》(社会科学版)2009 年第 1 期,第 82—85 页。

第六章　性别与当代文论

和描述女性主义思潮的不同阶段的隐喻说法。这些阶段①,对于克里斯蒂娃来说,体现了对女性主义发展的三种不同和连续的线性阶段或历史进程的一种划分观念。前两个阶段表明女性主义理论正是伴随着妇女运动的两次浪潮而发展壮大的。如前所述,19世纪60年代在欧美掀起的妇女运动形成了妇女运动的第一次浪潮。这次妇女运动一直持续到20世纪初,包括中国在内的世界各国都受到不小的震动。这个阶段的女性主义虽然获得了妇女在选举权、就业、文化教育方面的权利,但传统的男女二分,男强女弱的性别角色规范并没有改变。一个世纪后的妇女运动第二次浪潮(20世纪60—70年代),首先兴起于美国,其基调明确放在要消除两性差别的诉求上。这引发了女性主义的理论研究热潮,更多的女性,不论是女性主义者或女性批评家,还是具有女性意识的普通女性,都为争取女性在文化、历史、习俗上的更多自由和公正而投身到这场斗争中。从19世纪末妇女获得普选权的运动到20世纪60—70年代妇女解放运动,人们似乎不假思索地在识别了带有明显后结构主义和后现代主义的"女性主义批评思潮"后,便称其为"第三次女性主义思潮"。

肖沃尔特在一次访谈中,谈及她对"第三次思潮"和"后女性主义"的看法。② 她认为与前两次"浪潮"的政治运动事件的起因不同,"后女

---

① 克里斯蒂娃秉承后结构主义观点,概述了女性主义三个阶段的特征。莫伊(Toril Moi)进一步总结她的观点,用后结构主义观点重述女性主义的特征:1.妇女要求平等进入符号秩序,解放的女性主义;2.妇女在差异的名义下拒绝男性的符号秩序,赞美女性;3.妇女否定形而上学在男性和女性之间的二分主义。克里斯蒂娃和肖沃尔特的不同在于,前者主张把女性语言看成少数和边缘话语。女性的边缘话语内含一种革命性,这种革命性是男性象征秩序的理性结构所不具备的,因而具有革命性。肖沃尔特则把女性写作作为一种政治策略,通过写作确立一种关于妇女受压迫的革命理论来颠覆男权统治。这类似于对男性权力结构进行再造。两者所言的女性主义革命的终极目标相同,都主张推翻和颠覆独裁的权力结构。

② 肖沃尔特在访谈中谈到前两次妇女运动,从政治诉求和波及范围来讲,称为"浪潮"(wave)。但肖沃尔特针对90年代以来,尤其面对"后学"视域中女性主义批评"已死"的异端出现,她认为所谓第三次"浪潮"并未到来,因为世界范围内不具备前两次浪潮的政治土壤和利益相争的呼声,因此她把这一时期的女性主义批评在学术界产生的影响称为"思潮"(thought),一种意识形态范围内的理论争辩。

性主义思潮"并没有关于妇女的政治运动。不论"浪潮"还是"运动",都暗示着它的"暂时性"而非"革命性",更何况,在肖沃尔特看来,不可能会有另一次所谓的"妇女运动"。虽然没有"运动",她认为女性主义批评理论同样可以进行下去。"后女性主义"作为 90 年代女性主义的代名词,在概念上形成了转折。① 它的争论焦点不在"平等"问题上,而落在"差异"上。这个术语用来倡导一种解构基于平等诉求的"自由主义"女性主义。因为"后女性主义"可以被诠释为"女性主义批评之后",它

---

① 从字面上,有人称"后女性主义"就是"女性主义"加上"后'学'主义"。这种说法有点儿道理,因为女性主义和后现代主义、后殖民主义、解构主义等后现代思潮在观念和实践上不乏相似性。这其中,法国学者利奥塔的"反对宏大叙事"的后现代社会的描述、福柯的怀疑主义哲学和权力——话语学说、拉康的新精神分析理论、德里达的解构主义哲学、斯皮瓦克的后殖民主义文化理论等等,都表现出解构现存思维习惯、道德习俗以及价值定势的向度。这些向度,和反叛父权统治、颠覆话语权威的女性主义批评在精神价值批判上有着异曲同工之处。首先,他们都反对西方知识结构中最为根深蒂固的两分法。反对心灵与肉体、精神与物质、宗主与臣属、文化与自然、男性与女性的二元对立结构。中国学者包亚明在描述"后现代景观"时,认为:"现代性理论及其本质主义,以及普遍主义哲学无疑一直倾向于支持对臣属、女性的压迫,尤其是人本主义话语中的大写的'人'字直接掩盖了宗主与臣属之间、男性与女性之间的差别,暗中支持宗主对臣属、男性对女性的统治。"女性主义和后学理论之所以产生如此巨大的亲和力在于"它们共同怀疑现代性、现代政治、现代哲学的傲慢与可疑的主张。"第二,否定所有的宏大理论体系。高度概括地说,是反对一切有关人类社会发展规律的大型理论体系,主张只有分散的局部的小型理论才是有效的。后女性主义同样致力于批判所有那些博大宏伟和涵盖一切的现代理论,主张挣脱男权中心社会的话语霸权,拆解男性霸权貌似凌驾于一切条件和立场之上的真理性,反对"我们"这样的整体性概念,警惕这种压迫性的"我们"的"神话"的合法化,从而确立文化身份的多元性和异质性,并拒绝男权的宏大叙事、客观性。第三,性别理论语域中,提倡多元的模式;差异政治的模式(其中包括种族、民族、阶级、性别和性倾向的差异),在女性主义阵营内部,用福柯的"谱系学"方法考察女性多元、分散的身份范畴,解构强制性异性恋、重新定义"女人"。用操演和戏仿实践打破身体、生理性别、性属与性欲等范畴,在超越二元对立的框架中来展现女性的多重身份所具有的颠覆性的重新意指和意义增衍。第四,在认识论上,解构主义提供了阅读文本的新策略。对德里达来说,写作的主体并不存在。任何文本都是含有他者的踪迹。只有通过自身外在性的他者才能辨识出主体的踪迹。这种他者的参与生产出各种各样的主题构设方式和文本解读方式,作者、文本和读者处于动态之中,通过踪迹证明对方在场。对女性主义来说,阅读文本,都需要反对作者的独白式话语,重视读者的在场,通过挖掘他者的踪迹,是文本获得不断延宕的意义。此处参考 Plain, Gill & Susan Sellers, *A History of Feminist Literary Criticism*, Cambridge: Cambridge University Press, 2008, pp. 214—234.

第六章　性别与当代文论

暗含着女性主义批评的终结，或者说"女性主义终结后的残局"。① 失去政治性的"女性主义批评"，没有共同的政治立场，也就不能存在任何可辨的女性主义批评。对于把女权运动作为一场革命运动的女性主义者来说，批评方法和理论的政治评价是女性主义事业的基本组成部分，而不应忽略由此付出的高昂的政治代价。②

肖沃尔特也有这样的担心，她在看到后结构主义否定男性与女性之间的二分法的时候提出要求平等并非意味着男女等同，也非所有妇女一模一样，研究差异也非所有妇女都以相同方式区别于男性或只赞美母性。后女性主义者的做法是：拒绝用差异取代平等，也非一味地强调差异，而是利用"差异"这样的关键术语促使我们为要求平等展开行动。也就是说抹杀性别等同于否定和自行放弃女性主义者的"性别政治"的政治向度，"去政治化"俨然将会质疑女性主义存在的必要，也就意味着这一理论的终结。实际上，后现代主义"去政治化"的倾向，使女性主义面临失去共同目标和终极理想的危险。后女性主义在解构女性主体在男性价值体系中的地位的同时，也就失去了其最初的斗争目标。后现代主义否定了历史和性别的主体，女性主义意识也随之消隐，女性主义也就失去了其得以立论的权力诉求基础。福柯在《性经验史》中提出的权力与性的互动关系得到许多后女性主义者推崇，但女性主义阵营内另一个声音警示我们，受福柯影响的结果是：女性主义投靠福柯权力—话语机制的代价将是女性主义的非政治化。后结构主义绝不是一个以获得平等为目标的政治行动理论，受到它的诱惑就会陷入一个权力主体和反抗权力主体的漩涡，女性在父权制下形成了一个受压迫的群体的现实将会淡化甚至萎缩为理论层面不痛不痒的言语辩白，更谈不上妇女解放了。

---

① Stacy Gillis and Rebecca Munford, *Interview with Elaine Showalter*, *Third Wave Feminism A Critical Exploration*, edited by Stacy Gillis, Gillian Howie and Rebecca Munford, New York: Palgrave Macmillan, 2004, pp. 60—64.

② Toril, Moi, *Sextual/Texual Politics: Feminist Literary Theory*, New York & London: Routledge, 1985, p. 88.

笔者认为,政治目标的缺失虽然有可能使女性主义再次沦为男权理论的附庸,但从本质上讲女性主义的"去政治化"倾向是女性主义在概念和理论进程上的政治维度的又一次转折。在全球范围内的西方女性主义文学批评的发展道路上,评论界对其缺乏理论根基和理论体系性不乏诟病和訾议之声。就连女性主义批评阵营内部也对"一致的理论"抱有敌意。经验主义的女性主义批评提倡和推广个人的作用和政治的重要性。苏珊·格里芬(Susan Gurrifin)认为理论是男性话语形式和维护男性中心批评的策略。对女性个人经验和自我意识的强调是消除男性话语权威和解构父权制结构的性别政治。但是它不能为女性主义批评实践提供一个长期可行的行动纲领,女性意识的提高也只是基于本质论对女性性征的一种颂扬,其结果是在颂扬女性智识的对面其实依仗的是男性权力。后结构主义女性主义在拆解男性中心话语权力上提供了抵抗的力量。消除男性中心话语的等级制和基于本质论的性别差异成为女性主义批评言说策略和存在的方式。但是,由于后结构女性主义将自己囿于否定和解构之内的"自我抹去"的无主体状态,理论框架的搭建也显得毫无意义,而一旦以性别差异标榜自己的主体失去理论的根基,建立其上的一切言说则不攻自破。为避免这两种局限性,女性主义批评家为女性主义批评理论建构进行着种种努力,并"力图打乱和颠覆一切既定的理论性实践"。[①] 此时,后女性主义应时出现,它的出现是与其他社会思潮和理论动向进行互动式交峰之后,与先前的女性主义政治和理论中一些概念和策略融汇和生发的结果。女性主义,与后现代主义、后结构主义、后殖民主义交融之后,成为对现代主义、父权制度和帝国主义架构提出质疑的变化的论辩场域。其发展与变化促成了更广泛、多元的女性主义的繁荣。

然而,女性主义和"后学"理论并非全盘"拿来"或"接受"的关系。

[①] Selden, Raman, Peter Widdowson and Peter Brooker, *A Reader's Guide to Contemporary Literary Theory*, Harlow & New York: Pearson Longman, 2005. 拉曼·塞尔登等:《当代文学理论导读》,刘象愚译,北京:北京大学出版社,2006年,第141页。

第六章　性别与当代文论

正如南茜·弗雷泽（Nancy Fraser）和琳达·尼克尔森（Linda Nicholson）所说,它们是"各自独立地"在一个共同的领域之内"工作"着。① 对女性主义来说,作为从性别与性属的角度对男性中心和文化进行激进反叛的一支思潮,女性的范畴和对女性"身份"的严守是女性主义得以立论的基础,尽管后现代主义具有拆解本质主义、反对宏大历史叙事、用"不确定性"消解"稳定本质"的反人本主义的倾向,但女性主义对女性生活经验的坚守、注重个人和社会文化的关联,继承了女性主义政治实践性。另外,女性主义者意识到知识背后是由权力支配的话语,这要求女性主义在认识论上要采取多元论的立场,反对和拆解稳定,超越历史的、中立的知识主体,充分肯定和接受事物多样性和差异性,并且通过重新思考和审度"女人""压迫""父权制"等女性主义批评中的核心概念,跳出此前仅仅关注男女平等和性别本质论争的理论局限。在重视性别身份以外,更看重由种族、宗教、阶级、国家、性取向等因素决定的女性在父权制文化处境中的不同经验。因此,"差异"概念在后女性主义时代得到扩展,除了强调女性与男性的心理和生活经验不同之外,还包括有色人种妇女、劳动阶级妇女、第三世界妇女与白人妇女不同的生活经验和问题,以及女性阵营内部的性取向差异和针对各类妇女的性别歧视、压制、排斥的各种形式。

正是在这样的社会背景下,肖沃尔特创立的"女性批评"理论所招致的批评之一,便是这一理论与性属研究,包括多元文化主义、后殖民主义、同性爱研究、文化研究、政治理论和社会学有关的文化身份和主体性理论脱节。但是肖沃尔特并没有止步于此,相反,肖沃尔特的回应是将"女性批评"的理论延伸到性属、文化研究领域。在美国学院派女性主义文学理论建制过程中,在反对西方文学传统的实践中,探讨与美

---

① Nancy Fraser & Linda Nicholson,"Social Criticism without Philosophy",edited by Andrew Ross,*The Politics of Postmodernism*,Minneapolis,University of Minnesota Press,1988,p. 6. 转引自杨莉馨:《西方女性主义文论研究》,南京:江苏文艺出版社,2002 年,第 228 页。

国黑人女性主义批评、同性爱批评和后殖民女性主义批评在"主导文化中共同的经验"。正如肖沃尔特在谈到美国黑人和女性主义文学理论中自主和同化现象时所言:"女性主义批评和美国黑人批评……现在发展为批判性别或种族差异的广泛的多元化的专业领域。我们与同性恋批评者和后殖民批评者一起共享着许多批评隐喻、理论和困境,例如双声话语、面罩的意象以及自主与模仿和非暴力反抗等问题。"①

第二节 "差异"的文化身份政治

在多元理论的视野中,演变中的"女性批评"与后学思潮的交叉有两个结点:"差异"的身份批评和女性主体的消解和重构。本节主要探讨他者妇女作家、第三世界女性主义批评家、激进女性主义者是如何共同抵抗强势话语,如何创造妇女"自己的语言"(突出表现在黑人女性主义写作和批评实践中),如何通过寻找女性文本中的特有隐喻、意象、话语方式、言语特征等方面来颠覆权力话语。

在女性主义者看来,"差异"问题并非限于探讨男女之间的差异和不平等问题,更为重要的论证焦点扩展为妇女之间的差异和对平等的不同看法。尤其在后现代语境下,女性主义阵营内部因不同意识形态而形成的关于"女人"的不同话语和主体地位的讨论和分析,促成了"差异政治"之声在后现代主义实践中的最强音。它包容多种被边缘化妇女的声音,使得各类妇女能够言说各自的经验和所受压迫的特殊性。至此,黑人女性主义、底层话语、第三世界妇女、女同性爱研究等多元理论众声喧嚣的形势逐渐取代西方当代女性主义单一声调、单一逻辑建构宏大叙事的状况。可以说,黑人女性与白人中产阶级女性因反对性别歧视的斗争走到一起,却因为种族、阶级的差异而形成了"压迫"和"对峙"的

---

① Showalter, Elaine, "A Criticism of Our Own: Autonomy and Assimilation in Afro-American and Feminist Literary Theory", *The Future of Literary Theory*, edited by Ralph Cohen, New York & London: Routledge, 1989, p.357.

局面。当激进的黑人女性主义批评家胡克斯1981年发出第一声呐喊："我不是女人吗?","铁板一块"的女性主义话语局面不复存在。

作为主流女性主义批评家的代表肖沃尔特,在听到女性主义批评话语中的"杂音"时,她采用的是一种聆听和反省的态度。正是由于她开阔的批评视野、洞察时机的敏思,她写就了《我们自己的批评:美国黑人和女性主义文学理论中自主和同化现象》一文,将单一的女性批评研究推向一个更为比较、更为对话的性属研究的广阔平台。20世纪80年代末,美国学界兴起了对性别差异进行比较研究的性属理论,它与第三世界批评家注重"种族"问题的讨论相呼应。性属理论要探讨的是意识形态的印记,性与性别系统的文学效果,以及那种因人类社会干预而构成的人类性爱与繁殖的多种形式。性属理论涉及历史学、人类学、哲学、心理学和自然科学等领域,以社会调查的形式来分析由意识形态所导致的性别差异。

琼·W.斯各特把性别分析看作历史概念的起点,并提出有关性别理论的三个目的:在性别差异的讨论中用社会形成的分析取代生理决定论;在具体学科领域中引进女性男性的比较研究;把性别作为分析方法改变学科惯用的范例。肖沃尔特认为性别理论有以下几方面的益处:第一,强调写作都带有性别,对文学文本的性别分析收录了男性的写作,同时也否认了超性别言说。第二,"性别"如同"种族"概念,具有质疑主导地位的功能,因此这方面的研究亦可让男性作为学生、学者、理论家和批评家进入,比如对男性同性恋的思考。第三,在文学批评中以性别作为基本分析范畴和思考点,不仅可以使女性主义批评从边缘转移到中心,还可促使人们认识到性别体验和文学文化文本之间的意识形态和政治联系因素以及弱势群体间的读者、文本、书写三者之间的关联。同时,肖沃尔特特别提醒同行人,同第三世界批评所面临的困境一样,男人可能延续带有"性别"视角和女性意识的阅读看成是"女性本质"的同义词,拒绝男性本质及性别次文本的分析;而更大的危险是,妇女和妇女写作可能被宣布"无路可走"。当性别批评完全非政治化时,

美国性别批评理论研究

男人可能宣称只对"性别与权力"感兴趣,他们自称拥有中立和客观的学术视角。故肖沃尔特提出为避免这些危险,把性别界定为同性别歧视、种族主义和同性恋恐惧症进行斗争的女性主义框架内,不使其移位和非政治化。谈及美国黑人批评和女性主义批评之间的比较时,肖沃尔特认为统一的"黑人"或"女性自我"是不妥的,女性主体是一种立场而不是一个人;但在强调对单一主体批判的立场时,肖沃尔特提醒我们要克服对菲勒斯权威系统的模仿,把本质论作为反父权制的策略,继续妇女文学史的研究,详细阅读妇女文本并努力建构属于自己的女性主义批评理论,才是女性主义研究值得继续前行的目标。

在后结构主义批评视域下,"差异"的文化身份与"女性批评"的联系圈定了两个最为突出的文化坐标——挑战性别的"边缘发声"策略和建构差异的文化身份(例如美国黑人女性主义批评和后殖民女性主义批评),探讨后结构主义女性主义的处境和可能的突围之路。

一、美国非洲裔性别美学

最初美国黑人女性主义批评源自对20世纪60年代美国女权运动的"女性经验"的白人化的质疑。女性主义理论将白人中产阶级女性经验视为结成"姐妹情谊"的前提,这种均质化的女性主义思想首先招致有色人种——黑人女性主义者的发难。贝尔·胡克斯看到,弗里丹发现的所谓"女性的奥秘"仅仅属于"那些由于性别原因而被迫待在家里的受过高等教育的白人妇女"。[①] 这远远不能代表黑人和底层白人妇女。黑人妇女由于一向就被迫从事低报酬的工作,而具有和白人资产阶级妇女几乎完全不同的受性别歧视的经验。然而,在妇女中掌握较多话语权的白人妇女,却通过将她们的经验普遍化,掩盖了黑人和底层白人妇女的痛苦和需求,并通过宣称"所有的妇女都在受压迫",抹杀了

---

① 胡克斯,晓征、平林译:《女权主义理论:从边缘到中心》,南京:江苏人民出版社,2001年,第2页。

第六章 性别与当代文论

妇女内部存在的相互歧视和剥削,成为一种"政治化的策略,是保守和激进的妇女对自由的政治词汇的挪用,它掩盖了她们开展运动所达到的程度从而致力于强化其阶级利益"。① 所谓"姐妹情谊"也只是想象,如果不挑战父权制的社会结构,仅仅将权力在白人妇女和男性之间重新分配,那是对女权主义作为一种社会革命运动的终极目标的背叛。因此贝尔·胡克斯要求使用"种族—性别—阶级",代替白人女权主义者所使用的"性别—种族—阶级"的顺序,作为观察社会的方式。在她看来,首先是种族的差别造成了一些妇女的被压迫处境,因此,黑人妇女和黑人男性的共同之处大于黑人妇女和白人妇女的共同之处,因为前两者都是种族和阶级歧视的受害者。② 但是性别歧视又使黑人男性把妇女作为他们剥削和压迫的对象。黑人妇女没有制度化的"他者"去剥削或者压迫,只能直接对话和挑战主流的阶级主义、性别主义、种族主义社会结构及其意识形态。这样的经验必然使得黑人女性主义批评家评判、质疑、重审正在形成的女权主义理论,并探讨新的黑人女性主义可能性。

胡克斯如同"牛虻",在反对女权主义运动"内部化的种族歧视"时刺痛了白人女性主义者的"霸权"神经,也呼唤了黑人女性主义批评意识的觉醒。芭芭拉·史密斯(Barbara Smith)开启了黑人女性主义批评的先声。受肖沃尔特的论文《走向女性主义诗学》的启发,她撰文《走向黑人女性主义诗学》,指出黑人女性被主流话语、白人女性话语和黑人男性话语排斥在外的现实处境。这里她提出了黑人女性主义批评的一个重要方法,即把压在黑人女性身上的种族压迫、阶级剥削和性别歧视

---

① 胡克斯,晓征、平林译:《女权主义理论:从边缘到中心》,南京:江苏人民出版社,2001年,第6—7页。
② 黑人批评在人权运动之前,主张"种族平等诗学",此观点质疑黑人意识,主张黑人作家融合进美国文学传统主流之中。四五十年代,有作家否认"黑人写作"存在任何特殊性,强调黑人文学应该符合占主流地位的批评团体的标准,应该用这种标准来衡量黑人文学。但是这份信念并没有为美国黑人著作带来公正,相反一些白人批评家却以此为借口,常将黑人著作视为次等或有缺陷的。

拧成一股极为重要的"连锁"政治绳索,打开理解黑人女性主义文学的一个关键——"共时性的连锁压迫"。德普拉·麦克道威尔(Deborah E. McDowell)继芭芭拉·史密斯之后也提出了黑人女性写作的政治含义,即创建黑人女性主义美学意义。她鼓励黑人女性主义批评实践"打捞"一切可用的理论方法,并创造新的批评方法。[1] 艾丽斯·沃克(Alice Walker)在《寻找我们母亲的花园》(1983)中发掘出一个被遗忘的黑人女性艺术家及其创造力的传统。她为此创建了当代美国黑人女性主义批评中的一个重要概念"妇女主义"(Womanism),用以区别黑人女性主义批评与主流女性主义,同时表达黑人女性主义批评家对建构黑人女性美学谱系的努力。文中,沃克将日常生活中的美学,尤其是被遗忘和破碎、零散的黑人传统,如音乐、雕塑、饮食、习俗、园艺等物质文化,用一根黑人缝被子时使用的"共同丝线",串起一个颠覆主流文学话语的"边缘的""民间的"的表述系统。这种"寻找左拉(Zora)"的谱系学式的挖掘,充分展现了几百年中黑人女性日常生活和文化传承积淀下来的精神智慧和种族灵性。在彰显差异的"黑人性"的文化身份和传统过程中与"中心"话语抵抗的同时,又作为"少数话语",解构女性主义阵营内部主流话语和单一的"女性"主体。

对于上述黑人女性主义批评家来说,她们在为建构黑人女性自己的文学传统的时候,也在努力寻找"发声"的一套批评话语的表述方式,而每一种叙述方式代表的是一种文化,一种运思的策略。在批评的话语选择上,"少数话语"批评实际上和女性主义主流批评共享着很多批评的隐喻。其中,最为突出的表现是"双重声音"的话语发声策略。在妇女解放运动之前,评论界倡导"双性同体诗学"的妇女写作模式。它否认女性意识的独特性,并提倡妇女作家必须符合一种单一或普遍的批评判断标准。与"种族平等诗学"稍有不同的是,"双性同体诗学"拥

---

[1] McDowell, Deborah E., "New Directions for Black Feminist Criticism", *New Feminist Criticism*, edited by Showalter, New York: Pantheon, 1985, p.170.

第六章 性别与当代文论

有更多的支持者,其反对艺术中以"妇女"或"差异"分类,强调主题是由文化决定,想象力本身是无性别的,不是由性别决定的。肖沃尔特认为这是女性主义批评中真正严肃并值得长期关注的问题。只是这种对普遍性的强调,有可能遭遇黑人批评同样的境遇,60年代,黑人批评中"种族平等诗学"受到以"黑人权力"命名的新政治思想的挑战。黑人权力强调种族领导权和种族特征,反对白人社会赐予的平等所遮盖起来的种族主义标准,从而产生了由美国黑人作家、艺术家和知识分子领导的黑人艺术运动的文化形式,突出黑人作品,尤其表现在民间形式和音乐方面的独特性和真实性。这可以称为黑人美学,它否认只能从白人文化中衍生出来的统一批评标准才能解释和评价黑人艺术的观点。黑人美学试图创造一种"黑人艺术创作和评价的独特符码"。[①] 它所强调的"黑人经验",凸显黑人独具的象征、神话、批评和文化图像,并期许重建西方文化美学。

　　肯定妇女在文学经验中的积极因素是女性美学与"双性同体诗学"的第一次决裂。70年代以降,多数女性主义批评家虽然承认作家应当摆脱标签的束缚,但大都否定无性别的"想象力"之观点,并从各种角度指出:想象无法逃离无意识的结构和性别身份的束缚。如果社会、性别、历史对女性有一定的型塑作用,那么,女性在文学中的想象力怎么可能与性别特征分割?同黑人美学的发展一样,女性美学最初产生于对妇女文学被归为以男性为主体的文学传统的反感,女性美学认为:妇女文本表达了一种鲜明的女性意识,这种意识构成了一种独特而连贯的文学传统,妇女作家若否认自己的女性特征,也就必然会削弱自己的艺术。同时,女性美学针对男性中心的文学和批评,检讨了"厌女症",那种在文学中将妇女规定为天使与恶魔的陈腐形象。到70年代中期,学院派性别批评同跨学科的妇女研究结盟,开始了性别批评或女性写

[①] Showalter, Elaine, "A Criticism of Our Own: Autonomy and Assimilation in Afro-American and Feminist Literary Theory", *The Future of Literary Theory*, edited by Ralph Cohen, New York & London: Routledge, 1989, p.359.

作研究的新阶段。拉康的心理分析理论对无性的"想象论"为性别批评提供了系统的分析模式,这种模式研究语言范围内的女性主体的分裂,指出在父子相似和占主导地位的男性逻辑构成的心理语言世界里,女人是匮乏、缄默的性别。故女性美学坚持:同歧视妇女的父权制偏见抗争的方式不是要否认性别差异,而是要摧毁性别等级制度。必须解构的不是性别差异本身,而是性别差异在父权制意识中的含义,即那种分裂、压迫、不平等的妇女卑贱观。女性美学赞扬在阐释妇女文本中的一种直觉的女性批评意识,与黑人美学相似,女性美学亦强调被忽略的妇女文化,特别是女性的语言和女性文体的讨论。"描写躯体",以子宫、分娩、快感为女性书写和文本符号的尝试,都是探索建构女性话语可能性的努力。

"双性同体"式的言说"不是抹杀性别差异,而是要解构性别等级制。(问题)不是性别差异本身,而是性别差异在父权制意识形态中所含的意义",也并非"模仿或依附白人传统"的权威性批评话语而言说。① 肖沃尔特提出的"双声话语"实际上提倡的是介于这两者之间的话语批评策略。妇女写作和女性主义批评必须是"双重声音"的话语,让"缄默者和主导者,处于女性主义批评之内与之外的言说"。② 一方面,黑人女性主义批评家们把当代文学理论运用到黑人文学研究之中,与主流文化进行异质性对话,使得她们萃取其理论精华成为可能;另一方面,则要打碎带有女性整一的集体经验的"铁板",用差异性彰显"杂交共生"的女性主义批评模式,在与主流批评对话的同时,黑人女性主义批评语言又因其多样化的构成和话语的混杂性和文化独特性,标注自我。例如,佐拉·尼尔·赫斯顿(Zora Neale Hurston)详细收罗的黑人种族的人类学资料、以沃克为代表的黑人自传体式写作模式和批评样态都对

---

① Showalter, Elaine, "A Criticism of Our Own: Autonomy and Assimilation in Afro-American and Feminist Literary Theory", *The Future of Literary Theory*, edited by Ralph Cohen, New York & London: Routledge, 1989, p. 362.

② Ibid., p. 363.

普适性的西方话语主流模式进行有力的挑战和批判。而接受美国主流话语教育的胡克斯,既熟谙主流话语理论,又作为一名黑人女性处于主流话语之外,是个边缘人。她的"越界"学术探索将黑人女性的批评之声延伸到后现代话语的争辩中。她认为正是一种学术体制内的控制性话语压制了人们的多重声音和多声话语。"并非作为学者的自己不跨越,而是学者内部的社会控制力量不允许跨越,那些力求对多数读者说话,用多种声音、复调的声音说话以接近更多不同读者的人施加压力,并使他们逐渐符合主流力量的标准,或受到惩罚。"[①]巴特·穆尔-吉尔伯特在《后殖民批评》一书中对胡克斯的批评大为褒扬。他认为:"胡克斯似乎很好地处理了乔伊斯、盖茨和贝克所占据着的各个阵地上的问题,以一种较大群体的方言讲出负责的话来,同时,大量吸收较为提纯的学术话语……她对西方女性主义的态度在一些重要的方面和莫汉蒂、斯皮瓦克共鸣。"[②]

二、第三世界妇女的"身份"

代表有色人种女性的黑人妇女用自己有别于中产阶级白人女性的要求、心理和经验,记录并拓展了后女性主义时代的"差异政治"。除了黑人,带来"差异"的女性主义阵营内部还有包括劳动阶级妇女、第三世界妇女、不同性别取向等等各类妇女。白人妇女对她们的歧视和宰制,以及对女性内部的不同性别倾向的妇女继续丰富和延伸着"差异"概念。正如男人把妇女类比为第三世界或殖民地半殖民地民族,白人女性主义者对有色人种和性倾向不同的妇女也在实施着女性主义阵营的"内部殖民"。与白人女性所占据的中心和主宰的地位相比,她们处于边缘和从属的位置,都被看作异己的"他者"。正是这种相似性,使20

[①] hooks, bell, *Postmodern Blackness*, *Yearning*: *Race*, *Gender and Cultural Politics*, Boston: South End Press, 1990, pp.23—31.

[②] 巴特·穆尔-吉尔伯特,陈仲丹译:《后殖民理论:语境实践政治》,南京:南京大学出版社,2007年,第99页。

世纪后半叶蓬勃兴起的性别理论和"后殖民理论"①有了一种天然的亲和力。那么什么是"后殖民"？性别理论与后殖民理论的"后现代联姻"的基础是什么？

　　有关"后殖民"的定义，争议不断。"后殖民"这个术语，就本书来讲是指一种批评形式，正如霍米·巴巴所说，"后殖民"被借用来"表明一种社会批评，这种社会批评见证了前殖民地第三世界的历史经验如何再现于西方所设定的框架内"。② 也就是说，后殖民批评话语更为侧重谈论全球化趋势中帝国主义的文化输出、宗主国与殖民地的关系、第三世界的精英知识分子的文化角色和政治参与，有关种族、文化和历史之间的"他者"表述。这种批评其实并非借后殖民的名义批判西方文化，而是考察殖民主义和西方文化之间的影响和接受。后殖民理论试图重新界定文化象征的过程，在这个过程中打破传统的"第三世界"的地理位置的划分，把居于第一世界的黑人、亚裔、拉丁美洲裔和印第安族裔等囊括进来，他们所遭受的新的世界秩序规诫下的经济、政治压迫，同样将他们归为第三世界之列。在这一意义上，后殖民主义不再是一个地理范畴，更多的成为一个"身份"问题，而打破固定的地理、文化界限，是新的世界秩序在文化上的反映。20世纪70年代的女性主义在当时处于主流话语之外，就这点来讲，后殖民理论和女性主义有了共同的目标——为改变自身边缘地位的身份而开展了一次反霸权文化批判。

　　后殖民主义理论与女性主义对话的一个最直接的结果，就是对第三世界妇女的重新认识。过去，第三世界妇女是西方理论话语中的一个盲点，西方女性主义者在构建女性主义批评理论之初，关注的焦点只

---

　　① "后殖民理论"还是"后殖民批评"，巴特·穆尔-吉尔伯特在他的《后殖民理论》中有过明确的论述。"后殖民理论"指的是文化理论和文学批评，而"后殖民批评"的外延更广，不仅仅指文学文本中的"文学性"，还扩展到国际政治和金融、新技术、大众文化等如何通过文化和文学的转换而再现出来。

　　② Padmini, Mongia, *Contemporary Postcolonial Theory: A Reader*, New York: Arnold, 1996, p.1. 转引自张京媛：《后殖民理论与文化批评》，北京：北京大学出版社，1999年，第9页。

第六章　性别与当代文论

有白人妇女,第三世界妇女的独特身份和特征,则被无一例外地忽略了,她们即使在女性主义批评话语中得到呈现,也是一种扭曲和贬损的呈现。莫汉蒂在《在西方注视之下:女性主义学术研究与殖民话语》一文中,一语中的指出西方女性主义者对第三世界妇女的无视。她认为,西方女性主义者所言"妇女"这个概念时,是指一个先验的,有着一致利益和目标的"铁板一块"的整体,并没有看到或有意无意地忽视了包含种族、阶级、文化等等阵营内部的差异。例如,西方女性主义者为了把世界上所有的妇女统一在"受压迫"这个基本事实上,她们力图在各种各样的妇女团体中寻找这种"受压迫"的佐证。这在女性主义批评建立之初是有效的。因为这样做,有利于颠覆以男性为主宰的权力关系。但在建构女性自己的话语体系的时候,简单的二元对立方式不免抹杀女性群体经验中的个体差异,在对待第三世界妇女问题上,总是用轻描淡写的方式描述她们的特征,在"受压迫"之外,加上一些第三世界的特征,而由于第三世界最主要的特征就是所谓"未开化",于是第三世界妇女的形象被冠以"贫穷的""受到传统束缚的""没有自我意识的""信奉宗教的""软弱无能"等等。与之相对立的白人妇女,则是"受过教育的""具有自我意识的""能够主宰自己命运的"等等。而西方女性主义有关第三世界女性话语的主体建构等同于"自我权威性"的权力运作策略。莫汉蒂认为:

> 西方学术有关"第三世界"的结论只是不充分的自我意识而已,并描述了相当数量的有关的第三世界女性的西方女性主义著作的特征,即用一种文化家长制或男性统治的特殊的、独一无二的观点进行"性别差异"分析。这导致了我所称之为"第三世界差异"的一种同样的简约、同质的建构——认为这些稳固持久的、非历史的东西即便不是压迫了这些国家的所有但显然也是大部分女性。①

---

① 钱德拉·塔尔帕德·莫汉蒂:《在西方的注视下:女性主义与殖民话语》,刘燕译,陈永国校,《后殖民主义文化理论》,罗钢、刘象愚编,北京:中国社会科学院,1999年,第417页。

莫汉蒂意识到"西方女性主义"在生产"第三世界差异"过程中"盗用"第三世界女性的最基本的特点，并进行了一次"话语统一化和系统化"内部殖民化的过程。寻找女性主义阵营内部的阶级、种族、族裔之间的具体差异和文化身份问题成为第三世界妇女首要任务。

　　有关第三世界妇女的"身份"问题，女性主义理论化倾向注定要经历的一个发展阶段。而解构主义作为一种方法论可以由性别批评家策略性地加入到女性主义理论中，这也是女性主义理论发展的应时而动的必然。正如肖沃尔特直言："我们需要佳·查·斯皮瓦克所称的'策略上的本质论'来反对父权制。"[1] 斯皮瓦克在当代欧美理论界享誉甚高。1976年，她长达八十多页的《论文字学》序言系统阐释了德里达艰深的解构思想，为后现代主义思想在美国的传播起到了重要作用。难能可贵的是，斯皮瓦克将德里达的有关妇女的位移和妇女话语的理论，运用到当代文学理论和文化批判领域中，用自己面临的边缘"身份"姿态和"权力"分析策略关注第三世界"属下"妇女的身份问题和妇女的"策略性本质主义"的应用。斯皮瓦克在《在国际框架内的法国女性主义》("French Feminism in an International Frame")一文中，质疑"国际女性主义"的真实性。"国际女性主义"被界定为欧美及其延伸的拉美地区。当它被用来定义"第三世界妇女"时，赛义德式的"东方主义"观念不自觉地反映出发达国家妇女眼中"西化的东方妇女"的优越性。斯皮瓦克强烈地批判了克里斯蒂娃在《中国妇女》中表现的殖民主义者所谓"仁慈"的姿态。因为对中国妇女的考察完全按照自己的旨趣进入第三世界妇女研究领域，面对研究对象，克里斯蒂娃感兴趣的是模糊的中国文化的过去和无视当代东方的尚古主义研究方法。根据二手材料得出的草率结论，实际上正好说明了一个第一世界知识分子，在斯皮瓦克看来，是"自我建构"的过程，面对户县广场上的农民，克里斯蒂娃好奇

---

[1] Showalter, Elaine, "A Criticism of Our Own: Autonomy and Assimilation in Afro-American and Feminist Literary Theory", *The Future of Literary Theory*, edited by Ralph Cohen, New York & London: Routledge, 1989, p.382.

的是"她本人的身份……而不是她们的身份"。① 其实,在斯皮瓦克看来,美英女性主义和法国女性主义在对待"属下妇女"这个问题上,没有本质的区别。斯皮瓦克既反对法国女性主义的以身体/性为核心的本质主义倾向,又反对英美中产阶级白人女性主义对女性阵营内部种族和阶级维度的无视,和肖沃尔特一样,斯皮瓦克正是在觉察到女性主义批评内部的殖民主义倾向,提出来"策略性本质主义"的主张,因为在反对父权制的政治立场和为女性谋求"发声"的总体目标上她们有着为边缘人群争取权利的目标的方向和果敢的探索精神。

对于女性主义内部"身份认同"的差异性,是摆在后殖民女性主义理论面前一个不能不谈的难题。因为第三世界妇女的性别、种族、国别与阶级等多重坐标轴之间的摇摆不定充分体现出对自身定位的困惑。在这些"身份"中定位自我,不仅需要挣脱本质化主题的制约,又要避免解构式的无限延宕,只有反对整一的"本质性"主体的同时,又能够在女性主义内部标注自己的差异,才能最大限度地团结在"女性"这个称号下延伸女性主义理论的生命力。这样两难的境地,斯皮瓦克主张"策略的本质主义"立场,拒绝为妇女下定义,暂且使用"女人"这一称谓。斯皮瓦克在《移置和妇女的对话》("Displacement and the Discourse of Woman",1997)一文中,考察了女性的范畴和为女性下定义的不可能性。文中她质疑德里达在《撒播》(*Dissemination*,1981)中解构性别的过程。德里达把女性作为不确定的符号,依靠这种符号将自己与菲勒斯中心传统区分开,在这一点上斯皮瓦克对德里达在解构传统时对妇女本来面目进行了某种肯定,但在定义"妇女"的立场上质疑德里达双重移置策略。德里达用"非我"身份(non-self identity)为变化中的妇女命名。把妇女看作"我是自身异化的主体",将欲望投向自身异化的部分的"客体","在'自我'与客体之间寻找那个永远延异里的'非我'"。

---

① 斯皮瓦克:《在国际框架里的法国女性主义》,《后殖民理论与文化批评》,张京媛主编,北京:北京大学出版社,1999年,第80页。

这个"非我"不是作为他者的另一个客体,而是从自我中延异出那个"异我"。女性从出生就在"扮演主体"(masquerading subject),扮演男孩或女孩的性别角色,她所投射的欲望对象实际上是错误的"客体",作为没有客体对象的"扮演主体"最终只有把"受精卵"看作欲望对象,成为照顾"受精卵"的护士,并非它的母亲。女性在被双重移置过程中,只是那杆笔(阴茎象征)写作"主体"的"客体",往返于作者的"主客体"之间,作为客体,只有确认男性存在的"肯定权力"(power of affirmation),并无限延续这个意义。① 斯皮瓦克认为"女人"的定义取决于在各种文本中所使用的"男人"这个词,并拒绝给作为女人的自己勾勒一个独立的定义,她毫不讳言自己受到的解构主义训练,认为能够确立的最多只是一个临时性的、出于争论需要的定义。这种后现代主义立场,拒绝并在普遍性任何包含本质意义的概念上都毫无例外地贴上了怀疑的标签。

后殖民主义女性主义理论对第三世界妇女的再发现和对其身份的界定打开并丰富了有关"女性"定义的内涵,将身份化解为一种不断流动和变化的立场问题,既反对从西方视角强加给东方的"被观看的客体化他者"行为,又警惕东方在自我审视时陷入的本质主义旋涡。但也有学者提出"后族裔"的概念,用以定义游移于第一世界和第三世界之间的西方第三世界的离散的知识分子,从而打破种族和国家意义上的不确定的身份。正如莫汉蒂所说,第三世界离散知识分子实际上在模仿两个群体的经验,她们所作的是转化并拆解这两种命名,是用一种拒绝权威的(西方化)封闭式总结的交织状态,进行着解构并重构身份的交互盘旋运动。不论莫汉蒂还是斯皮瓦克,其实和她们所指责的美国白人中产阶级妇女的"内部殖民主义"一样,仍然是西方精英阶层在批评理论空间上的共谋或延伸。她们成功地跻身于西方学院派的第三世界知识分子之列,在建构其身份的同时,又在解构自己的身份,言说主体

---

① Spivak, Gayatri Chakravory, "Displacement and Discourses of Woman", *Feminist Interpretations on Jacques Derrida*, edited by Nancy J. Holland, Pennsylvania: University of Pennsylvania Press, 1997, p. 46.

在不断的分裂和延宕过程中获得策略性的位置和身份,在争取女性主义阵营内部种族、阶级平等地位的过程中,依然是作为女性这个集体的代言人的身份出现,追求"妇女"的主体身份和妇女解放同样是她们共同的政治目标。在这一点上,虽然早期美国女性批评招致女性主义阵营内部"杂音"的訾议,但对于男性理论策略性的改造和运用,对于女性本质先于存在的妇女共同的身份以及女性主义整一的政治目标等等,从多个侧面不断证明女性批评理论的生命力,它对女性经验的坚守正是在于将挑战转化为机遇,这其中的"女性主体"之争在碎片化的后现代语境下使理论具有更大的兼容性和适应性,下面将论述"女性主体"在被消解为话语碎片之时如何重构其主体身份。

第三节 女性主体的消解和重构

20世纪70年代美国女性主义批评家建构的以妇女为中心的批评旨在分析女性文学的构设历程,并非简单地采纳男性中心批评模式和理论。她不是强调本质的性别差异的对立结构,而是将女性看作社会内部一种反社会力量,在承认和整合性别、种族、阶级、族裔之间的文化差异基础上,构建女性主体。德里达在论及"女性"概念时认为:

> 女性不是一个可以定义的身份,女性同别的事物没有保持距离,无法站在别处宣称自己……也许女性——一个无特征、无形状的模拟物——是距离的断层、超越距离的距离、休止符之间的节奏、距离本身。[①]

在德里达的解构思想中,女性被看作逻各斯中心话语的断层,用以抵抗逻各斯中心话语等级制的真正力量。她始终坚持以女性经验为基础的

---

① Derrida, Jacques, *Epersons: Les Styles de Nietzsche*, Paris: Flammarion, 1978, p.49.

理论基础,逃离逻各斯中心机制对"女性"的二元对立思维方式的界定。①

女性批评理论假设存在某种整一、持久和单一的主体身份。这个共同的主体追求政治上的再现,用于整合女性主义的利益和目标。但是,黑人女性主义批评和后殖民女性主义批评因拆解了"铁板一块"的女性主义阵营而获得了自己的话语权。然而,后结构主义的启示和教训留给性别批评理论一记重拳:批评的主体存在吗?这是女性主义批评阵营内必须共同面对的一个理论困境。

事实上,妇女作为女性主义主体这个问题,来自于女性主义阵营里的分歧以及对"妇女"这个称呼的反对。朱迪斯·巴特勒(Judith Butler)在《性别麻烦》中,开宗明义质疑女性主体的不稳定性。巴特勒认为女性主义主体的普遍性和统一性的松动在于"它所赖以运作的再现话语的种种限制"。② 如果一味坚持妇女这个共同的身份假定就等于对女性这个范畴的"多重排拒"。因为"单一或持久的基础不可避免地会遭到一直被它排除在外的那些身份位置或是反身份位置",这里巴特勒提出"妇女"概念的多重能指问题。如果一个人是"女人",不是因为有一个超越他或她性别的各种属性的统一概念,而是因为不同历史语境里,性别的建构并不都是前后一致的,它包括种族、阶级、族裔、性别和地域等范畴所建构的多重身份形态交相呼应的结果。③ 在这一点上,肖沃尔特和巴特勒的观点相同。肖沃尔特提出了社会建构论的主体理论。她认为"女性主体是社会建构或形而上学"的结果。④ 面对女性主

---

① 女人是男人的"他者",对立项;她是非男人,有缺陷的男人,她对于男性第一原则基本上只是反面价值。

② Butler, Judith, *Gender Trouble: Feminism and the Subversion of Identity*, New York and London: Routledge, 1990, p. 4.

③ Ibid., p. 3.

④ Showalter, Elaine, "A Criticism of Our Own: Autonomy and Assimilation in Afro-American and Feminist Literary Theory", *The Future of Literary Theory*, edited by Ralph Cohen, New York & London: Routledge, 1989, p. 359.

第六章 性别与当代文论

义内部滋生的同质异构现象,肖沃尔特引用唯物主义女性主义者德·罗尔蒂斯(de Lauretis)的观点,认为:"女性主体就是差异之处……不只是性别、种族、阶级或(亚)文化等等单维的差别,而是它们的总和,并且它们经常互不调和。"[1]差异之处正是女性主体不再是一个个体,而是一个位置,一个断层。因此,性别,在肖沃尔特和巴特勒看来,不可能从各种政治、文化的交会中分离出来,相反正是在这些交会里被生产并得以维系。

按照解构主义的推理,我们看到"女性"概念的界定取决于它所被讨论的语境,而不取决于生理器官或社会经验。女性主体这次所经历的修正如此的剧烈,以至于严重地动摇了传统女性主义的根基。由此所引发的争论也分外地激烈,不少女性主义者对此持怀疑态度,甚至举起了反对后现代主义的旗帜。有人指出"后女性主义的不可能性",认为一个人不可能既是一个女性主义者,又是一个后现代主义者。也有人这样批评后现代主义:"为什么正当我们当中的很多人开始为自己命名的时刻(过去我们一直沉默),正当我们起来作历史的主体而非客体的时刻,主体这一概念本身偏偏受到了质疑?"[2]后现代主义对发展中的女性主义是一个巨大的冲击,因为在妇女运动和女性主义理论经历了诸多磨难刚刚获得主体权利地位之时,却被后现代主义理论家们轻而易举地抹去了主体的位置,失去了女性主义赖以存在的基点——性别主体。这不能不让人感到"阴谋"策反的警觉。

巴特勒受法国女性主义的影响,在论及"性别"时比克里斯蒂娃走得更远,她有这样一段精辟的论述:

> 性别是一个复杂的联合体,它最终的整体形势永远地被延宕,任何一个时间点上的它都不是它的真实全貌。因此,开放性的联

---

[1] Showalter, Elaine, "Feminism and Literature", *Literary Theory Today*, edited by Peter Collier, etc., Cambridge: Polity Press, 1992, p. 195.

[2] Brodribb, Somer Nothing Mat(t)ers, *A Feminist Critique of Postmodernism*, Chicago: Spinifex Press, 1992, pp. 45—46.

盟所支持的身份,将因当下的目的,或被建构或被放弃。它将是开放性的一个集合,容许多元的交集以及分歧,而不必服从于一个定义封闭的规范性终极目的。①

巴特勒打开了超越男女性别边界的外延,赋予女性的性属定位多重思考空间。对于性别属性和文化身份的复杂性的论争也成为女性主义批评与后现代思潮之间进行理论切磋的交叉点之一,消解二元对立的思维惯式,消解"女性"概念,用以征示"复数的女性主义"的存在。笔者认为在两性差异造就的性别学术空间里面,女性主义企盼以其特有的女性经验来重新认识性别内涵,以全新的女性视角重新评价整个社会文化体系。通过男权批判来提升女性意识,所面临的首要困境就是"自我他者化"问题:女性界定与差异意识必须建立在消解本质和颠覆本体基础上,而性别本体的瓦解也就意味着自我意义的注销与女性本体的消亡。当代女性主义在激进道德情感左右下宣告性别本体论的终结,然而"自我他者化"的身份界定却始终伴随"主体性取消"的理论尴尬。在对性别本质的解构中也就放弃重建女性本体的努力。性别差异在批判中既是颠覆的对象,也是颠覆存在的基础。因此女性主义一方面要解构性别的二元对立,另一方面也必须与性别对立立场保留一定的同谋关系,反对男性通过理论的男扮女装盗取女性主义的成果。男性的女性主义批评,在肖尔瓦特看来,只是男性权力的男扮女装,是"为了使男性统治现代化而对女性才智发起的另一轮攻击"。② 为此女性主义者必须清醒地认识到女性主义批评的主体只能是女性自己,要坚决反对男性来盗取这种属于她们自己的文学理论。露西·伊利格瑞更是发挥了肖尔瓦特的观念,认为"任何主体的理论总是被'男性'占用",坚

---

① Judith Butler, *Gender Trouble: Feminism and the Subversion of Identity*, New York & London: Routledge, 1990, p.16.
② Showalter, Elaine, "A Criticism of Our Own: Autonomy and Assimilation in Afro-American and Feminist Literary Theory", *The Future of Literary Theory*, edited by Ralph Cohen, New York & London: Routledge, 1989, p.363.

持女性是"男性主体'反射'自身所需要的否定命题"。① 另一方面又必须将男性文化的解构理论换成女装并引入女性主义批评。在这种模糊的关系中,当代女性主义要在性别本体消解的情况下继续男权解构游戏,就必须始终保持相对的性别差异。而在这种"自我他者化"模式先入为主的基础上展开女性主义实践,自然就无法避免武断和偏执的批判态度。也许对于当代女性学者而言,男性早已成为女性的对立面,至少是假想的反方,女性主体的建构本身意味着本质化的过程。为维护女性主义的合法性进行一场解构男权的斗争,这样就可以回避女性自身的建构问题。也许在这场权力解构的游戏中,性别差异已经成了延异的符号,现实的性别平等早已是不务之虚。

---

① Irigaray, Lucy, *Speculum of the Other Woman*, trans. by Cecile Lindsay, Honathan Culler, Eduardo Cadava and Peggy Kamuf, New York: Columbia University Press, 1989, p.133.

第七章

性别与哲学:巴特勒之后

　　随着解构主义与二元对立的思维方式的消解和对"女性"概念的反本质主义分解,肖沃尔特的理论凸显出自身的局限性。肖沃尔特对于女性经验的把持、女性文学普遍特征的归纳和女性亚文化重构遭到其他种族和阶级的妇女的指责和诟病。因为把男性经验简单地替换为女性经验,并以白人妇女的文学传统作为"她们自己的文学"传统忽视了女性阵营内部的差异。或者说她的女性主义批评理论实际上与传统文学批评有着共谋之嫌。她的理论被冠以"性别分离主义""女性主义同性爱倾向""白人女性主义霸权"的恶名。在解构的背景下,坚持本质主义等同于男权的共谋或性别分离主义,而反本质主义等于放弃女性主体,注销女性主义意义。肖沃尔特并没有放弃"女性"这一概念的性别性征,因为它是女性主义批评理论的内核和得以立足的出发点。正如陶丽·莫依所言:

第七章　性别与哲学：巴特勒之后

"假如我们通过解构而使女性消失,似乎女性主义斗争的真正基础也就不复存在了。"[①]肖沃尔特在承认女性同质的前提下,为女性主义批评阵营内部增加"差异"和"多重身份"的性属研究维度,构建"我们自己的批评"。

同其他学科一样,当代西方女性主义批评也引入性别的视角,拆解差异、重构身体和重置主体,打开了后结构主义视域内性别的伦理维度。拆解性别差异对二元对立的性别界线的超越,是我们对自身的新认识,即认识到自己是"被生产"和"被虚构"的文化产品,也是我们挑战人文科学中的伦理推理惯性的契机。而认识到性别是给定的生物身份,身体对这个身份提出的限制性条件使得身体成为伦理问题。同时对身体物质的认识引发了身体与历史、身体与权力、身体与文化实践的复杂纠葛。纠葛之一便是如何"接受"一个性别,如何"引用"这个性别,以及如何"成为"权力的行为主体。本章以性别伦理的核心问题——差异、身体和语言的晚近理论为中心,探讨性别研究中的伦理介入力量和透视效应,欲求打开性别的边界,理解人性的善,以便促进人类接近认识自我的可能性。

第一节　消解性别

当福柯提出"为何19世纪末之前,男性并不存在"这个问题之后,性别成了"问题"。在日常生活经验中,做男人和做女人有何不同,为何不同,如何不同？是什么使得男性和女性能共同生活、相互交流、建立关系的？怎样在自然身体和社会身体之间区分性与性别？男女有"别"的身体在社会中究竟以何种样态存在？由此引发的社会身体又如何促进了文化的形成和规制？

[①] Showalter, Elaine, "Feminism and Literature", *Literary Theory Today*, edited by Peter Collier and Helga Geyer-ryan, Cambridge: Polity Press, 1990, p.195.

美国性别批评理论研究

女权运动第三波之初,卢斯·伊利格瑞的性别差异说就遭受女性主义阵营内部的诟病。她所强调的性别二元对立学说因为划界的随意性和对女性主义内部差异的忽视成为批评的靶子。① 21世纪,伊利格瑞坚持差异的性别主张,但是,她将两性看作并非对等的两极,而是考察认识论意义上的性别化差异(sexuate difference)背后的伦理关系。② 伊利格瑞认为女性和男性不能表达成对等的公式。并不是因为两性之间不平等,而是两性所代表的两级没有可以相互衡量的内容和方法。因为,女性"并非只有一种性。她至少有两种性,但不能把他们看作分开的两个。她的性征至少总是双重的,其实是多元的"。③ 伊利格瑞实际上在彰显女性性征的多元性。"她"总是多于或少于"他",或是总是身处别处,不可比。因为"他"是通过"她"的多重性和不在场,经由"他"自我授权的等式(他$\xrightarrow{授权}$她),得以确定。所以,伊利格瑞论述的"她"拒绝设定的"等式"或常规,因为一旦跳入这个性别矩阵,作为他者的"她"就会被除名或丧失标注自我"异他性"的差异。伊利格瑞在《此性非一》(This Sex Which Is Not One)之后,将有关性别差异批评的触角延伸为"两个人的伦理"("The Ethics of the Couple")。这里的两个人并非仅仅指男性与女性,而是性别化之后作为行为主体的两个人,内涵包括异性恋的两者、同性爱的两者、母女、父子,外延可以涵盖跨文化、跨种族、跨宗教的两者和两者之间的关系。伊利格瑞认为两性所构成的家庭并

---

① 女性主义第三波强调去性别化的政治主张,从语言、行为主体和身体的哲学思考维度提出反性别本质主义的策略,同时女性主义阵营内部也因为性取向、种族、阶级、少数族裔和国别等差异,提出反对"铁板一块"的女性内部的霸权倾向。经典论述见 Judith Butler, *Gender Trouble: Feminism and the Subversion of Identity*; Monique Wittig, *The Straight Mind and Other Essays*, Boston: Beacon Press Books, 1992; Diana Fuss, *Essentially Speaking: Feminism, Nature and Difference*, London: Routledge, 1990; Elizabeth V. Spelman, *Inessential Woman: Problems of Exclusion in Feminist Thought*, Boston: Beacon Press Books, 1988.

② Yan, Liu, "Sexuate Rights and the Ethics of Sexual Difference: an Interview with Luce Irigaray",《外国文学研究》3(2011).

③ 卢斯·伊利格瑞:《非"一"之"性"》,马海良译,《后现代哲学话语:从福柯到赛义德》,汪民安、陈永国、马海良主编,杭州:浙江人民出版社,2000年,第215页。

第七章　性别与哲学：巴特勒之后

不是社会的基本单元，因为家庭中的两性（"丈夫/妻子"）是以"从属"或"屈从"为基础而维系的不平等关系，构成公民社会基点的应该是有着平等诉求的"公民/公民"关系，是以"我们"互称而形成的共同体，是以自身生物性差别而区分的两种生命形式的平等伦理吁求。伊利格瑞仍然立足于差异的生命体，但是延伸生理性的男女差异，而吸纳关于人作为有生命的个体（lived beings）的公民权利。因为只有这样"才能建构男性和女性之间的公民关系，才能维护和保护人类的身份和以共同体形式存在的共处"。① 伊利格瑞延伸了西格蒙·德·波伏娃首先提出的"变成女性"的性别政治，将其进一步提升为作为公民的女性的伦理主体意识，呼吁经过性别选择的（sexed）"两个人"的公民伦理理想。

21世纪，重访性别差异，伊利格瑞研究的焦点不再是关于性别术语、二元对立或性别化文本问题的探讨。重新诠释"性别差异"对伊利格瑞来说，是将性别差异转化为"两个人的性别伦理"，从关于差异的概念出发，转向指涉性别关系背后更为深刻的知识的本质、起源和范围的哲学思考。伊利格瑞重读黑格尔的《精神现象学》，将她对性别的伦理思考带入考察黑格尔关于古希腊社会中人对自我认识的文化理解力问题。黑格尔对文化的现代解释产生过重要影响。黑格尔认为，当人类行为主体满足物质生活需求时所表现出来的是人的第一本质。当人发展为对文化生活的需求时，行为主体的第二本质——对文化的表达得以产生。所以，伊利格瑞看到："历史是滋养第二本质的土壤，使得第二个本质生长；关于文化的、精神的本质，这个本质显然超越了自然的第一本质。"② 这个"历史的土壤"培育出，用黑格尔的话说，一个公民的社会。但是这个"公民的社会"使得人性的第二本质消隐，因为公民认同

---

① Luce Irigaray, "Towards a Citizenship of the European Union", *Democracy Begins Between Two*, trans. by Kirsteen Anderson, New York: Routledge, 2001, p. 65.

② Luce Irigaray, "The Universal as Mediation", *Sexes and Genealogies*, trans. by Gillian C. Gill, New York: Columbia University Press, 1993. Luce Irigaray, "The Universal as Mediation", *Sexes and Genealogies*, trans. by Gillian C. Gill, New York: Columbia University Press, 1993, p. 133.

于不可置疑的普遍外在世界规律,结果性别一元论的伦理制度在传统哲学体系中不胫而走。在对文化的表达中,男性的精神是征服自然、克服自然的主体,文化因此被解释为男性所创造的历史产物。男性是为文化与道德而造。女性无法获得。男性学着在社会生产和交换制度中工作,女性在家庭和婚姻制度中被教育履行社会职能和生育实践。女人从未获得第二本质,或者说作为男人的"影子",用"普遍的单一性别"被"代表着"。① 伊利格瑞正是要赋予哲学话语系统的性别分析维度,正如语言学和符号学曾经做到的。

第二节 身体物质

伊利格瑞超越性别本体论,将"差异"性别化之后才论及"差异"。如果伊利格瑞探讨的核心是拆解或擦抹两性之间的界限,那么,朱迪斯·巴特勒则关注性别界限断裂之处的越界体验和因"此性优于彼性"的断裂处所受的压迫。不同于伊利格瑞,巴特勒把探讨性别的伦理惯性看作一个哲学"问题",一个探讨自启蒙运动以来一直存在的"知识主体"的单一性和"普遍性"的认识论问题。她强调,"女性"是一个需要通过批判性思考而不断解构和建构,冲突和融合的永恒的命题,性别差异伦理并非专属女性主义内部命题,而是一种"如何冲出他者的牢笼,在保持政治立场同时永不停止的思考"。② 女性主义第二波的性别政治主张区分生理性别和社会性别,巴特勒则认为这个区分没有意义。巴特勒所关注的性别问题并非性别差异,而是"以性别差异为背景探讨思维

---

① Luce Irigaray, "The Eternal Irony of the Community", *Feminist Interpretations of Hegel*, edited by Fanny Soderback, Albany: State University of New York Press, 2010, pp. 99–100.

② Judith Butler, "The End of Sexual Difference", *Feminist Consequences: Theory for the New Century*, edited by Elisabeth Bronfen & Misha Kavka, New York: Columbia University Press, 2001, p. 418.

第七章 性别与哲学:巴特勒之后

方式、言语行为和物质身体的性别呈现"。①

身/心差异的二元对立是西方形而上学里的哲学传统,但身体物质的提出却似一记重创冲破了自柏拉图以来的意识优先性的惯例,并从尼采开始将身体纳入哲学的思考范围。虽然哲学家各自揣度身体物质与世界的关系的切入点不同,但身体作为一种言说方式,哲学家不断进行着哲学式思考。性别伦理中,对有差异的身体回归和言说是女性主义批评家关注的焦点。性别差异引发我们重新思考如何为人的伦理问题,在差异体制中如何理解身体的物质性。这部分论述将围绕两个互相矛盾的问题展开:性别是思想和选择的理性结果,还是盲从和给定的强加物?性别是我们为身体假定一种身份还是身体对这种给定的身份提出的规制条件?

萨特和波伏娃对第一个问题给出了自己的见解。他们认为身体作为自由意志的载体是先于物质而存在的。萨特认为人实际上原来是个无,是在我们自身之外被世界塑造和制造的原料,即自在的存在(being-in-itself)。等到后来才把自己塑造成了想成为的那种人。这个塑造和创作原料的过程是选择我如何在自在中存在的过程。这个过程的主体就是那个纯粹自由的虚无,因此人注定是自由的,是自为的存在(being-for-itself)。所以,自由是人类存在的本质。实现自由的途径是人的自由选择,人应对自己的选择负责,并通过行动担负起选择的责任。人类由于选择时无据可依陷入困惑,在虚空中孤独挣扎,终身为了从自在自由过渡到自为自由而奋斗。萨特的自由哲学观提出了一个通往人类终极自由的路径/媒介——身体的物质性问题。到底身体作为自由的自为还是物质的自在而存在呢?这个问题又引出另外一个关于性别的具身化问题,女性/男性和世界到底是什么关系?萨特似乎暗示以何种性别出现在世界上是个纯粹偶然的事件,"我生为女性或男性"只是"我"

---

① Butler, Judith, "The End of Sexual Difference", *Feminist Consequences: Theory for the New Century*, edited by Elisabeth Bronfen & Misha Kavka, New York: Columbia University Press, 2001, pp. 416—417.

在他人的注视和解释中的意义编码和解码中才具有存在意义。也就是说我的性别取决于他人的存在模式对我的认定,但不能妨碍我在身体中存在的绝对自由。波伏娃步其后尘,但利用萨特的自由意志哲学揭示女性作为偶然被选择的存在模式所受到的压迫。这在女性主义运动之初作为行动纲领是必要的。妇女因"第二性"将自为意志转交给男性,被"变成女性"。身体在文化传统中被注视和被塑造的事实让妇女反思文化和社会规范的控制意图,反思在父权制度中所处的附庸地位和所受压迫,性别即是行动,寻找失去的自为的自由意志是波伏娃对萨特自由哲学的女性主义图解和具体化。

如果说身体是"我"的意志与这个世界发生联系的具身化,那么"我"就可以自由地在世界上安置我的身体。但是,如何安置我的身体?萨特认为道德存在于真实性之中,如是说,"我"在身体中成为真实才是最重要的。可问题接踵而来,我怎样存在是否有道德可言?我的自由意志如何指导我的肉身,并以何种模式存在?在后现代理论图谱中,这种个人主义对身体物质的控制遇到了麻烦。身体与世界发生联系的外部因素走到台前证明自在意识的虚无。身体物质的社会性、政治性、表演性和技术性的问题浮出地表。

身体作为自在的存在并非具有先天的生物本能,如萨特所说使身体实体化不是肉体本身,而是使身体物质成为一种伦理材料,那么这种伦理材料必然与形成它的社会相关,身体物质就相应变成社会的具体需求与利益的呈现体。皮埃尔·布迪厄的身体物质社会构成说、福柯的身体权力和政治技术说都在追问身体物质是如何为社会服务和如何被社会授予阶级和种群并提供场所的。自柏拉图以来,布迪厄作为超越身心二元对立思考的思想家之一,认为身体和社会是互相包含的场所,一方包含另一方是习惯使然。布迪厄所讲的习惯是行为作为社会习俗而固定下来的模式。身体作为实践的能动主体,在实践活动中内化这些习惯,无意识地承担了各自的角色,并不断复现包括性别观念在

第七章　性别与哲学:巴特勒之后

内的常识,在身体上得到"促进社会世界再生产的政治工具"的持久表达。① 不同于布迪厄,福柯把身体视为被动的客体。在福柯对身体的谱系学式的考察中,身体物质因其可利用性、可驯服性成为接受、反射社会历史事件的载体。无论是血腥的酷刑还是仁慈的惩罚,身体是政治、经济、权力施行某种惩罚制度和技术的场所。身体之外种种事件和权力铭刻在身体这个场所上,"事件使得身体这个场所不断地转换、变化、改观和重组"。②

朱迪斯·巴特勒则将身体表述为一种表演;表述为自我的生命活动中十分重要的物质呈现,表述为对变为性别的身份批判。巴特勒对主体的批判再次揭示出她对稳定身份的忧虑——这种稳定身份被假定是随着变为女性或男性而物质化的。巴特勒在《消解性别》中提出,身体作为不同性别表达欲望的媒介被给予不同的意义。身体被呈现为男性和女性而出现,且这一过程中,一种异性恋秩序形成。身体物质性外化于肉体性,身体在其中被提供场所,因此异性恋文化得以持续(production)生产,而维持这种生产的根本动力是相互有意义的男性身体和女性身体的物质性。在这一秩序之外是被排斥的身体,它们因为其偶然性而被拒绝物质化。这个他者位置、这个外在、这个"非一"的位置正是巴特勒关心的越界体验。如同拉康所说:"在人类与世界的关系中,有某种原初的、创始的和深刻的创伤。"巴特勒的性别表演论实际上在阐释身体的建构过程和重建的可能。她认为生物性身体并不存在,我们所说的性别或身体是各种社会规范规约和反复强制的结果,是引用自己的结果,并通过表演创造主体。但是不同于面具说,性别不是面具,可以任意摘戴,仿佛面具下面藏着一个演员(主体),而是在不断引用自己的性别,并被反复强制书写这个规范的过程中形成了一个流动的主体。因此,作为文化规范制约的主体,一定有边界,而巴特勒关心

---

① Bourdieu, Pierre, *Outline of A Theory of Practice*, trans. by Richard Nice, Cambridge: Cambridge University Press, 1977, p.71.
② 汪民安:《福柯的界线》,南京:南京大学出版社,2008年,第148页。

的则是边界外的生存可能,如同性恋和双性人。这里的断裂和褶曲之处正是他者铭刻伦理思考和哲学生命的场域。然而,这个场域中的他者并非要与中心同质形成相对立的关系,也不是用距离、远近、亲疏标注自我。而是在无法标注的权力网络上、知识体系的幽微边界建构"保持移动"的主体。①

第三节 语言主体

正是通过对关于身体的话语建构的谱系分析,巴特勒演绎了性别的表演性更深刻的内涵。在理想的性别二元形态下考察双性人和变性人的言语行为,以及它们与语言惯例的隐含关系和表演潜质。"消解性别"从思考身体的物质性开始,而重新思考什么是"真实的"和"自然的"的规范概念又是形成性别差异的源头。巴特勒将主体作为一个道德主体,在向文化规约的"服从"过程进行考量。② 在"身体的服从"和"拒绝认同""转回自身"和"渴望屈从"中,在权力压抑主体又生成主体的悖论中,提炼永远处于社会边界的主体的"不稳定性"和"不连续性"。③ 巴特勒并非强调行为主体行动的性别化过程,而是揭示两性差异在被表演中实现性别身份的行动。因此,"性别是通过被维持的社会表演而被创造的。"④

奥斯丁的"依言行事"对巴特勒的启发不言而喻。奥斯丁首先提出主体对语言具有某种表演力。主体意图与文化秩序相互交织和渗透,

---

① 朱迪斯·巴特勒:《权力的精神生活:服从的理论》,张生译,南京:江苏人民出版社,2009年,第15页。
② 巴特勒关于主体对文化规约的服从理论参见她的最近力作《权力的精神生活:服从的理论》,第130—147页。
③ Judith Butler, *Bodies That Matter: On the Discursive Limits of "Sex"*, New York: Routledge, 1993, p.26.
④ Judith Butler, *Gender Trouble: Feminism and the Subversion of Identity* (with a new preface), New York: Routledge, (1990)1999, p.141.

第七章 性别与哲学:巴特勒之后

而这种交织和渗透反过来又为语言的恰当表演提供了舞台和背景。奥斯丁的表演性理论为性别表演理论提供了重要的语言学基础。而巴特勒的延伸阅读重点在于挖掘言语行为的性别意蕴。巴特勒认为性别语词的使用是一种表演、一种引用。语言的行事性通过主体的权力或意志,使得某种现象被命名而存在。人的身体从出生就落入语言的象征网络中。被语言命名、区分、赋予社会意义。"生理性别"的物质性只能通过话语来理解。例如,一个婴儿被"询唤"为"女孩"的过程中,女孩不是自然地接受她的女性性征继而成为女孩,重要的是"女孩"通过对性/性别规范的"引用"成为符合某一规范的主体。对规范和权威的"引用"使所有语言符号置于引号之中,性别身份在对这些符号的引用、嫁接、重述过程中,循环往复地被征引,在征引中松动、瓦解而丧失稳固性。这类洞见使得巴特勒看到性别本身就是一种表演的结果,性别不再被理解为自我的身份建构的基础,而是作为语言表演的结果,是语言特质在社会中的性别呈现。

> 如同在其他仪式性的社会戏剧中,性别行为需要被重复表演。这种重复同时是重新赋予与重新经历一系列已经确立的社会习俗,并且是合法的习俗与仪式性的形式。虽然有通过在性别模式中被风格化而实施这些意义的个体身体,但这一"行为"却是一种公共行为……表演是在其二元结构中维持性别这一策略性目标而产生——这一策略性目标不能被归属于一个主体,但是相反,它必须被理解为用来确立和巩固主体。①

所以,性别在这个重复"表演"的过程中产生。但巴特勒并没有停留在"表演"的结果和复现性上。作为复制和仪式性的沉淀产物,性别被自然化的同时,又遭到"消解"。巴特勒在《身体的重要性》中用大段脚注对约翰·塞尔(John Seale)和奥斯汀的表演理论以及德里达的可

---

① Judith Butler, *Bodies That Matter: On the Discursive Limits of "Sex"*, New York: Routledge, 1993, p.140.

重复性行为进行了延伸阅读。① 巴特勒的贡献在于建构性别的复现表演是对当下行为的"暂时引用","引用"同时产生缺口和断裂,断裂之处正是"建构的不稳定成分"活跃之处,也是巴特勒要构建的超越规范的逃逸时刻。这种边界上的不稳定性是对"重复过程本身的解构,是对稳定化了'性别'的效应进行消解的力量,是将'性别'规范的稳定性转变为被激活的潜在危机"。② 巴特勒的落脚点放在试图摆脱未被命名的性别边界上,因为边界上充满包容和排除,在处于支配性位置之外的"区域"建构话语的可能成为巴特勒消解主体重构性别差异的开始。巴特勒突破语言惯例框架下的性别身份的解构和建构的过程。巴特勒看到性别是发生在空间、时间中表演的产物,性别表演性的提出为动摇两性所具有的稳定性提供了哲学话语层面上的可能。

巴特勒正是在考察行为主体所产生的权力关系体系和在这个体系中被赋权的行为主体自身,消解人本中心论。这个观点显然受到福柯的"精神管制论"的影响。但是巴特勒关注的不是犯人被囚禁的样式,也不是形成权力的管控和规训的政治制度,而是权力管制和生产发生过程中主体的形成,这个形成过程是因对规范的吸纳而形成,主体的形成反过来又支持管制的权力的部分形成。主体形成的过程是通过"对于规范和服从的欲望"的产生、创立、内化和外化的精神生活完成的。而精神的服从正是标志着服从的一个具体的形式,这个形式就是规范,因此,"这种规范的精神实施得自预先的社会运作"。③ 这个行为主体在参与社会事件中完成了它自己的服从,并渴望和精心制作了它自己的镣铐,将成为自己的"权力"交还给从未完全属于它自己的"社会条款"——规诫和惩罚,并且行为主体的意义模式在个体行为中被表演和

---

① Judith Butler, *Bodies That Matter: On the Discursive Limits of "Sex"*, New York: Routledge, 1993, pp. 244—245.
② Ibid., p.10.
③ 朱迪斯·巴特勒:《权力的精神生活:服从的理论》,张生译,南京:江苏人民出版社,2009,第16—20页。

第七章　性别与哲学：巴特勒之后

被强化，因此，最初的屈从就构成了存在的欲望。像巴特勒那样坚持自己的存在欲望，坚持异他性（Alterity）①，主体则以反对它自己的面目出现。"生成自我"不是简单地挑衅和反对主体的位置，而是将"我"暂时悬置，在不稳定的重复和危险实践中，在社会存在的边界上保持移动，反抗最初的性别"暴力"。正如巴特勒重新阐释的安提戈涅，她永远"保持移动"，并随时准备越界和逃逸。基于安提戈涅的不稳定的伦理边界，作为漂移的他者，巴特勒并非建构他者的伦理规范和实施规范的代理行为，而是让性属问题永远处于开放的状态，从而向未来开放自己。因为未来是不可预知的，我之所以为我的存在事实在权力话语体系中无处安身。

通过谱系学式的批判解构性别，通过查找并揭示那些"不稳定性"或"不连续性"的文化性偶然行为，女性主义批评家挑战并揭露人(human)作为一个预设概念和"排他性"霸权政治。② 齐泽克、拉克劳和巴特勒以对话的方式展开有关马克思主义内部后结构主义理论中关于主体、霸权、普遍性的论战。③ 他们站在主体的历史性改造层面上提出性政治学对性差异理论的挑战。这些观点延续了《性别麻烦》《身体的重要性》质疑哲学范畴里提到的"人"所受的性别规约的讨论。④ 因为对

---

① 巴特勒有关异他性是受到列维纳斯的他者哲学思想的影响。巴特勒和列维纳斯都是犹太裔学者，他们对犹太人的"异他性"问题有共识。巴特勒在2012年最新力作《岔路：犹太性和对犹太复国主义的批判》（*Parting Ways: Jewishness and the Critique of Zionism*）中详细阐释了自己的观点。美国小说理论家，美国加州大学伯克利分校英文系多萝丝·霍尔教授（Dorothy Hale）也受到列维纳斯的影响，从叙事学的角度提出了新伦理批评（New Ethics），这是目前美国文学批评新的增长点之一。另见Robert Eaglestone, *Ethical Criticism: Reading after Levina*, Edinburgh: Edinburgh University Press, 1997. David Parker, *Ethics, Theory and the Novel*, Cambridge: Cambridge University Press, 2008. 中国学者对异他性的研究参见刘文锦：《列维纳斯与"书"的问题：他人的面容与〈歌中之歌〉》，北京：三联书店，2012年。
② 巴特勒、拉克劳、齐泽克：《偶然性、霸权和普遍性——关于左派的当代对话》，胡大平等译，南京：江苏人民出版社，2004年，第179—208页。
③ 社会规约对这个概念的惯用标准和性别情景化的论述在巴特勒、拉克劳、齐泽克合著的文集《偶然性、霸权和普遍性——关于左派的当代对话》中给出了充分的阐释。
④ 朱迪斯·巴特勒：《消解性别》，郭劼译，上海：三联书店，2009年，第33—34页。

性别的反复表演"预设了人的身份本身就是一种没有起源的模仿"。①在关于人的"意义增殖领域"的偶然性上重新标注性别和性取向。正是在这个意义上,女性主义者重置主体身份、主体话语,使存在摆脱自我,使思想另类思考。

---

① Butler, Judith, *Gender Trouble: Feminism and the Subversion of Identity* (with a new preface), New York: Routledge, (1990)1999, p.138.

第八章

性别与伦理：以安提戈涅为例

　　索福克勒斯的《安提戈涅》是西方文明中最重要的文化文本之一。围绕着这部作品的阐释，远远超出了一般意义上的文学批评范围。在其解读史上，黑格尔、克尔凯郭尔、荷尔德林、德里达、拉康、伊利格瑞、巴特勒等著名哲学家和思想家都留下了他们的阐释轨迹。但自1900年弗洛伊德在《释梦》中提出著名的"俄狄浦斯情结"后，《安提戈涅》作为俄狄浦斯研究的潜流没能浮出地表。美国翻译理论学者乔治·斯坦纳（George Steiner）在考察1790—1840年间的《安提戈涅》断代史中谈到，在弗洛伊德之前，《安提戈涅》中兄妹间横向的血亲关系一直是批评界争论的焦点，1900年之后，弗洛伊德提出两代人父子间的血缘身份问题，安提戈涅由此被"俄狄浦斯情结"代替。①

20世纪后半叶,《安提戈涅》在政治学、伦理学、心理分析学、法学、舞台艺术等领域的意义重构成为西方重新认识自我的文化探寻的必经之旅。2008年,《安提戈涅》专题研讨会在美国召开。会后一系列专刊和专著的发表②,甚至《安提戈涅》课程在美国高校的开设将安提戈涅研究推向性别、伦理、法学、神学等跨学科批评的前沿。其中最为活跃和最具批判精神的当属性别伦理中的安提戈涅研究。

为什么美国性别伦理转向安提戈涅,而不是古希腊其他女性人物或作品?这个转向是推动了性别理论的发展,还是仅仅对经典的浪漫主义回望?公元前5世纪虚构的女性人物为何对不同历史阶段的具体问题仍然具有解读和重读的魅力?21世纪初,美国的性别理论转向政治伦理批评,巴特勒在《转向伦理》的文章中,明确提出后结构主义女性批评的无序状况。这与解构思想对性别理论的消解和冲击不无关系。2000年,巴特勒重读《安提戈涅》,重新阐释安提戈涅的伦理意识、性取向和血亲关系问题,试图在俄狄浦斯身边建构"安提戈涅情结",延续她的激进的政治伦理思想。正如她在《安提戈涅的诉求:关于生与死的亲属关系》的序言中所言:"如果将安提戈涅,而不是俄狄浦斯作为精神分析理论的出发点,那会怎样?"③如果弗洛伊德创建的"俄狄浦斯情结"理清了一条以"父亲"的名义建构的父权统治秩序的线索,那么,是否也可

---

① Steiner, George, *Antigones*, Yale: Yale University Press, (1984)1996, p.18.
② 2006年,在都柏林三一学院召开"质问安提戈涅"专题研讨会,这次研讨会就安提戈涅在古典艺术史中的姿态、再现、身体、表演、主体性等主题上展开有关安提戈涅的美学争论。2008年6月,*Mosaic*杂志专刊发表14篇《安提戈涅》最新研究成果的论文,从哲学、性别理论、伦理学、政治学、比较文学、舞台艺术等多学科看安提戈涅研究的生命力,当中朱迪斯·巴特勒《安提戈涅的诉求:生与死之间的血缘关系》成为21世纪重读《安提戈涅》的一个导入口,生发三篇有关安提戈涅的性别理论研究论著:其一,安提戈涅批评史研究成果:《受难的悲剧:黑格尔、巴特勒与斯泰因(George Stein)论安提戈涅》;其二,比较文学研究成果《满目疮痍的巢穴:〈呼啸山庄〉与〈安提戈涅〉的身份危机》;其三,女性主义批评研究:《波伏瓦与〈安提戈涅〉:女性主义和政治伦理之间的冲突》。
③ Butler, Judith, *Antigone's Claim: Kinship between Life and Death*, New York: Columbia University Press, 2000, p.57.

第八章 性别与伦理:以安提戈涅为例

以认为性别伦理视域中的安提戈涅批评也是批评家在建构一种"安提戈涅情结"?针对这些问题,本章试图围绕安提戈涅批评史讨论性别伦理的转向以及安提戈涅的典范性和当下意义。

第一节 伦理与政治

安提戈涅批评以确立安提戈涅的女性典范性为开端。黑格尔第一个甄别了安提戈涅的女性性别意蕴,并把这个古希腊经典人物引入性别伦理的批评视野。黑格尔在《精神现象学》中对安提戈涅的意识伦理进行了解读。作为悲剧的《安提戈涅》而言,黑格尔认为冲突的两极是克瑞翁和安提戈涅。冲突因一具叛徒的尸体和国王的一纸禁令而起。底比斯王俄狄浦斯得知自己弑父娶母,罪孽深重,因此去位,并客死他乡。留下二子二女。二子为争夺王位,对峙疆场。一子波吕涅克斯攻城,另一子厄特克勒斯守城,结果两人战死沙场。克瑞翁,俄狄浦斯王之母/妻弟弟继得王位,为惩罚叛徒,警戒臣民,下令不得埋葬波吕涅克斯。国王的禁令看似有理有据,但却违背神律。神要求任何死者的尸体必须得到掩埋和祭祀,未被埋葬者,其灵魂是不洁净的,会得罪冥王哈德斯和诸天神。安提戈涅挑战克瑞翁的律法,遵从神律埋葬了哥哥。为此,克瑞翁依法将安提戈涅关进墓穴,慢慢死去。安提戈涅的未婚夫海蒙殉情自杀,其母也为失去儿子而死,致使克瑞翁陷于极度痛苦。在黑格尔看来,克瑞翁代表律法、城邦、公共秩序和政治理念;安提戈涅则代表神律、家庭、私人领域和家庭伦理。这个冲突的背后实际上是男人与女人、普遍性与个体性、家族蒙羞与承担罪过之间的角力。在非此即彼的二元对立等式中,黑格尔式的政治—伦理逻辑似乎留下了两个悬而未解的问题:安提戈涅违抗克瑞翁的禁令究竟表达了什么意思?安提戈涅代表的究竟是伦理还是政治?这也是性别伦理理论质疑黑格尔式安提戈涅的两个突破口。

安提戈涅违令的实质在于遵从神律还是人律的问题。在这个问题上,安提戈涅其实别无选择。索福克勒斯给安提戈涅设置了两难的境遇,她要么遵从家族的责任埋葬家兄,要么屈从克瑞翁代表的政治规则,二者必选其一,而无论做出哪种选择,结果都是死亡。如果违抗城邦的律法埋葬波吕涅克斯,她一定会死;如果她没能尽家族的义务使得家兄暴尸荒野,她一定受天谴,使家族蒙羞,最终郁郁而终。在黑格尔的法律或政治视域中,这是谁拥有话语权的问题。当波吕涅克斯攻打底比斯城的时候,当权者是厄特克勒斯;厄特克勒斯死后,克瑞翁以国家英雄的身份给他举行了体面的葬礼,克瑞翁也因此继承了王位。而当波吕涅克斯死时,克瑞翁却禁止为他下葬,他也因此违背了神律。神律和人律被置于生与死的两极,但在政治秩序中,拥有话语权的始终是人律:

> 人律,就其普遍的客观存在来说,是共同体(community),就其一般性活动来说,是男性,而就其现实的活动来说,是政府,人律之所以存在、运动和能保存下来,全是由于它本身消除或消融家庭守护神的分解肢解倾向。
>
> 黑格尔(《精神现象学》下卷)①

黑格尔把安提戈涅圈定在家庭的领域内,仅是家神的代表。无论安提戈涅如何选择,她的抵抗似乎毫无用处。那么,安提戈涅的"别无选择"是否是自我意识的选择?安提戈涅的行为是伦理的还是政治的?为什么政治总被置于意识一边,而伦理则被置于无意识一边?黑格尔的回答是,安提戈涅的选择不可能也不会是自我意识,因为性别差异,所以安提戈涅不具备伦理意识。性别差异是黑格尔认识的出发点。"一种性别给定一种规律,把另一性别给定另一种规律,是自然而不是环境上或抉择上的偶然,或者,两种伦理势力是自己分别在两种性别中

---

① 黑格尔《精神现象学》的译文采用商务印书馆于 2012 年重新修订出版的《精神现象学》,原译文是根据荷夫麦斯特本 1952 年《精神现象学》德文版译出,第 32—35 页。

第八章 性别与伦理:以安提戈涅为例

择其一获得给定的存在而实现的。"① 即安提戈涅依照亲属关系伦理埋葬了哥哥,她知道这是正确的,却不知为何正确,甚至不具有行为主体的意识伦理。因为安提戈涅是女性,黑格尔在讨论《安提戈涅》之前,视女性是自然、神律的代名词;男性则是文化、人律的化身,因此,只有男性才有理性的"判断"和语言"言说"能力,具有"伦理意识"的个体"知道他自己应该做什么",并且已经做出了要么领受"神的规律",要么遵循"人的规律"的决定。②

虽然黑格尔把安提戈涅作为维护神律的代表,但正如伊利格瑞所说:"黑格尔将安提戈涅置于公共领域之外,非希腊公民",因为"女性——这是对共同体的一个永恒的讽刺——她竟以诡计把政府的公共目的改变为一种私人目的"。③ 伊利格瑞认为,黑格尔的这个先在的性别差异论决定了女性不能是伦理意识的主体,并将女性排除在政治领域之外。然而伊利格瑞认为安提戈涅作为家神的代表,正是通过进入公共领域——下葬亡兄——才成为伦理典范的。在她看来,安提戈涅的行为,她反抗的意义,在于子宫和洞穴之间的联系:女人的子宫造就了男人,同时也把男人带进家一样的坟墓。只有通过埋葬哥哥,通过这一卓越的政治行为,安提戈涅才能从女性的角度使家兄获得人性,并成就了自己的人性,在这个意义上,她的人性具有普遍性,与男人一样,她成了血亲关系的守护神。尽管黑格尔眼中的安提戈涅是"共同体永恒的讽刺",但是,伊利格瑞将安提戈涅设置在政治秩序之外,在非希腊公民的临界处,安提戈涅才通过实施埋葬哥哥的行为,走进公共领域,获得一个抵抗的位置,走出黑格尔建构的以克瑞翁为代表的城邦政治体系。虽然安提戈涅为此付出的代价是死亡,她用女性身份守护了家族的名誉。正如美国哲学人类学批评家蒂娜·钱特(Tina Chanter)所说:

---

① 黑格尔《精神现象学》的译文采用商务印书馆于2012年重新修订出版的《精神现象学》,原译文是根据荷夫麦斯特本1952年《精神现象学》德文版译出,第24页。
② 同上,第34页。
③ 同上,第35页。

"安提戈涅把自己附属的地位转变为对现状的挑战,作为女性她以死亡为代价捍卫并承担了家族义务。"①

实际上,黑格尔的安提戈涅不具备性别意识,黑格尔也因此没有将性别差异带进他的伦理矩阵。② 安提戈涅既不是妻子也不是母亲,她从城邦的法律和伦理秩序中被驱逐出来,遭到了在洞穴中自然死去的惩罚,这正因为她既不在秩序内,也不是局外人;既不是公民,也不是自由人。透过他者的"反射镜",伊利格瑞看到安提戈涅"不得不放弃她的情感,她的欲望的单一性,以便进入家庭义务的当下的普遍性"。③ 作为妹妹,安提戈涅不具有通过丈夫和孩子获得普遍性的可能,只能在和哥哥无欲望的关系中得到承认。在这个意义上,伊利格瑞的安提戈涅从来就没有逃出黑格尔"同一性中的他者"秩序。④ 伊利格瑞的安提戈涅迷失在十字路口:一面是以女性性征为标志的欲望,另一面是无法实现而又不停止的欲望,最终只能以死亡作为失败的无产出形式结束。

第二节 伦理与差异

黑格尔对《安提戈涅》的阐释依赖二元对立的两极:家族血亲和国家政权。一方面,黑格尔的分析否认安提戈涅具有伦理意识。因为安提戈涅是女性,所以她不能获得进入政治领域的纯粹道德主体。另一方面,黑格尔认为,如果以血亲关系和家庭伦理划定和标注政治领地的

---

① Chanter, Tina, *Ethics of Eros: Irigaray's Rewriting of the Philosophers*, New York: Routledge, 1995, p. 81.

② 在希腊城邦,女性没有公民身份,因为在此讨论的是黑格尔和巴特勒论述的安提戈涅,因此不展开讨论。

③ Irigaray, Luce, *The Ethics of Sexual Difference*, trans. by Carolyn Burke and Gillian C. Gill, New York: Cornell University Press, 1984, p. 117.

④ 伊利格瑞虽然对黑格尔在《精神现象学》中的安提戈涅分析持有微词,并著有《对共同体永恒的讽刺》,这句话出自黑格尔的这部著作《妇女:对共同体的永恒讽刺》,但朱迪斯·巴特勒认为伊利格瑞没有超越黑格尔的伦理价值批评框架,仍旧将妇女置于边界,在黑格尔的二元对立的伦理矩阵中,依然与男性对峙。

第八章　性别与伦理：以安提戈涅为例

话,安提戈涅因为没有承担女性(妻子和母亲)的功能,而"从未进入这个领地"。① 蒂娜·钱特认为黑格尔的性别差异论是对"自己的所作所为和精神层面上的自我意识。也许在区分男女两性之间差别的问题上,安提戈涅并不知道她的行为的伦理内涵"。② 如果按照黑格尔的说法,安提戈涅注定不具备伦理意识,但是她埋葬家兄的行为却表明她认可家兄是家庭成员之一,也就等于认可依血缘而定的伦理秩序。这个家庭也因此是具有伦理意识的共同体。并且,安提戈涅以死捍卫兄长尸首的完整和纯洁,履行了对兄长的伦理义务,这个神圣义务使得安提戈涅完全遵循神律的选择。安提戈涅也完全知晓自己的行为,并且清楚地认识到她自己的行为和克瑞翁的行为分属神和人设定的法律的两个极端,作为"自在存在"的个体,安提戈涅具有明确的死亡意识。

克瑞翁:你真敢违背法令吗?

安提戈涅:我敢,因为向我宣布这道法令的不是宙斯,那和下界神祇同住的正义之神也没有为凡人制定这样的法令;我不认为一个凡人下一道命令就能废除天神制定的永恒不变的不成文的律条,它的存在不限于今日和昨日,而是永久的,也没有人知道它是什么时候出现的。

450—457 行③

公元前 5 世纪的古希腊社会,神律高于一切,安提戈涅的伦理行为遵从神律,为了家人,为了家族的荣誉,与人律抗争,她的行为虽然受限于家族事件,但就这个国家,由无数个家庭组成的共同体而言,真正的

---

① 转引自 Butler, *Antigone's Claim: Kinship between Life and Death*, New York: Columbia University Press, 2000, p. 2.

② Chanter, Tina, *Ethics of Eros: Irigaray's Rewriting of the Philosophers*, New York: Routledge, 1995, p. 92.

③ 引用的汉译出自《罗念生全集:第二卷:埃斯库罗斯悲剧四种索福克勒斯悲剧四种》(上海:上海人民出版社,2007 年)后文出自同一作品的引文均据此译本,只随文标注出处行数,不再一一注明。

伦理精神恰好在安提戈涅的个体行为上放大了,"在作为政治共同体的国家中,家庭占有真正重要的地位",自然家庭的个人事件——波吕涅克斯走完了公民的生命之旅,而且是"真实和鲜活的生命"——死后的尸体只有通过家人——通常是女性——来完成对亲族血缘的承认。① 德里达在《丧钟》中做了这样的注解:"家庭,伦理生活的自然瞬间,仅把个人作为客体,不屈从于城邦的普遍法律……这个纯粹的个体就是这个死者,尸体,无能为力的影子,对活人的否定……如果家庭事件纯属于个体,对家庭的归属感就只有体现在围绕死者的忙碌上:梳洗死者、办理丧事、守灵、建碑立传、遗产、修改家谱等等。"②安提戈涅认识到这些亲属义务,她把纯粹的家庭个体行为看作唯一能尽手足之情的伦理行为,走出了从家庭到国家,从个人到共同体,从个人到政治的性别分工。她固守个体行为正是由于她对这个行为的伦理性有了直觉认知。安提戈涅说:

> 做这件事,我根据什么原则这样说呢?丈夫死了,我可以再找一个,孩子丢了,我可以靠别的男人再生一个;但如今,我的父母都已埋葬在地下,再也不能有一个弟弟生出来。我就是根据这个原则向你致敬。
>
> 905—913 行

家兄的无可替代性促动安提戈涅走出家庭,对抗作为国家的代表克瑞翁。个体即是政治。安提戈涅以女性"挽歌"来对抗公元前 5 世纪希腊社会的文化传统,在被送进墓穴之前,她感叹"没有听过婚歌",没有"上过新床",没有享受过"养儿育女的快乐"。安提戈涅以自觉的公民身份介入社会的政治事件,观众从她"向死而在"的果敢的告白中更多地看到她是一个向暴政说"不"的政治人物。安提戈涅以死为代价将

---

① Chanter, Tina, *Ethics of Eros: Irigaray's Rewriting of the Philosophers*, New York: Routledge, 1995, p. 96.

② Derrida, Jacques, *Glas*, trans. by John P. Leavey Jr. and Richard Rand, Lincoln: University of Nebraska Press, 1986, p. 143.

第八章　性别与伦理：以安提戈涅为例

属于家庭领域的个体事件转变成了公共事件,用性别抵抗了希腊社会的家庭分工,用血缘伦理意识消解了克瑞翁违反神律的政治原罪。

　　伊利格瑞重读黑格尔的安提戈涅,试图在父权制的象征系统中建构女性逻各斯中心的典范。伊利格瑞不是在外在的象征秩序上建立女性伦理秩序的,而是在差异内部,这里,差异建构在各种差别的交叉处,在褶皱间,这是一种多产的差异形式:"这是如何把他者——妇女——从同一性中剥离出来的问题,如何剥离异他性的问题。"①伊利格瑞把安提戈涅从黑格尔的同一性秩序中剥离出来,演绎成对立的性别差异伦理,试图用母系传统替代父系秩序,安提戈涅必然扮演了这个位移的角色。但是,就这一点而言,伊利格瑞的安提戈涅也具有模糊性和矛盾性。一方面,安提戈涅占据了母系秩序中的位置,但是她对兄弟的膜拜导致她把死置于生之上,结束了自己在母系秩序中占有位置的可能性。另一方面,她没有延续血脉,放弃了生而选择了与死者同逝。在这个意义上,伊利格瑞的安提戈涅没有逃出黑格尔的伦理秩序,她放弃女性想象而宁愿受死的欲望的驱使,选择了守护死者这一普遍性。

第三节　伦理与血亲

　　就家庭与伦理而言,安提戈涅能否算是普遍意义上理想亲属关系模式的典范?安提戈涅的死是否说明政治权力取代血亲伦理的胜利?巴特勒的解读极具新意。她对《安提戈涅》的解读围绕一个颇有争议的问题展开——安提戈涅在血缘关系中到底处于什么位置?这个问题引发了安提戈涅的亲属关系危机。②

---

① Irigaray, Lucy, *The Speculum of the Other Woman*, trans. by Carolyn Burke and Gillian C. Gill, New York: Cornell University Press, 1985, p. 226.
② 血缘关系问题由来已久。1975 年,盖尔·罗宾在其著名的论文《妇女现状》中,就曾提出家族血缘关系是性别权力制度的根源。作为女性政治家,盖尔看到"妇女受压迫根深蒂固",因性别主义而导致的不能"同工同酬",并要求"女性主义者必须展开血缘关系革命"。

首先，巴特勒认为安提戈涅不能代表与国家对立的传统的家庭关系，因为她本身血亲混乱（安提戈涅的父亲也是他的哥哥）。正如歌队旁音的提示："你（安提戈涅）倒在地上，这样赎你祖先传下来的罪孽。"（857 行）。安提戈涅自叹道："我母亲的婚姻所引起的灾难啊！我那不幸的母亲和她亲生的儿子的结合呀！我的父亲呀！我这不幸的人是什么样的父母所生的呀！我如今被人诅咒，还没有结婚就到他那里居住，哥哥呀，你的婚姻也不幸，你这一死害死了你还活着的妹妹。"（858—872 行）巴特勒认为，正是因为安提戈涅占据了这个规范家庭血脉中破裂的位置，才能保持与中心对话，并且游移于规制外的边界上。

> 尽管血缘关系复杂，但是她同时游离在规范之外。她的罪行因为她的血缘关系的混乱而变得模糊起来，她的存在是乱伦行为的后果，这个后果使得她的父亲也成了她的哥哥。在语言上，她占据了除母亲之外的每一个位置。但是"占据"是以打破亲属关系和性别的连续性为代价的。①

巴特勒的安提戈涅挑战了以功利性生育为目的的异性恋家庭模式。巴特勒笔下的安提戈涅似乎证明，仅以非家庭成员作为性伴侣的社会规范不应决定一个人的家庭联系和性取向。然而，乱伦的禁忌"不应该仅是取缔乱伦行为，而应把这种行为看作消解社会规范的一个必要的幽灵，一个使得社会权力网络浮出水面的幽灵"。②

巴特勒的"幽灵"——安提戈涅在亲属关系上再一次制造了"麻烦"。"安提戈涅代表的既不是亲属关系，也不是亲属关系之外的东西，而是在社会重复亲属关系概念时，提供给在社会规范中受限制的亲属关系概念一个解读的机会，而且是对标准规范的一次短暂偏离。"③"短

---

① Butler, Judith, *Antigone's Claim: Kinship between Life and Death*, New York: Columbia University Press, 2000, p.72.
② Ibid., pp.66—67.
③ Ibid., p.69.

第八章 性别与伦理:以安提戈涅为例

暂偏离"的说法直接针对黑格尔的家庭和国家分离论。黑格尔不容许安提戈涅走入自我意识或伦理秩序,因为她属于与国家对抗的领域。将安提戈涅归属于"妇女",因为妇女的诉求不能获得国家的认可,妇女是伦理秩序的反抗和反讽。巴特勒用安提戈涅血缘关系不清的观点质疑社会规范和文化理解力的合理性。她把安提戈涅看作对传统家庭政治的挑战,巴特勒认为这个亲属问题不仅仅是血缘问题而是认可的问题。当安提戈涅声称代表神律时——家庭传统,亲情之爱,社会习俗等等——她展示的这些法律和联系和在国家中以某种形式固定下来的常规一样具有任意性。亲属关系是社会结构中的一种社会关系和社会行为,是相对于自然的一个概念,归属于人类学和人种学范畴。但现代社会中的单亲家庭、同性恋家庭和双性恋家庭的重组凸显出亲属关系的不确定性,这正是因安提戈涅引发了亲属关系危机,也是巴特勒对传统的、千篇一律的家庭模式的反思。这种趋同的家庭价值观,在黑格尔与拉康、公共领域和私人空间、神律与法律、血亲关系和近亲关系之间,寻找它者"偏离"的伦理空间,找开当下文化研究的新的空间。

安提戈涅所代表的非常态亲属关系不仅不符合黑格尔的伦理要求,也不符合拉康象征界亲属关系规范。拉康的主体心理结构分为三界,其中象征界是人类生存的最基本的秩序,被认为是一种表意的语言结构系统,个体要进入社会文化领域,就必须掌握象征界的语言,象征界开创了文化和亲属关系,其权力是无疑的,一旦失败,就只能导致心理变态,不能成为人。俄狄浦斯情节是象征界的核心问题,只有克服俄狄浦斯情节,认同父亲法则才能进入象征界,调节俄狄浦斯情节就是禁止乱伦。安提戈涅很显然不符合象征界的亲属规范。对于巴特勒来说,拉康的象征界观点是规范的代名词,但在某种程度上又是隐蔽的。巴特勒认为没有任何在文化和语言上得以存在的象征秩序,任何试图越界的事物都会遭受真实或符号性死亡——如同安提戈涅。安提戈涅因俄狄浦斯带给她的混乱的亲属关系身份,使得她不符合拉康的象征界亲属关系规范。因此在文化的意义上她已经死去了,她不是一个完整的人(less-than-human)。安提戈涅的死在她自己看来是与那些已死的亲人的婚姻"坟墓啊,新房啊,那将永久关住我的石窟啊,我就要到那里去找我的亲人"。(896 行)对血缘不清的亲属的爱,在文化规范上不可行,注定要通过第二次死亡结束象征界内不容的"偏离"现象。

巴特勒并非想依赖象征界概念来解释文化的基本结构,而是指向社会结构构成的偶然性,这也是拉康的象征界理论无法解释的偶然性问题。对于巴特勒,象征本身只不过是社会习俗的"沉积"。父亲的地位只是理想化身——法律就是父法,父法就是法律。法律的力量,不像语言,产生于自身。对巴特勒来说,语词或能指在空白空间建构起来的真实界充满了规范和表演的力量。但安提戈涅声明要遵循神律,这个语词的超凡力量体现的不是它本身的字面意思,而是指向文化理解力的危机。安提戈涅拒绝了拉康的象征界给她安排的与海蒙结婚生子的结局,她像拥抱婚姻一样拥抱石窟,选择死亡,虽然她没有创建一种新的亲属关系模式,但是她打破了异性恋生育家庭模式,预示功利性生育为目的的婚姻模式不是建构亲属关系的唯一解决办法,安提戈涅欲求打开文化认同的界线,因为这些界线和象征界的法律一样偶然,对规范的短暂偏离似乎昭示两性关系向未来开放。

黑格尔之后的安提戈涅,批评界聚焦在她的性别伦理意识上,黑格尔在国家和家庭间暗指的安提戈涅在共同体中不具备伦理意识,也因此不具备公民身份。伊利格瑞拆解了黑格尔关于性别差异和伦理选择的论证,论证了黑格尔出发点错在仅仅把安提戈涅看作兄妹这个角色上。伊利格瑞的安提戈涅是一个被父权暴君克瑞嗡驱逐出民主进程的政治人物。拉康的安提戈涅逃出了国家和家庭,在"纯粹欲望"(pure desire)的死亡驱力驱使下,安提戈涅坚持自己的欲望原则,表现为欲望的伦理化,第二次符号死亡结束了自己在象征界遭受禁忌的欲望。巴特勒则从黑格尔和拉康那里甄别出安提戈涅的血缘不洁和象征界的界线不清的盲点。用对文化规范的暂时偏离与批评正统的代表们探讨规范的局限性和文化理解力的危机。

第八章　性别与伦理：以安提戈涅为例

这些批评家表达的"安提戈涅情结"并非把安提戈涅变成文化的典范，比如俄狄浦斯，但是通过安提戈涅表达了文化规范外的她在边界上存在的事实。通过安提戈涅，伊利格瑞、钱特、巴特勒等知识分子对规范伦理提出质疑，对规范进行了辩证思考，勾勒出"在亲属关系的边界上文化理解力的局限性"。[①] 安提戈涅血缘关系的混乱，表达了对以异性恋为基准的家庭惯有模式的质疑。这不意味着安提戈涅成为酷儿女性经典，而是成为无法清晰辨识亲属关系的人物。

在美国，从性别伦理角度研究《安提戈涅》的兴趣开始于2000年，当时美国试图实现多种父母形式收养孩子合法性的政治主张。单身的人是否有权领养孩子或未婚生子并自己抚养孩子。在大多数情况下，当然在某处有个生父。但是有些情况，父亲不仅消失了或概念上死去。还有家长不止两个，象征界里的例外情况。也有男同性恋和女同性恋想组建三人或四人家庭，孩子们如果再和继父母生活又形成了新的家庭形式。父母又如何为父为母？面对这些问题，我们不得不要重新考虑我们观念中的家庭概念。安提戈涅成为政治人物，因为她挑战我们已有观念中关于出身和血缘的坚不可摧的社会文化背景。但是需要指出一点，同性家庭领养孩子会威胁到心理分析理论中对于规范的默认前提。

实际上，伊利格瑞、德里达、蒂娜·钱特和巴特勒等人解读的不是安提戈涅，而是通过安提戈涅来解读自己，虽然多少脱离了古希腊社会背景和悲剧的创作理论，但他们也和安提戈涅一样勇于反抗，承担了以文学的解构主义"介入"政治的批判责任。在对《安提戈涅》的解读实践中，批评家们力图忠实于研究对象，成了德里达所说的"忠实的怪兽"，然而，"忠实的怪兽"最终成了"最不忠实的异端"。[②] 批评家们发出了犹

[①] Butler, Judith, *Antigone's Claim*: *Kinship between Life and Death*, New York: Columbia University Press, 2000, p.20.

[②] Derrida, Jacques, *The Post Card*: *From Socrates to Freud and Beyond*, Chicago and London: University of Chicago Press, 1987, p.24.

如安提戈涅一样微弱的声音:安提戈涅预示着性别向未来开放。这个古希腊的经典悲剧在2500多年后的性别批评家的笔下成了充满希望的一出喜剧,而对《安提戈涅》的"改写"似乎表明了西方实现自由民主的社会理解力的可能。

第四节　伦理与它者

通过安提戈涅,巴特勒等批判型知识分子对规范伦理提出质疑,对规范进行了辩证思考,勾勒出"在亲属关系的边界上文化理解力的局限性"。① 安提戈涅因拒绝认同异性恋的社会习俗结束了自己的生命。性别批评家解读的《安提戈涅》并非要把安提戈涅变成文化的典范,而是期求通过安提戈涅表达文化规范的局限性和她在公共生活边界上存在的事实。

面对"9·11"事件之后美国少数族裔的流散性问题和文化身份的重新"认定"问题,她提出了伦理"它者"的生存策略主张。正是在回归列维纳斯的"他者"哲学思辨基础上,巴特勒提出了"它者"的"文化生存"的概念。其实,早在《性别麻烦》的结尾处,巴特勒就提出"性别是一项关于文化生存问题的工程"。② "文化生存"不仅指操演的个体有义务浮出异性恋矩阵中权力/知识框架,更为重要的是提示表演主体认同和建构的过程正是成为维护这个框架运转的必要的同谋,"我成为性别化的我是为了生存,而性别化了的我与异性恋合谋共建了主导的性别体系"。③

巴特勒通览黑格尔、列维纳斯、德里达、阿甘本的理论,理顺一条关

---

① Butler, Judith, *Antigone's Claim: Kinship between Life and Death*, New York: Columbia University Press, 2000, p.20.
② Butler, Judith, *Gender Trouble: Feminism and the Subversion of Identity*, New York and London: Routledge, 1999(1990), p.138.
③ Ibid., p.139.

第八章　性别与伦理：以安提戈涅为例

于与自我对应的"他者"的美学——自我意识的自足性需要一个他者的在场。这个自足的自我主体不是传统意义上的自我，而是一种伦理他者，一个大写的他者（Other），并非一个小写的他者（other）。小写的他者表明自我依赖他者，是被我所吸收和同化的对象，大写的他者乃是因为其异他性（Alterity）而不能被对象化的东西。巴特勒回溯到伊曼纽尔·列维纳斯的他者伦理学，在颠覆传统哲学引以为自豪的主体概念上，从他者出发，进行了一系列重构、拯救伦理主体性的工作。列维纳斯的他者是确定的他者，需要借助语言或某种媒介提出主张，被引导一个答案，一种责任感。正如盲人需要语音引导去完成被指称的询唤结构。但是，这种询唤结构通常依赖已知的存在的某种语言、习惯或媒介，这个被询唤的结构被划定的边界总有未被命名和指称的空隙，在有误的询唤和个人的错位感之间的窘境，找到"我们"这个称呼的意指和"我们"所处的临时性。

不同于列维纳斯的绝对他者，巴特勒的伦理它者存在于政治与伦理间的"相关性"（Relationality）上。通过它者的"介入"，伦理"不再被理解为根植于一个既定的共同体的集体意向或行为方式。① 而是为了回应来自于主体之外的责任而进行的一系列相关性实践，挑战主体和本体论的关于自我身份的言说。实际上，伦理它者指向那些我'不是我'的空间中的行为"。② 伦理的核心问题在巴特勒看来，应该是"如何、是否和以何种方式'让位于'它者"，有关这些问题的伦理反思，并不是回归主体她或他，而是可以理解为"非静止的相关性，一种自我之上越界表现，一种被驱逐出领地和国家的方式用以回应那些自己并不完全了解但也没能选择的言说。从这种伦理关系概念引发出超越民族主义

---

① 保罗·鲍曼：《后马克思主义与文化批评》，黄晓武译，南京：江苏人民出版社，2011年，第6页。
② Butler, Judith, *Parting Ways: Jewishness and the Critique of Zionism*, New York: Columbia University Press, 2012, p.9.

主义的社会和政治义务的重新定义"。①

作为在美国的犹太裔学者,巴特勒以自身的"犹太性"为切入点,把犹太教传统作为她的哲学思想素材,并加以改编和重新塑形,与鼓吹犹太复国主义和重建以色列国家的思潮分裂。她的理论是建立在美国的犹太主义在美国的宗教世俗化和文化多元性的大背景下,为杂居共生的犹太人寻找生存的出路。巴特勒秉承"我注六经"式一贯的政治策略,对犹太素材,《塔木德》《古兰经》等进行非犹太语境下的文化"翻译"工作,并认为:"只有通过从一个临时的矩阵空间中移位、挪用才能使得某种传统在'非我'的领域与他者性接合。"②翻译的工作正是在这个接合的断裂之处起作用,并成为非静止的相关性的工具,使得语言遭遇另外一种语言的伦理境遇。

巴特勒为了使这种文化翻译工作不至于被美国的大熔炉"同化"或"吸收",她提出了文化翻译中的权力问题。巴特勒的这个观点显然受到德里达和斯皮瓦克的影响。翻译的政治和伦理任务是德里达论述翻译的两个重要命题。翻译是政治的,因为翻译依赖语境,而语境则受制于句法、语法、语用环境、社会环境等诸多非自然因素。正因为语境具有这些不确定性,任何语境都是不能完全封闭的,缝隙和裂痕之处,他者得以介入,"既然一个语境是在翻译活动中向它所及范围之外的另一个语境的开放,于是便产生相互的责任问题、负债问题和履行职责的问题"。③

斯皮瓦克则紧随德里达将翻译的政治带入对印度属下妇女的性别伦理的考究中。翻译的过程不仅仅是"词语的换置和意义的传输",一种语言到另一种语言的穿梭更多包括因为语言的修辞性和沉默而生发

---

① Butler, Judith, *Parting Ways: Jewishness and the Critique of Zionism*, New York: Columbia University Press, 2012, p.10.
② Ibid., p.12.
③ 陈永国:《从解构到翻译:斯皮瓦克的属下研究》,《外国文学》2005年第5期,第39页。

第八章　性别与伦理：以安提戈涅为例

的"偶然性""任意性"和"不规整性"。挪用修辞性重置在恰当的语境和位置上，完成历史的书写。巴特勒受到启发，在西方智识传统链条中寻找"未解决的"和"没有授权的"知识"缝隙"和"裂痕"。从违反常规、偶然的偏离轨迹中考察传统的认识论框架。在这个意义上，"翻译上演一出与任何已有学科的认识局限遭遇战。（翻译）将这个学科带入一种危机，一种使用任何策略都无法同化和消融差异的危机"。① 巴特勒正是从这个意义上，将犹太教的话语文本素材"译成"公共话语和议政与反思的民主模式，"意在抵消宗教话语，支持公共话语转码"。② 这个隐含的意义表明"宗教是一种特殊主义③、部落制或是社群主义，必须译成（原文加重点）通用和可理解的语言以确保在公共生活中合法和受限区域"。④

巴特勒超越德里达和斯皮瓦克的文学翻译和文学批评的语言转换实践，将有关犹太性的历史"流放"译成或者说建构成为当下的"流散"意义，"做一个犹太人就需要背离自己，走进非犹太人的世界，这注定要在无法逆转的霸权主义秩序内开启一条伦理和政治之路"。⑤ 这也是巴特勒对斯皮瓦克"翻译是权力的领域"在当下的思考。或者，如塔拉尔·阿萨德（Talal Asad）所说，文化翻译的实践"不可避免陷入权力之

---

① Butler, Judith, *Parting Ways: Jewishness and the Critique of Zionism*, New York: Columbia University Press, 2012, p. 13.
② Ibid., p. 16.
③ "普遍主义"（universalism）和"特殊主义"（particularism）这两个概念，在文化、政治、文艺、宗教、法律等领域都有所应用。在哲学上，这两个概念分别是指知识或价值观的普遍性和特殊性：知识是事实判断，在认识论上的相对主义与反相对主义之争，涉及有没有普遍有效的知识的问题；价值观是价值判断，在道德领域的普遍主义和特殊主义之争，涉及有没有普遍适用的价值观的问题。
④ Butler, Judith. *Parting Ways: Jewishness and the Critique of Zionism*, New York: Columbia University Press, 2012, pp. 13—14.
⑤ Ibid., p. 15.

争"。①

　　巴特勒并非反犹太复国主义,而是借助犹太人的文化特性,进一步延伸她的"它者"伦理理论在文化研究上的可能性,这也是巴特勒对政治伦理批评的贡献。因为她在谈论犹太人的文化生存问题时,所把握的正是人的政治、文化以及日常活动所具有的伦理特征,具体指向主体间的关系。就犹太性的"文化共识"(Cultural Intelligibility),巴特勒认为犹太人和宗祖国当地人共生的问题不应是文化同一性的问题,而是社会多元主义造就的结果之一。如何从自我赞扬式的犹太精英主义思潮(Jewish Exceptionalism)转到非犹太人(Non-Jew)的建构是巴特勒为解决美国的犹太人散居性和无根性的当下策略。她并非批判犹太复国主义,而是提倡超越绝对的犹太性以便在激进民主主义国家内构设犹太人与宗主国人民共荣的更广泛和以人为本的伦理文化理想。

　　巴特勒把因性别而起的世纪末的理论论战看作一个哲学"问题"。在哲学论述中,是什么构成了"人的主体"是个永恒命题。在有关性别的伦理思考中,性别如何形成又如何区分? 人是如何通过生理性别、社会性别或性别取向等稳定化的概念确立自身的性别"身份"? 这个"身份"又是如何支配主体并认同"文化共识"的规制? 那些规制之外的"不一致的"或"不连续的"幽魂如何存在? 这些都是巴特勒消解性别和重构主体的最初疑惑,也是这些问题使得她把性别作为"问题"进行批判性思考和重构主体的解放伦理意义的出发点。

---

　　① Asad, Talal, "On the Concept of Cultural Translation in British Social Anthropology", *Writing Culture: The poetics and politics of Ethnography*, edited by James Clifford and George E. Marcus, Berkeley: University of California Press, 1986, p.15.

结　语

性别何为？

　　结束本书的论述之前，笔者想对性别批评可能的走向做个人的思考。对本质主义传统的清理中，女性主义在颠覆性别本质的同时批判父权政治，而对女性本体的取消却使其陷入解构的迷宫。性别消解与去政治化倾向，造成当代女性主义面对性别批判与学术价值的矛盾。要解决利益与价值、批判与学术之间的矛盾，女性主义势必要彻底摆脱性别对立意识，在重塑女性主体的基础上回到理性的性别研究轨道。

　　由于性别本体的消解与政治诉求的缺失，女性主义，一直困于"男权解构"与"自我他者化"之间，成为一种徘徊"在路上"的批评实践。其实，男性与女性原本处于一个社会文化共同体，各以对方为存在前提，两性之间的差异既是性别本质论的直接根源，也是性别主体性确认的唯一途径。在这个问题上，斯皮瓦克所提出的"策略上的本质主义"，或许是"自我他者化"解构逻辑中某种回归性别本体的暗示,或许是女性主义对性别本质所做的某种策略上的改进。但无论如何,"策略上的本质论"这一提法已经表明:性别反本质主义与女性主义批判本体论的解构决不应该以消解女性主体为代价,女性主体性的重建也不能沿用传统性别本体论中二元对立模式。关于性别主体的建构,阿·索伯提出这样的设想:"当前界定的男女的概念相互排斥,我们有必要考虑一种不再适用于上述分类模式的双性的人:既非男性,亦非女性,但是'人'。这种人超越了旧的性别分类,故得以发展现今的旧框架中被否定或异化的各种积极的人类潜能。"①当代女性主义者莫尼克·维蒂格则鼓励放弃"女人"的概念:"父权制的秩序不只是意识形态的,也不仅仅在于单纯的'价值'领域;它形成了一种特殊的、物质的压迫。要揭示它的存在,暴露它的机制,必须摈弃'女人'的观念,即要对那个为压迫的目的而把性别划分强加给人类的事实进行谴责。"②她认为,就连女人的身体也是社会造成的。女人并没有任何"天生"的成分,女人并非生来即是女人。她反对某些激进女性主义者对所谓女性气质的讴歌,主张真正的女性解放不仅要超越自由主义的男女机会均等的境界,而且要超越激进女性主义的女性优越论。在维蒂格看来,真正的解放要消灭作为阶级的男人和女人,在她理想的新社会里将只有"人",而没有女人和男人。后现代主义重要思想家拉康批判了弗洛伊德式的本质主义(Freudian essentialism),主张以话语为中心而不应以生理解剖学为中心来建构性别差异的意义。他特别提出并质疑包括俄狄浦斯情结和阉割焦虑等理论。维蒂格的思想引起后现代女性主义的共鸣。维特根斯坦的反本质主义的思想也受到女性主义的重视。反对本质主义的后女性主义不赞成力比多(性动力)理论,也不赞成所有人最初都是双性恋(bisexual)的理论。因为这些理论都是假定性是生活的中心,而且假定性的动力是

---

① 王先霈:《文学批评术语词典》,上海:上海文艺出版社,1999年,第619—620页。
② 转引自Moi, Toril, *Sexual/Textual Politics: Feminist Literary Theory*, London & New York: Routledge, 1985, p.83.

结语 性别何为？

超越时间和空间的普遍存在。

上述先知先觉们都意识到这一点：父权制政治总是相信存在一种真实的女性本质。诚然，女性本质是解构二元性别对立、自我他者化的起点，性别差异既是她们批判的目标，也是她们赖以存在的平台。但是，某些女性主义者重新拾起"男强女弱"的固有形象，或者为防止男性女性主义者盗取女性主义成果，坚持批评主体的女性单一性，将自己包装成"被消声"的"弱者"或"他者"，用被同情的弱势群体视角向"男性中心"发起"边缘"群体的攻势。笔者认为，女性自我意识的重建要建立在拆解性别本质论的基础上。也就是说应该以承认两种形式的自由为前提：不仅要肯定男女禀赋的自由，也要鼓励男女两性各有所长的自由。只有首先还原女性作为"人"所具有的主体性，并在此基础上给予女性与男性平等的自由和权力，才能在两性关系中真正实现女性自我的完善，而最终达到男女两性的和谐共处的理想状态。

单一的"性别"视角并不存在，专用于女性文学批评的方法也是没有的，更多的是一种多层面、跨学科的"性别诗学"（gender poetics）。性别诗学以性别价值取向为基本分析要素，把"性属"作为社会身份的重要组成部分，将性差异作为文学研究的基本坐标，对文学艺术中的性别因素做诗学层面的解析和研讨。性别理论研究作者、作品及接受者性别角色的复杂性，探讨由性别、种族、阶级、性取向、时代及经济等因素所铸成的性别角色与身份之间的交叉与矛盾，挖掘男女两性特殊的精神底蕴和文学的审美表达方式，并试图说明其产生缘由，突出文学的"性别"和两性平等价值。"性属"应指与一个人的生理性别相关的各种文化联系，是由一系列社会建构、解构与重构出来的关系。这必然要求我们将男女两性都放到更广阔的文化背景中去理解。讨论对象除文学外，还涉及其他一切文化传媒，包括了对影视、广告、绘画、摄影等诸种文化传媒做出评价，对这些文化生产及传输过程所吸引的如潮受众加以关注,从性别向度进行解析。①

两性如何相处的古老话题,落到实处还是女性个体如何看待"自我"与"她我"关系的问题上。虽然女性解放和知识无关,也不轻然放弃知识的授予和心智的开化,但女性个体的主体性的提升和意念最终是要幻化为女性自我的"觉"上。也就是说,21世纪的女性对"自我"的体认应该放在对自我心灵的滋养和智识品评的修养上,纵然"男女平权""婚姻自主""姐妹情谊""经济独立"等等口号或理念一直在教条式地言说"解放女性"的内容,但真正切中女性的"主体性"应该是用自己的努力实现对整个社会和人生的真切的探问和穿透性的把握。肖沃尔特用自己的批评理路打开了提高女性意识和建构批评理论的一扇"她我"之门,作为女性的"我们",更应该叩问内心,关注人的价值祈求,反观自照的心灵。

尽管女性主义批评的确改变了现存社会的两性格局,但反观"自我",女性不仅只是一个自然存在、社会存在,更重要的是一种精神存在,与男性一样,自我也应该有着独立思考个体生命价值的能力和祈愿,理应拥有向往个体自由的心灵,找寻生命的支撑和存在的意义,女性作为"类"而存在,更应凸显她的差异性和个别性。受女性性别意识点化的"自我"有了精神储备才有了它的向之凝聚的而得以生机不败的精神重心。平静而淡泊地看待事物,不为世风所动,坚守自己品操,才能不迷失自我,执着于受心灵感召的"自我",唯有这样,女性才能在已经赢得的几乎所有公民权利的时候,还能保有心灵解放和精神自由的灵魂,守住"自我拯救"和"人性关照"的希望。

---

① 苏红军、柏棣主编:《西方后学语境中的女权主义》,桂林:广西师范大学出版社,2006年。书中收录了后女性主义的文化批判的经典文论文章。

附录一

伊莲·肖沃尔特的研究要略

伊莲·肖沃尔特在美国性别文学批评中占有重要一席。她的论述在很大程度上代表美国性别文学批评风格，与法国女性主义批评心理分析倾向浓重相比，她的"女性批评"思想更加注重社会实践和现实，"理论"的味道也少一些。作为普林斯顿大学英文系的教授，肖沃尔特长期从事文学批评研究，对于各种理论较为熟悉。这使她一直洞悉美国女性文学批评发展的方向，她的著述也对美英女性主义批评产生了重大影响。1977年出版的《她们自己的文学——从勃朗特到莱辛的英国女性小说家》(*A Literature of Their Own*：*British Women Novelists from Bronte to Lessing*，1977)，奠定了她在女性主义文学批评界的声誉。之后，她相继发表了两篇重要论文《走向女性主义诗学》("Towards a Feminist Poetics"，1979)和《荒野中的女性主义批评》("Feminist Criticism in the

美国性别批评理论研究

Wilderness",1981),从理论上对女性主义理论的建构做出纵览式的梳理,对西方女性主义批评产生了不可替代的影响,并促成女性主义文学批评在美国文学界的繁荣。进入 90 年代,她相继发表了几部重要著作《性别混乱:世纪末的社会性别与文化》(Sexual Anarchy: Gender and Culture at the Fin-de-siecle,1990)、《姐妹们的选择:美国女性写作的传统和变化》(Sisters' Choice: Tradition and Change in American Women's Writing,1991)、《癔病史:流行性癔病和现代传媒》(1997)(Hystories: Hysterical Epidemics and Modern Media)、《创造她自己:追索女性主义知识传统》(2001)(Inventing Herself: Claiming A Feminist Intellectual Heritage),在文化研究、社会学、心理学等领域进一步丰富、补充和匡正她在 80 年代初创立的"妇女中心批评"(gynocritics)。这一学说旨在放弃对男作家作品的分析,而注重分析女作家作品,尤其分析她们作品之间的差异,以挖掘个人和集体的女性文学传统之心理动力的文学批评实践。此外,她主编过十余部影响深远的论文集,如《新女性主义批评》(New Feminist Criticism,1985)、《谈论性属》(Speaking of Gender,1989)、《细说妇女:19 世纪美国妇女短篇小说》(Scribbling Women: Short Stories by 19th Century American Women,1997)等,并在《符号》《美国文学史》《妇女研究》等女性主义理论"阵地"发表过数十篇关于英美小说理论的论文。2009 年,她整理了一份美国妇女文学断代史(A Jury of Her Peers: A Literary History of American Women Writers 1650—2000),与英国妇女文学史《她们自己的文学》齐名,完成肖沃尔特为建构英美妇女文学史的夙愿。

作为女性主义文学批评的创建人之一,伊莲·肖沃尔特为当代性别文学批评在美国的建构所进行的努力,功不可没。肖沃尔特近三十年悉心构筑的"女性批评"大致沿着这样一条主线展开:甄别女性主义批评的"荒野"之丘→建构"以妇女为中心"的合一理论→拓展"女性批评"的精神病学和文化批判的外延→突破"后学"语境下"女性批评"的困厄之围。

附录一　伊莲·肖沃尔特的研究要略

一、"女性批评"的界定

"女性批评"是肖沃尔特受到艾丽斯·贾丁(Alice Jardine)1982年发表的一篇文章的启发,自创的新词。贾丁所用的"gynesis"是指把女人放进话语,表现女性的特征、作为新的必要的思维、写作和言谈方式的不可分割的部分。肖沃尔特取用其基本词意,新造出一词gynocriticism。狭义地说,她讲的是妇女从事的、关于妇女的批评研究,着重对过去的文学传统进行解构,期待建立一个分析女性文学的架构,发展以研究妇女经验为基本的新模式,关注的焦点不是作为客体,而是作为文本意义生产者的妇女。学界的译法不尽相同,"女性中心批评学""妇女批评学"等,根据刘象愚先生翻译的拉曼·塞尔登的《当代文学理论导读》(北京大学出版社,2006年)中的译法,"女性批评"最为贴切地从女性经验角度探讨女性作家创作传统。因此本成果采用"女性批评"。

作为美国长期耕耘在女性主义批评前沿的学者,肖沃尔特用自己敏锐的视角跟踪女性主义文学批评和理论近三十年的发展。她的著说留下了她女性主义批评和理论实践的艰辛探索和治学理路的痕迹:她细察1840—1960年之间英国文学中排斥于"经典"之外的女性作家作品,以挖掘女性个人和集体的女性文学传统的心理动力的文学批评实践;女性文学"三阶段"的划分、对女性文学传统的独特性和连续性的亚文化式考察;女性主义文学批评在社会学、心理分析学、政治学、哲学的延伸性对话和文本梳理的尝试;对女性主义文学理论的归类和定义;对女性所处的父权社会主流文化中的边缘(但并非游离其外)的"神秘又可怖的荒野之丘"的定位;对文本中流露出的女性特有的意象、经验、主题、隐喻和性别危机的分析和赋予其阐述合理性的努力等等。上述肖沃尔特的影响力和理论洞见足以昭示她作为女性主义文论家超凡的意志和智识。她在女性主义批评发展进程的每一个阶段都留下自己坚实的探索足迹,或重或淡、或耀眼或无闻,或是具有开荒精神,或是一种坚持和守候，30年的批评实践和理论思辨的点滴，如同乔·道林（Joe Downing）拼贴绘画艺术，经过时间的历练和历史的沉淀方能透出它的基调和画像。笔者愿将上述肖沃尔特在女性主义文学批评的理论所有的探索，视为她所创立的"女性批评"学说的精粹。

首先，肖沃尔特卓有远见地区分了两类女性主义批评形式："女权批判"和"妇女中心批评"。在女性主义批评还是一片"荒野"的时候，肖沃尔特率先识别到符码化的性别角色的人为性质，质疑"男支女配"的菲勒斯批评对女性的遮蔽、歪曲和丑化。她把女性主义批评先期对批判男性文本中对意识形态的种种假设（如波伏娃、米利特、艾尔曼等），归类为"女权批判"：一种以妇女作为读者的"女性阅读"研究；女性主义者的这种对文学现象的"清理"和表达"愤怒"的任务，一旦作为模式固定下来，不免沦为多种批评阐释形式中的一种，逃不出男性文学史线性发展的绝对化，无形中成为男性中心传统的共谋。因此为摆脱女性"沉默"和"被动"现状，她大胆主张发展以女性经验为基础的新模式，研究作为作家的妇女的女性写作研究——"妇女中心批评"。肖沃尔特对女性主义批评的两种模式的区分将女性这个一直被遗忘和掩埋的性别维度引入文学研究的视野，发展了接受美学与读者反应理论对读者参与作品的再创作并不断与之对话往来的一个全新范畴，继而开垦出文学研究的一片荒地，"为社会性别确立为文学分析的一个基本要素打下理论基础"。[1]

对女性创作的特殊语言和风格的关注、对女性想象和女性作品中存在的意象、文类、主题和情感表达的连贯性的研究，使得女性主义批评发现一部被占主导的父权价值观掩盖的"她们自己"的文学史。肖沃尔特首先提出建立"妇女文学史"，把焦点放在一批数量惊人的无名女性作家和作品上，用女性特殊的眼光一次次重审过去，铸造女性的性别

---

[1] Showalter, Elaine, "Feminist Critical Revolution", *New Feminist Criticism*, edited by Showalter, New York: Pantheon, 1985, p.3.

意识。她以女性文学历史标注女性意识成长的三个阶段——女性气质、女权主义阶段和女性阶段,来描述女性意识从模仿到反抗再到自我定义的性别觉醒和自我发展的过程。她对"妇女文学史"的挖掘和建构"颇具创造力",作为女性亚文化的文学贡献的分支,"肖沃尔特把女性文学界定为具有自己类型、主题、形象及相关的亚文化研究,这一界定为女性主义批评提供了一个基础,使得女性主义批评可以抵制这一领域中的许多反历史倾向"。[①]

二、国内外研究现状

学界对肖沃尔特的关注开始于80年代。80年代初期,评论界集中探讨她的"发掘妇女文学传统""女性亚文化""女权批判""妇女批评""女性主义文学理论建构"等论说。首先当属陶丽·莫伊对肖沃尔特的开山之作《她们自己的文学》的诟病。莫伊针对她在《她们自己的文学》中对伍尔芙的评价进行反批评,指出以肖沃尔特为代表的美国女性主义文学批评在理论上的欠缺。[②] 澳大利亚男性学者K.K.鲁斯文在《女性主义文学研究:导论》(1984)中专门用一章来评述肖沃尔特的"女性亚文化"三个阶段的划分、"妇女文学传统"和美国"女性批评"整体状况。[③] 珍妮特·托德认为从语言上讲,肖沃尔特的"女性批评"与其说"解构",不如说在建构女性主义理论,她认为肖沃尔特所作的序言宣告

[①] Greene, Gayle and Coppelia Kahn eds., *Making a Difference: Feminist Literary Criticism*, London and New York: Methuen Co. Ltd., 1985, p.50.

[②] 肖沃尔特在1997年再版的《她们自己的文学》序言中回应了莫伊的批评。她认为《她们自己的文学》的理论支柱来自于对文学、现实、性别以及文学经典的不同态度和处理方法,她在自己书中谈论的问题具有历史和文化的维度,并非哲学和语言学的后结构主义理论式的考察。

[③] Ruthven, K. K., *Feminist Literary Studies: An Introduction*, Cambridge: Cambridge University Press, 1984, p.12.

美国性别批评理论研究

美国女权批评理论多元化系统开始形成。① 另外,莎拉·弥尔思根据朱丽亚·克里斯蒂娃对女性主义文学理论三个阶段的划分,寻找和扩展60—80年代的女权主义理论文学批评实践。"女性批评"作为其中的第二阶段,她论证了肖沃尔特提出的"双声话语",并用这一理论,从女性主义文化批评策略角度重新阅读琼·里斯《藻海无边》和玛格丽特·阿特伍德《浮出水面》。

80年代中期—90年代初,评论界对肖沃尔特等早期女性主义批评的简约主义和"分离主义"倾向提出质疑。在一片声讨"差异"的性属研究当中,肖沃尔特的理论盲点遭到责难。她要在女性写作中找到了女性家族的"同一性"但是也掩盖了"差异",正如男性"伟大传统"剥夺女性家族一样,"铁板一块"的女性批评反而成为父权制的同谋。不论是清算菲勒斯中心批评偏见的"女权批判"还是强调女性写作传统的"妇女中心批评",都是把父权制关系"作为女性地位和边缘经验"加以对照;它的确引发了有关阅读的革命,但对于读者经验的要求实质上是替换或摧毁男性批评概念和规则,这种"经验"总是"分离的""双重的"和"对立的"。后现代主义文化思潮的反权威、去中心、反对宏大叙事的哲学视野和语境中,肖沃尔特的这种同质、整一的女性概念遭到有色妇女、第三世界妇女及同性恋者的挑战。陶丽·莫伊指出她的女性主义研究流露出白人中产阶级异性爱的霸权倾向,她将缘起于边缘写作的妇女写作类比为文化系统中的亚文化,却忽视其内部阵营中的种族、阶级、地域与同性爱的差异。

国外研究肖沃尔特的单篇论文,就笔者所见,仅从 Gale Group、Google 学术分站上搜索到的期刊论文有近百篇,主要涉及女性主义视角、女性批评学、妇女文学传统、性别研究、美国黑人女性主义批评和同性恋批评话题。在 PQDD 上搜到的学位论文引用肖沃尔特的有二十多

---

① 珍妮·托德(Janet Todd)在1988年出版的《女权主义文学批评史:抗辩》中对肖沃尔特《她们自己的文学》《走向》和《荒野》,以及她主编的《新女性主义批评》进行评论(散见于这本著作的三个章节)。

附录一　伊莲·肖沃尔特的研究要略

篇,但大多数是论述女性主义文学理论和批评的某个批评家、流派研究时关涉到肖沃尔特和其学说。目前,未见有关肖沃尔特的专著或博士论文。但总体而言,国外的肖沃尔特研究比起国内来说,视角多样,对她创作语境的把握准确,尤其对肖沃尔特90年代末到世纪之交的专著评述较丰富,呈现出跨学科、多元批评视角,这些论文无疑开拓了笔者的研究思路。

在国内,美国女性主义理论界受到重视,但国内对美国性别批评理论的整体的研究和译介起步比较晚。虽然国内有些学者对肖沃尔特的"女性批评"有所关注,但大多停留在对其观点的评介和重要论文的翻译上。中国内地对她的译介始自20世纪90年代初。王逢振等编译的《最新西方文论选》(1991)按西方文学批评理论流派,收录并译介26篇有代表性的文论,其中收录女权主义批评两篇,当中肖沃尔特是重点介绍的文论家。之后,对于她的著述的译介,散见于有关西方女性主义理论评介著述中,而深入的研究并不多见。① 这类著述大多只是把肖沃尔特、吉尔伯特和古芭作为美国女性主义文学理论的代表人物提及,篇幅并不大,大多涉及她的《她们自己的文学》中女性"亚文化"说、文学实践中"妇女形象"批评、女性中心批评、美英女性主义文学批评的理论话语的探索与建构,或者收录她的重要论文的译文等。

1996—2015年间,国内以美英女性主义文学批评为研究对象的学术论文共有27篇②,当中仅有两篇以肖沃尔特为主题的评介性文章。这些论文大致可以分为几类:一类是以美英女性主义文论近三十年的

---

① 如张京媛主编《当代女性主义文学批评》(1992),康正果专著《女权主义与文学》(1994)、鲍晓兰主编《西方女性主义研究评介》(1995,书中收录了刘涓著《从边缘走向中心:美、法女性主义文学批评与理论》),张岩冰著《女性主义文论》(1998),罗婷著《女性主义与欧美文学研究》(2002),西慧玲著《多重主体的自我命名:女性主义文学理论研究》(2002)、《西方女性主义与中国女作家批评》(2003),杨莉馨著《西方女性主义文论研究》(2002),林树明著《多维视野中的女性主义文学批评》(2004),谢景芝著《全球化语境下的女性主义文学批评》(2006),柏棣主编《西方女性主义文学理论》(2007)等。

② 此处相关的统计数字来自"中国期刊全文数据库"检索的结果。

美国性别批评理论研究

线性历史发展的脉络做经验式的巡礼,聚焦于文学文本中父法魔力和权力之争进行性别意识的清理,即肖沃尔特"女权批判"(Feminist Critique)的对象,涉及"妇女形象"批评、解构男性中心的文学传统框架,重建女性文学史。① 一类是近年来研究美英女性主义文论的理论建树的评论,分别从文本分析和文化分析一体化批评模式、女性阅读与写作理论对话(英美"镜子"式和法国"妖女"式批评)、他者妇女的身份政治(黑人和女同性恋文学批评)为突破点进行论述,积极建构肖沃尔特倡导的"女性批评"。② 另一类就女权主义文论的派别进行时间划分和异同类比,李小林的《颠覆男权传统的话语》(《浙江大学学报》人文社科版2001年1月)就是一例。还有一类是考察当前女性主义文学批评的全球化处境,打破女性主义文论的国别限制,探讨女性主义文论的多元模式、越界生存可能性和现状,大致勾勒出女权主义文论发展前景。③ 总的说来,肖沃尔特在学界的研究还是较为落寞的。

通过回顾和梳理近十几年来国内外的先行学者的研究历程,笔者发现存在如下几个问题:(1)研究的重心失衡问题 国内的文学批评界,过于集中谈肖沃尔特的《她们自己的文学》,在女性主义文论整体研究时,有关她的引证和研究视角上出现趋同现象。除程锡麟的《当代美国小说理论》触及肖沃尔特的女性主义小说理论外,国内基本上未见她的小说理论的评介;(2)研究的盲点问题 虽然肖沃尔特以女性主义批

---

① 如秦喜清《谈英美女权主义文学批评》(《外国文学评论》1986年第2期)、王逢振《既非妖女,又非天使——略论美国女性主义文学批评》(《外国文学评论》1989年1月)、莫文斌、罗艳《英美派女性主义文学批评论》(《求索》2005年2月)、陆道夫《英美女权主义批评的诗学贡献》(《广东民族学院学报(社科版)》1996年第3期)、秦喜清《爱莱恩·肖沃尔特与"妇女批评"》(《外国文学评论》1985年)、顾红曦《伊莱恩·肖沃尔特对美国女权主义批评的贡献——美国著名女权主义批评家巡礼之一》(《广东民族学院学报(社科版)》1997年第3期)。

② 如马睿《跨越边境:西方女性主义批评的理论突破》(《外国文学研究》2001年第2期)、杨俊蕾《从权利、性别到整体的人——20C欧美女权主义文论概要》(《外国文学》2002年9月)。

③ 如杨莉馨《契合与分歧:女性主义文论与后现代文化》(《南京师范大学文学院学报》2003年12月)、黄华《后现代主义语境下的女性主义文学批评》(《中华女子学院学报》2003年6月)、申富英《女性主义批评≠性别批评》(《解放军外国语学院学报》2004年5月)。

评家的身份声名鹊起,但她近十年的理论专著,如前所述,大多涉及文化研究、精神病学分析、性别和身份归属等问题,《性别错乱》中的神话、隐喻和性别危机在英美文学、艺术和电影中的表现,《癔病史》女性主义在精神病学中的延伸等,这部分国内研究尚未或很少触及;(3)研究缺乏系统性国内对肖沃尔特的研究缺乏对其生平、思想、创作相结合的系统研究,对其批评理论的发展脉络、她的理论和后现代诸多理论的对话和衔接的研究还不够;(4)译介的力度不够首先,目前肖沃尔特理论专著的中译本不够。除《她们自己的文学》(2012年由韩敏中教授译出)以及《女性之病:妇女、疯狂与英国文化1830—1980》之外,未见其他著作的中译本。尤其她在世纪之交出版的女性批评的文化批判著说《姐妹选择》和《性别错乱》等,至今未见中译本,但是,近年,北京外国语大学的金莉教授在美国女性主义文学批评领域的著说不断,贡献显见。她先后出版了《文学女性与女性文学》(2004)、《20世纪美国女性小说研究》(2010)以及《美国当代女权主义文学评论家研究》(2014)。这些都是她在美国性别文学评论界产生了重大的影响的论著,加之金教授评介肖沃尔特的新著《她的同性陪审团:从安妮·布雷兹特利特至安妮·普鲁克斯的美国女性作家》(2009)并编著美国女性文学汇编资料使得美国女性文学批评成为学界新的批评增长点和焦点。

三、"女性批评"的功过

有人称伊莲·肖沃尔特是美国女性主义文学批评之母。这种说法不乏赞誉,不仅因为肖沃尔特的求学之路可以说是和美国妇女解放运动息息相关,更重要的是她的学术追求和美国女性主义批评的浮出和发展(70-90年代)几乎同步。作为铺垫,如前所述,对美国妇女运动的第二次浪潮和美国性别批评的回顾,可以凸显肖沃尔特在广义上的社会运动与女性主义批评线性的进程表中,个人的思想发展轨迹。正如肖沃尔特在《女性主义批评的革命》中概述美国女性主义文学批评发展轨迹:"从关注妇女在文学上的从属地位、所受的歧视和排斥等问题,过渡到对妇女自己的文学传统的研究,继而引向文学话语中性属和性征的象征性建构研究。"①从中,我们可以看出她自己的批评理论大致也是沿着这样的轨迹发展的:从对男性创作的重新阐释和评价走向对妇女创作的评论与总结;从对女性诗学的探索到女性写作理论的建构;由文本个案研究深入到文化批判的基本走向。

据肖沃尔特自己的回忆,她是在1969年参加妇女解放运动并开始教"妇女与文学"这门课程时,才真正加入女性主义批评的行列,才开始用行动诠释"个人的就是批评的"(the personal became the critical)女性主义主张。② 早期,她受到女性主义先知如波伏娃和艾尔曼作品的启发和熏陶。从她们的著说中,肖沃尔特读到这样一种信号:在妇女运动之外,女性主义诗学独立和拒绝批评权威的历史可能性。事实也如此,她们所揭示的潜藏在父权制文学文本、文学现象、文学观念和文学表述中的性别暴力,带动了女性主义批评的"女权批判"的第一个高潮。肖沃尔特在《荒野中的女性主义批评》一文中,提纲挈领地指明当时的女性主义批评的起步阶段是集中揭露现行文本中的父权中心本质,打造女性性别意识、培养抗拒性读者。但她同时提醒说"女权批判"实质是一种修正式的阐释模式,女性主义者下一步应该做的是走出男性批评的阴影,转向妇女为中心的、独立的、智识传统上连贯的以妇女为中心的批评——"妇女中心批评"。这时的肖沃尔特表现出强烈的反传统、反主流批评的姿态。她把美国女性主义批评的矛头从作为读者的妇女转向作为作者的妇女,这一转向成为妇女读者、作家和批评家将不同于男性的感知方式和心理预期写入自己的文学活动的契机,深深改变了文学研究领域中对传统的假定。③ 肖沃尔特的《她们自己的文学》正是

---

① Showalter, Elaine, "Introduction: The Feminist Critical Revolution", *New Feminist Criticism*, edited by Showalter, New York: Pantheon Books, 1985, p.10.

② Showalter, Elaine, "Women's Time, Women's Space: Writing the History of Feminist Criticism", *Tulsa Studies in Women's Literature*, vol.3, 1984, p.33.

③ Culler, Jonathan, *On Deconstruction: Theory and Criticism after Structuralism*, London & Henley: Routledge & Kegan Paul, 1983, p.132.

附录一　伊莲·肖沃尔特的研究要略

重新梳理文学理论和文学批评史的经典之作,这也使得肖沃尔特成为美国女性主义批评的领军人物。

从性别意识入手重构文学观念的尝试引发了对女性主义诗学的探索。进入80年代,由于美国妇女研究的发展、欧洲文学和女性主义理论的影响,以及专门研究哲学、语言和心理分析学中的"女性性征"(feminine)和"女性本原"(gynesis)批评传入大西洋彼岸,美国女性主义批评出现了两种理论倾向:以肖沃尔特为代表的"妇女中心批评"和受法国女性主义批评影响而在美国的追随者艾丽斯·贾丁(Alice Jardine)为主的"女性本原"批评。前者,笼统地说是一种社会——历史批评,它考察女性写作如何真实地发生,在包括种族、阶级和国别等多元因素内的文化网络中用语言、文类和文学影响并定义女性性征。而"女性本原"则是法国女性主义者一直推崇的探索性别差异的文本效果和表现。两者并非对抗和互不相容的术语;实际上它们代表女性主义批评理论内部不同倾向,正因如此,她们有着各自不同的重点和洞见。肖沃尔特坚持寻找女性创作的特殊语言与风格、坚持女性写作是反映作为作者的女性批评家的自身特有的经验和她们面对父权文化中对焦虑和矛盾的认同的场域。她将女性写作分为四种模式:生物学模式、语言学模式、精神分析学模式和文化研究模式,出发点都是女性文本。从这一意义上讲,女性写作要比一个理论、政治隐喻和梦幻更为真实。

研究女性主义文学创作与批评自身缺陷的同时,美国女性主义批评家为建构女性主义批评理论进行着种种努力。肖沃尔特的努力尤为突出。她发表在70—80年代的若干篇重要论文,带动了美国女性主义文学批评理论在学院的建制。在《走向女性主义诗学》中,肖沃尔特明确区分了"女权批判"和"妇女中心批评"两种批评模式;《荒野上的女性主义批评》中,她对女性写作与体现差异的四种创作模式进行了深入的探讨;《女性主义批评的革命》中,她进一步划分了美国女性主义文论发展的三个历史阶段,并在《我们自己的批评》中,在时间上对其进行具体

美国性别批评理论研究

划分①,《美国女性批评》中则勾勒出美国妇女文学史与英法不同点。②肖沃尔特上述努力中,有一点在女性主义批评界达成了共识:积极建构美国女性主义批评学说。肖沃尔特抓住美国本土女性主义批评产生的社会现实因素和妇女研究发展的契机,将女性主义批评看作一场强大的运动而非杂交的理论言说,突出性别的文学批评研究维度,努力建立具有自己鲜明特色又符合文学现实的女性主义批评理论。正如托德(Todd)所言,肖沃尔特在《新女性主义批评》文集的序言中宣告美国女权批评理论的多元化系统开始形成。③ 另外,在《妇女的时间、妇女的空间:书写女性主义者的历史》一文中,她进一步说明了这一点:"如果女性主义批评来自'女性主义'的比来自'批评理论'的要多,那么我们可以说现在情形已经倒置过来"④,这明确表明美国性别文论理论建树的开始。肖沃尔特同安妮特·克罗德尼(Annette Kolodny)的比较女性主义和梅雅·捷伦(Myra Jehlen)的"社会性别研究"共同发展了美国本土的性别批评理论的建构。另外,肖沃尔特还在文中考察了美国三部女性文学史的标志性著作,是美国女性批评学走向成熟的标志。⑤

---

① 肖沃尔特对女性主义文论的纵向发展进行了梳理,得出"女性美学"(60年代末)——"女性批评"(70年代中)——后结构主义女性批评(70年代末)——性属研究几个主要阶段(80年代末)。

② 肖沃尔特在《美国女性批评》一文中,总结了美国妇女文学史,提出了三点与英法不同的妇女文学传统:1.与妇女运动紧密相连的美国特定的历史、文化环境促成美国独特的女性批评的社会背景和历史土壤;2.对妇女文化的偏见,在某种程度上帮助了美国妇女作家自由创新,没有了"作家身份的焦虑";3.美国家庭小说和社会现实小说构成了美国文学传统的主要内容,改变了美国文学史和文学批评的划分。

③ Todd, Janet, *Feminist Literary History: A Defence*, Oxford: Basil Blackwell Ltd., 1988, p.49.

④ Laird, Holly ed., *Tulsa studies in Women's Literature*, Vol.3, No.1/2, Feminist Issues in Literary Scholarship, (Spring-Autumn, 1984), p.29.

⑤ 分别是:伊丽莎白·阿蒙斯(Elizabeth Ammons)《冲突的故事:进入20世纪美国妇女作家》、苏珊·科尔特来伯-麦克奎恩(Susan Coultrap-McQuin)《做文学生意:19世纪美国妇女作家》和苏珊·K.哈利斯(Susan K. Harris)《19世纪美国妇女小说:解析的策略》。

附录一　伊莲·肖沃尔特的研究要略

90年代,肖沃尔特在"女性批评"等问题上反映出性别研究和文化身份的盲点。针对她的学说缺少包括多元文化主义、后殖民主义理论、文化研究、同性关爱等文化身份与主体性研究的维度,批评界发出了责难。美国学者苏珊·S.弗里德曼的《超越妇女批评和女性文学批评——论社会身份疆界说以及女性主义批评之未来》,便是90年代对女性主义文学批评中的文化身份问题进行探索的重要论文之一。[①] 肖沃尔特在《我们自己的批评》一文中纠正了自己早期无视种族和他者妇女的错误,分析了美国黑人批评和女性主义批评之间的关系,黑人和妇女在主导文化中共同受压迫的经验,以及美国黑人批评的发展和理论辩论同女性主义批评团体辩论的共同渊源。盖尔·格林(Gayle Greene)和科普兰·卡恩(Coppelia Kahn)论及肖沃尔特选编的《谈论性属》时,认为肖沃尔特表现出超越学科界限,从性属研究中防止分裂主义的政治倾向来发展女性主义文学和文化批评的方向:即"采取任何可能的文本研究的相互渗透的策略,挖掘男性气质和女性气质之间的动力是所有性别批评家的共同任务"。[②]

女性主义批评在第三次浪潮的重要辩论涉及两个方面:女性与男性的"差异"和女性内部的"多样的差异性"。女性与男性的"差异",它倾向于二元性和妇女在某些共同特征基础上的统一;女性内部的"多样的差异性"则倾向于接受多样性、矛盾性、多重性和混合性。这一时期,肖沃尔特的研究呈现跨学科的特点,她在文化研究领域继续着"女性批评"的言说。发表于1990年,国内学界很少问津的《性别错乱》一书中,肖沃尔特考察了19世纪末和20世纪末女性神话、隐喻、性危机的形象

---

① 弗里德曼认为:"从文学研究到地理学研究这些不同的学科学术界,女性主义、多元文化主义、后结构主义以及后殖民研究,这些重叠的或平行的话语表现之间的融合与冲突产生了描述社会身份问题的新方法,远远超越了妇女批评和女性批评现有的成就。"在弗里德曼所展示的六种社会身份话语表现的分析中,不难看出一幅流动的、不确定的后现代社会主体身份的景观。这样反衬出肖沃尔特把性别作为决定社会身份的唯一因素加以考虑的局限性。

② Greene, Gayle & Coppelia Kahn, *Changing Subjects: The Making of Feminist Literary Criticism*, London and New York: Routledge, 1993, p.23.

以及其在英国和美国文学、艺术和电影中的启示和再现。肖沃尔特打破了二元性描述的女性主义批评的疆界,类比19世纪90年代性别错乱和20世纪90年代性别危机,用心理学诠释有关性诊断、流行性病中颓废的文本和形象,以发展她的"女性批评"在社会学视域里的延伸。此外,《女性之病:妇女、疯狂与英国文化1830—1980》和《癔病史:流行性癔病和现代传媒》是肖沃尔特关于精神病学和女性主义批评之间建立联系的两部女性主义文化研究专著。这两部著作反映出肖沃尔特在对解构主义拆解文化中的逻各斯中心主义、社会语言观、社会历史研究的多元吸收,使得她从语言的层面剖示文化中权力作用的机制,并着力探索表达女性的历史经验、情感与欲望特征的文学语言,以及适用于解释妇女的文化困境,评价女性写作中特有的意象、隐喻、象征、暗示、风格等文学批评理论框架。

　　肖沃尔特运用政治历史与社会文化分析、马克思主义思想、精神分析以及心理分析学理论探究性别问题的历史、现状和在文学经验中或明或暗的投影。罗宾斯(Rubbins)这样评述:"这两本女权主义文化史的开拓性著作,肖沃尔特借用精神病学的理论,对文学性别关系进行考察,得出女性疾病和疯癫既是女性处境的产物,又是女性角色的逃避,是自我意识觉醒的一种表现形式,只有打破妇女和疯癫之间的文化关联才能改变妇女沉默的处境。"[①] 2006年,帕特里夏·沃(Patricia Waugh)主编的牛津文学导读丛书"文学理论和批评:牛津指南",在女性主义一章中,把女性主义文学理论作为一个专题,从"菲勒斯中心文学""女性批评"、法国女性主义三个切面,评述女性主义文论的发展,在评述美英女性文学传统时,编者以肖沃尔特和她的"女性批评"理论为主线评论美英学派的功与过,肖沃尔特能够占据卷帙浩繁的文学理论

[①] Robbins, Ruth, *Literary Feminisms*, New York: Macmillan Press Ltd., 2000, pp.83-102. 罗宾斯在书中回顾了女性主义文学理论发展,大致勾勒出女性主义文学理论和实践之间的关系,并按主题将女性主义文论历史描述为自由/物质/社会主义文学女权主义、妇女形象批评、妇女文学传统三个特征,对肖沃尔特的评述占有相当多的评述分量。

附录一　伊莲·肖沃尔特的研究要略

评注中的一隅,足以看出她对推动美国性别文学理论发展的里程碑式的作用。

肖沃尔特最早提出了建构女性诗学。她看到女性读者、作家和批评家与男性不同的感知和期望,并自觉地将它们融入自己的文学活动。对女性作家的研究和文学中妇女形象的研究,深深改变了文学研究中对传统的假设,并且还原和填补文学批评及其在哲学上的分支——文学理论中的性别坐标。她们的活动以性别为文学分析的一个要素,为女性主义批评建立了自己的试验场,修正了完全基于男性的文学经历,并矫正有关阅读和写作的现存理论中的性别预设。肖沃尔特在这场关于修改文学史的写作、文学批评普遍性原则的革命中,号召从根本上重新思考文学研究的概念、妇女写作与男性表达上的差异,联合女性主义批评阵营中不同的声音,建立一种新的诗学理论。她对性别诗学建构的洞见昭示女性主义批评家在80—90年代超越研究妇女作品的疆界,探讨重新评价我们所有的文学遗产。

80年代末,"重构经典""女性本原"批评、"性别差异写作"研究、种族和社会性别理论探讨之声改变了美国女性主义批评家的工作。肖沃尔特放弃了女性批评学的"边缘性"地位,转向建构差异中"我们自己的批评"。肖沃尔特把女性批评学说拓展到黑人和后殖民女性主义批评。她认为美国黑人女性主义批评和女性主义文学批评具有同等重要的地位,它们在反对西方文学传统的实践中有着共同的政治主张、批评隐喻、理论和困境。共享的经验,使得黑人女性主义批评和女性主义批评一道,占据后结构主义批评"荒野"中的各自一席。肖沃尔特把黑人女性主义文学批评的贡献同样视作黑人女性主义文化中亚文化的一部分。肖沃尔特对美国黑人女性主义文学文本和文化的考据写进《姐妹们的选择》一书,提倡采取"文化拼贴被"的设想。把因种族和身份问题而起的女性主义批评阵营中的差异,理顺为黑人妇女缝制"拼贴被"的拼贴原则,承认"差异"的前提下,为黑人妇女文化保留自主和连贯的文学批评话语的空间,但如肖沃尔特所论,在反对西方文学传统的实践中,个人、知识和政治问题上有着强有力和重要的联系——共同的丝线(common thread)。①

另外,肖沃尔特还把性属理论引入女性主义批评以应对来自批评理论的多元话语和拆解宏大叙事的挑战。她认为"性别"同"种族"一样质疑占统治地位的主流文化,把"男性主体"和"男人作为批评家、学者、理论家和批评家进入女性主义批评领域";性属理论也包括对同性爱问题的思考,强调女性主义批评与少数族裔的批评革命之间的关联。女性主义批评与性别歧视、种族主义和同性恋恐惧症继续进行斗争,必定会让"性属成为我们工作的重要扩充,而不被位移或非政治化"。②

性属理论的介入带动了女性主义批评在文学批评理论外延的文化批判的繁荣。肖沃尔特采用女性性别视角的"自觉"和"介入",以历史和文化都处于男性中心的意识形态掌控下的观念为前提,对父权制的文化符码、大众心理机制、价值观念等进行了挖掘、揭露和讨伐其性别歧视的潜藏信息。她始终强调文学与历史文化之间互动和紧密的联系,用精神分析的方法探究女性性别角色的形成,并评判弗洛伊德的生物决定论。她的几部著作:《女性之病:妇女·疯狂·英国文化 1830—1980》《癔病史:流行性癔病和现代传媒》以及《性别错乱:世纪末的社会性别和文化》都可以说是"女性批评"在精神分析、文化人类学、性别和权力等视域的应用和延伸,也是她汲取多元"理论"的合理因素,以性别为基准,与后现代思想文化进行对话和博弈的成果。这几部著作让我们看到一个穿梭在文学和社会历史、性别和权力、神话和现实、病理和道德、性别预设和性别歧视之间的多维视野中的女性主义批评家的任务和价值。

肖沃尔特作为"拓荒者"一直坚守着女性主义批评和理论阵地,构

---

① Showalter, Elaine, "Criticism of Our Own: Autonomy and Assimilation in Afro-American and feminist Literary Theory", *The Future of Literary Theory*, edited by Ralph Cohen New York & London: Routledge, 1989, p.349.

② Ibid., p.368.

筑她的"女性批评"学说。坚持用女性经验作为一种群体阅读的策略始终是肖沃尔特坚持的批评立场,它打开了诠释女性、妇女文学史、女性主义批评话语、女性主义文化批判的新视野。肖沃尔特的"女性批评"理论,照亮了以往的盲点与不足,尽管她在重塑文学批评的同时也显露出为后来研究者所见的盲点和不足,肖沃尔特都以她对女性、文学和文化的思考提出了应对的措施,无可争议地成为美国性别批评理论的奠基人之一。

肖沃尔特的创作年表

1941　1月21日出生于美国马萨诸塞州剑桥市;

1958　就读马萨诸塞州的布鲁克林(Brooklyn)中学时,接触到西蒙·德·波夫瓦《第二性》;

1958　进入美国私立女子学院——布林莫尔学院(Bryn Mawr College)学习;

1962　大学毕业后,继续在布兰代斯大学(Brandies University)英语研究中心求学;

1962　遇到与她生活和工作的伴侣 English Showalter;

1964　获得硕士学位;开始关注和思考和女性相关的问题;

1964　在加州大学戴维斯分校攻读博士学位;

1969　参加妇女解放运动,教"妇女与文学"课程;

1970　完成博士论文《双重标准:英国1845—1880年间的女作家批评》(*The Double Standard*: *Criticism of Women Writers in England*, *1845—1880*);

1970　在罗格斯(Rutgers)大学女子学院——道格拉斯(Douglass)学院任教;

1972　赴伦敦进行博士论文的后续研究;

1977　博士后续研究成果《她们自己的文学:从勃朗特到莱辛的英国女性小说家》(*A Literature of Their Own*: *British Women*

	Novelists from Bronte to Lessing)出版；
1979	发表论文《走向女性主义诗学》；
1981	发表论文《荒野中的女性主义批评》；
1984	转到普林斯顿大学(Princeton University)人文学院和英语系任教；
1985	《女性之病：妇女、疯癫与英国文化 1830—1980》(*The Female Malady*：*Women*，*Madness*，*and English Culture*，*1830—1980*)出版；女性主义批评论文集《新女性主义批评》(*New Feminist Criticism*)出版，并作序《女性主义批评的革命》；
1990	《性别混乱：世纪末的性属与文化》(*Sexual Anarchy*：*Gender and Culture at the Fin-de-siecle*)出版；
1991	《姐妹们的选择：美国女性写作的传统和变化》(*Sisters' Choice*：*Tradition and Change in American Women's Writing*)出版；
1997	《癔病史：流行性癔病和现代传媒》(*Hystories*：*Hysterical Epidemics and Modern Media*)；
1998	担任当年美国现代语言学会(MLA)主席；
2001	《发明她自己：声讨女性主义知识传统》(*Inventing Herself*：*Claiming A Feminist Intellectual Heritage*)出版；
2002	《文学教学》出版；
2003	因杰出的教学获得普林斯顿大学"校长奖"，同年宣布退休；
2005	《教授塔：学院小说及其不满》(*Faculty Tower*：*Academic Novels and Its Discontents*)；
2010	*A Jury of Her Peers*：*Celebrating American Women Writers from Anne Bradstreet to Annie Proulx*，New York：Alfred A. Knopf，2009.

附录二

朱迪斯·巴特勒的政治伦理批评转向[1]

20世纪70年代,美国学者朱迪斯·巴特勒(Judith Butler)在德国的海德堡大学师从迪特·亨利希(Dieter Henrich)和伽达默尔(Hans-Georg Gadamer),开始接触黑格尔(Hegel)和德国唯心主义(German Idealism)。80年代初,回到美国,在耶鲁期间,她研读黑格尔、萨特(Jean-Paul Sartre)、列维纳斯(Emmanuel Levinas)、克尔凯郭尔(Kierkegaard)等理论家的著说,并完成了她的博士论文《欲

---

[1] 本文发表在《妇女研究论丛》,2015年3月第2期(总第129期),第81—89页,有改动。

望的主体:20世纪法国哲学对黑格尔的接受》(1987年出版)。① 这本书成为她识别和拆解女性主义主体的稳定性的哲学出发点。② 主体(subject)、欲望(desire)、承认(recognition)、异他性这些关键概念的黑格尔式问题始终贯穿巴特勒的著说。虽然她无意梳理黑格尔哲学接受的思想史,但她关注以德里达、拉康、德勒兹和福柯为代表的后结构主义理论家在主体间建构政治话语的内部关联,以及消解主体的质疑精神和批判方式。③ 在前期理论阅读的铺陈,以及诸多先驱学者思想的影响下,巴特勒在博士后工作期间将批判探索延伸至女性主义。她重新诠释了作为社会规范的性别,并在甄别无法规约的他者——双性人、同性恋者、有色人种、跨性别者、劳工——基础上提出了性别表演论(gender performativity)。性别表演论成为巴特勒的理论标签,也成为90年代消解性别的后结构主义女性主义的性别政治与批判诉求。巴特勒的质疑构成了对女性主义理论挑衅性的"介入",她所识别的性别化的生活揭示了充斥着性别假定的二元框架的思考惯性,并进一步质疑性别得以形成的规诫权力。正如她在《性别麻烦》的前言中开宗明义地指出:"主体的政治建构是以某些合法性以及排除为基础,并被政治话

---

① 国内学界对此书关注不够。本书初成于1984年。作为博士论文,最初只是讨论黑格尔哲学在法国30—40年代的接受情况。受福柯启发,或者说经历了20世纪90年代后结构主义转向之后,巴特勒对本书做了修改,增加了后结构主义理论关于欲望、主体和承认的述评。这篇博士论文最后出版于1987年,即现在的版本。虽然出版之初,并未受到关注,巴特勒也在此书再版之际(1999)表达了"遗憾",但是无疑这是理解巴特勒思想的关键文本,可以说她后来创建的性别伦理准备了理论资源,作者认为:"从某种意义上说,这部著作是围绕欲望与承认是何关系的问题所进行的批判探索",p.viii,以及"主体的构成到底需要与异他性保持何种激进且富有建设性的关系?",p.xiv 但是她把未竟之志著录在第二本专著《性别麻烦》(1990)中,该书很快成为后结构主义女性主义的肇始之作,至今依然影响深远。

② 巴特勒考察黑格尔的关于主体和欲望的哲学思想在20世纪法国的转化与创新。从伊波利特(Hippolyte)到科耶夫(Kojève),从萨特(Sartre)再到福柯(Foucault),巴特勒沿着这些思想家改写黑格尔的主体与欲望概念的批判轨迹,提出了性别政治,尤其关注少数性别团体的承认的政治学。对于"妇女"作为女性主义的主体的精彩论述,参见巴特勒著作《性别麻烦》第一章:"生理性别/社会性别/欲望的主体"。

③ Butler, Judith, *Subjects of Desire: Hegelian Reflections in 20 Century France*, with a new preface, New York: Columbia University Press, (1987)1999, p.15.

附录二 朱迪斯·巴特勒的政治伦理批评转向

语以'自然化'为由有效地遮掩了。"①性别从此成了"问题"。

21世纪初,作为美国女性主义理论的重要声音之一,巴特勒开始关注跨国家政治和犹太族裔的流散性问题,在解构主义留下的"断裂"与"褶曲"中,辨识文化政治理论的伦理危机。② 特别是"9·11"事件之后,她从列维纳斯的他者伦理和阿多诺的道德主体入手,梳理当代文化和智识传统的伦理缺憾。巴特勒在考察性别表演理论之后,她在性别和伦理之间找到了理论的契合面,并在性别与伦理、伦理与政治之间进行批判。笔者认为,巴特勒在解构思潮中消解性别差异、重构女性主体意义、建构美国犹太文化生存策略是对美国女性主义理论的伦理式推进。本文的第一部分说明女性主义与伦理的关系,考察巴特勒在解放的性别伦理批判中的标杆意义。第二部分探讨她的性别表演论的伦理批评指向和女性主义政治立场。第三部分考察巴特勒建构的它者,论述作为两性规范伦理例外的它者的伦理诉求。巴特勒的政治伦理转向并非简单地表明她从反人文主义到人文主义的哲学性回归,而是探讨解构主义理论中有关性别思考背后人的主体性的重构和由此生发的语言和伦理的"情感功能"。

一、作为性别伦理的女性主义

伦理学研究的对象是人自己。人类自我承担着揭示关于共有人性的终极善的责任。在人类面向终极善,趋近终极善的各种行为中,"人何以为人"的有关人类共有的伦理思考在人类的平等欲求与现实的伦理实践之间起着重要的调解作用。尤其是在现代性语境中,作为伦理的批判工具,有关性别的伦理思考在女性主义运动中得到了论证。与

---

① 朱迪斯·巴特勒,宋素凤译:《性别麻烦:女性主义与身份的颠覆》,上海:三联书店,2009年,第3页。
② 关于性别与伦理的哲学话语和理论背景的晚近理论,请见笔者学术论文《性别与伦理:重写差异、身体与语言》,发表于《妇女研究论丛》2013年第6期,第80—86页。文中论及萨特、波伏娃、伊利格瑞和巴特勒重写差异、身体和语言的理论脉络,在性别和伦理之间探讨当代女性主义批评所面临的困境和突围的可能。

三次妇女运动并行,女性主义提出了平等、差异和解放的性别伦理主张。平等伦理关注女性与男性共同人性的参与平等。差异伦理强调女性和男性平衡与互补间重构标准的诉求。解放伦理试图冲出历史、语言和文化的约束和范畴,在消解性别后重塑人性所获得的自由。从平等伦理到差异伦理再到解放伦理,伦理所试图解放的是社会建构范围之外的有关人性的一个维度,正是人类自我这个维度。作为性别伦理的女性主义在重新获得人性的共同之处的意义上,彰显"超越历史、语言和文化的规约和范式的新的生活方式"。① 巴特勒正是在解放伦理形式中展示了她的后结构主义女性主义理论的标杆作用。她反思性别的范畴和权力建构问题,指向预设的伦理学主体——男性本性,以求获得关于人性思考的某种改变,书写更完善的人性。

　　差异女性主义者划定女性这个范畴,是用来强调被忽视的具有女性性征的妇女权利,比如要求避孕权、堕胎权、对孩子的绝对监护权等政治主张。当时的女性主义理论用妇女作为"铁板一块"的集体"询唤"(interpellation)策略形成了女性共同体。在当时女性主义所维系的一系列性别政治主张,如改变从属地位的等级要求和拒绝因给定的身体特质强加给女性的生育和家庭义务,对团结全球妇女发出整一的性别政治诉求、维系妇女共同体的利益起到了积极意义。但是,到了80年代末,这种单一的妇女范畴使得女性对父权制规范中自身的从属地位有所觉悟的同时,又充当了彰显性别差异、维护二元对立的异性恋霸权的同谋。同父权制一样,女性主义通过不断重复其主张和宣扬其合法性,奠定了认同的基础和确立了自身的合法领地。巴特勒则从妇女这个范畴外部立场出发,把女性主义看作一种主体化的话语,动摇女性主义的基础。作为法国理论的"异音",巴特勒首先厘清女性主义的盲区——女性主义阵营的"内部殖民"和排他行为。

---

① 苏珊·弗兰克·帕森斯,史军译:《性别伦理学》,北京:北京大学出版社,2009年,第40页。

附录二 朱迪斯·巴特勒的政治伦理批评转向

西蒙·德·波伏娃(Simone de Beauvoir)提出的差异性别建构说就是遭此诟病的例子之一。一般认为波伏娃在为女性谋取权利而辩。但在波伏娃的存在主义分析模式中,把生理性别描述为一种前话语领域,是无法选择的先于话语的生物学意义上的事实。这种在生理性别上分化的身体所承担的意义只能在它与另一个对立的意义之间的关系里存在。身体是一种"情境",铭刻了身体差异、语言差异、身份差异。这种解剖学意义上区分的身体在波伏娃看来是一个严格的文化律法建构中被动接受者。我们只能用一套对身体具有规诫作用的律法系统来理解社会性别所建构的"文化",如此"变成女人"的过程实际上命定的不是生理,而是文化。① 对波伏娃来说,性别是一种社会"建构","解剖即命运"的生物学事实使得主体只能用"给定的"性别进行二元文化诠释。在波伏娃的存在主义女性主义矩阵中,"主体"只有一个,即男性,男性即普遍性,女性即他者,外在于普遍性,具身为肉体,被化约为身体物质的存在。男性/主体则是抽象的,甚至超越社会规范所作的标记,成为自由意志,而女性则因受贬低的身体,等同于这个性别。身体附属于灵魂(意识/精神),女性亚于男性,女性是第二性。② 波伏娃似乎还是囿于萨特式的身/心二元区分。因为对二元结构的复制实际上依旧维持着性别等级,并进一步使其合法化。

波伏娃的这个观点在露西·伊利格瑞(Luce Irigaray)那里变得更复杂。不同于波伏娃,伊利格瑞认为女性这个性别不是"单一的",女人不能被认定为他者,因为主体与他者两者都是用来支持封闭的菲勒斯中心意指系统。波伏娃强调女人是男人的反面,是缺乏,因此要标注女性,用社会建构的关系来重新定义女性。伊利格瑞则认为女性这个性

---

① 朱迪斯·巴特勒,宋素凤译:《性别麻烦:女性主义与身份的颠覆》,上海:三联书店,2009年,第11页。这里对《性别麻烦》的引用页码是中文译本的页码,笔者对译文做了改动。建议读者参看英语原作。

② 见笔者发表在《妇女研究论丛》2013年第六期,第80－89页,《性别与伦理:重写差异、身体与语言》一文中有关身体的论述。

别从未在场过,是语法中无法表述的一个存在(substance),因为对性别关系的描述只能依赖于对二元关系的描述,这个描述不仅预设了男和女、生理性别和社会性别、两性差异化的欲望之间的关系,也规定了这个关系的结果——异性恋情欲的合法性。伊利格瑞引入对女性身份的批判,把被女性这个范畴排除和拒绝的一切可能性包含进来,建构多元女性。伊利格瑞对索福克勒斯的《安提戈涅》的解读就是一例。作为血亲混乱的结果①,伊利格瑞认为安提戈涅在二元对立的伦理体制中无法标注自我,只能沦为"共同体永恒的讽刺"。② 这个被排除在二元对立体制外的"准主体"永远不能等同于主体/男性,只能作为主体的"重影"或"内衬",为男性绝对效劳(埋葬她的哥哥)的分内之职寻找自我。③ 法国激进女性主义者莫妮克·维蒂格(Monique Wittig)则认为性别范畴一直是女性的,因为男性从来不用标记,从来都是与普遍性等同,消除异性恋霸权是性别问题的关键。

巴特勒继伊利格瑞和维蒂格之后,进一步厘清了性别范畴的划归问题。实际上划归问题是一场性别的权力圈地运动,"性别不是一个名词,但它也不是一组流动的属性,因为性别的实际效果是有关性别的一连串管控性实践,通过表演生产而强制形成的。"④巴特勒的矛头指向作为女性主义"主体"的概念以及划定妇女范畴的"被代表"的问题。"主体"问题对于巴特勒的女性主义伦理政治来说至关重要。因为主体的政治建构必然朝着合理化、自然化和排他的目标发展。如同律法的建构,权力形成并确立之时,也意味着承认某种虚构的主体的普遍存在。巴特勒认为女性主义在假定妇女这个主体的同时,虚构了一个共同的身份、一个单一的形式,也强化了女性主义所宣称的"代表性"的表象。

---

① 安提戈涅是俄狄浦斯与俄狄浦斯的母亲所生之女。
② 露西·伊利格瑞,屈雅君等译:《他者女人的窥镜》,郑州:河南大学出版,2013年,第277—295页。
③ 同上书,第273页。
④ 朱迪斯·巴特勒,宋素凤译:《性别麻烦:女性主义与身份的颠覆》,上海:三联书店,2009年,第34页。

附录二　朱迪斯·巴特勒的政治伦理批评转向

女性主义在范畴上生产出的这个稳定的能指,实际上,强化了女性共同体的屈从的集体经验,也掩盖了妇女共同体的多重身份样态。巴特勒主张"并非扩大'妇女'范畴或是呈现其复杂性的多元自我",而是解放并"永远延宕"性别这个伦理联合体,因为"它最终的整体形式在任何时间点上都不是它的真实全貌"。① 这个观点显然受到了解构思想的启发,如同德里达的"延异"概念对于西方哲学这个形而上学体系提出的解构主义挑战,巴特勒让性别向未来开放,因为"保持问题的开放性比预先知道是什么决定了我们的共性更有价值。"②

二、性别表演背后的伦理预设

《性别麻烦》(1990)和《消解性别》(2003)成为巴特勒追踪"性别",打破"妇女"普遍意义上的性别标签的伦理预设的理论批判力作。在《性别麻烦》中,巴特勒从规范之外的某些性实践中质疑性别作为一个分析范畴的稳定性,试图证明规范的性取向强化了规范的性别取向。在这个矩阵中,巴特勒认为一个人之所以是女性,不是自然地接受她的女性性征继而成为女孩,重要的是这个人通过对异性恋规制中有关女性的性/性欲规范的"引用"成为符合某一规范的主体。对规范和权威的"引用"使所有语言符号置于引号之中,性别身份在对这些符号的引用、嫁接、重述过程中,循环往复地被征引,在征引中松动、瓦解而丧失稳固性。例如,扮装这个范例。如果一个男扮女装或女扮男装的人出现在你的面前,你会通过穿衣打扮这个明喻修辞法引入你的认知作为认定性别的依据,其实,这个性别判定不具真实性。因为这是自然化的认知,它是建立在一系列"共识的"(intelligible)文化伦理推论基础之上的,如果把扮装换成变形,衣服遮掩下的生理性别则无从判断,用以表达身体的衣着无法推断出稳定的解剖学的判断。

---

① 朱迪斯·巴特勒,宋素凤译:《性别麻烦:女性主义与身份的颠覆》,上海:三联书店,2009年,第22页。
② 朱迪斯·巴特勒,郭劼译:《消解性别》,上海:三联书店,2009年,第35页。

性别的范畴界线变得模糊,我们习得的、稳固的、惯常的文化认知不足以应对面前这个人,当判断一个人的真实性别成为"问题"的时候,对人的二元形态的划分、异性恋的身体、"正确"的男/女身体特质等伦理范畴受到拷问的时候,关于范畴的思考、关于"正确"性别的伦理文化表达、关于"共识"的文化规制的批判就浮出了地表。

于是,性别成为"一场行动"。① 在厘清了性别范畴的排他性后,巴特勒继续哲学式消解性别的伦理正义行动。行动的革命性在于揭示划分性别的脆弱本质以及用规制外的性别实践对抗异性恋规范所施行的暴力。这类洞见使得巴特勒看到性别本身就是一种表演的结果,性别不再被理解为自我的身份被建构的基础,而是作为言语行为表演的结果。奥斯丁的"依言行事"对巴特勒的启发不言而喻,巴特勒的延伸阅读重点在于挖掘言语行为的性别戏仿意蕴。

在什么意义上性别是一场行动呢? 在文化实践中,生理性别和社会性别不足以解释扮装或易装等性别被戏仿的事实可以说明一切。性别实质上是一种给定的身体风格,性别化的主体通过社会集体协议,共同表演、生产和维护这个二元形态的文化伦理预设,这个预设的文化期待由此生产和积淀了一系列性别特质。同其他仪式性的社会习俗一样,性别的行动需要不断重复的表演,表演的结果使得性别获得一个临时表象,这个表象如同扮装,有时"表里不一",这个不连贯的行动构建一个由操练得来的偶然状态,重复的性别行动只能趋近一种实在的身体理想,有关身体的理想说到底其实是一种以政治建构为目的的戏仿而已。最终,性别表演的结果就是没有恒久的性别身份,因为"真实的性别身份的预设只是一种管控性的虚构"。②

巴特勒的性别表演论并不是要为主体寻找那个原初的、前文化的、同一的位置,正如美国伦理学家苏珊·弗兰克·帕森斯所说:"巴特勒

---

① 朱迪斯·巴特勒,宋素凤译:《性别麻烦:女性主义与身份的颠覆》,上海:三联书店,2009年,第183页。

② 同上书,第185页。

附录二 朱迪斯·巴特勒的政治伦理批评转向

了解这种做法只是将法律政权推向形而上学的思考。"①巴特勒深知这样做不能跳出律法和规范所圈定的二元思考范式和界线。女性主义性别政治只是为性别问题取得了一个安身的可能,而对二元对立范畴的吸纳反倒验证了律法对精神的管控,如同福柯在《规诫与惩罚》中所批判的那个"渴望承认、服从的个体"。② 那么,"法门之外"③的那个人何处安身? 那些没能符合处于支配地位的文化规范的某些"性别身份"何处安身? 正是在揭露这个男/女"文化规范矩阵范畴"的局限过程中,巴特勒打开了性别无序的另类伦理矩阵,并开放了某些性别身份的伦理边界,使得性别多元伦理身份得以持续存在并增衍。

三、伦理主体的再生产

如果说巴特勒80年代专攻黑格尔的思想在法国的接受,90年代转向后结构主义理论,揭示女性主体在父权制话语系统中被建构和塑形的过程,那么21世纪,她则关注伦理学对主体的公平和平等的表征,致力于表达被赋权者获得权力的政治伦理意义。以往巴特勒力图说明性别范畴是一种前身份,是文化分配的结果,揭示性别表演背后的话语权力运作机制,可以说她更多地注重反思社会规制的管控系统。2000年后,巴特勒把注意力转向伦理批判的效力和能动力。简言之,巴特勒认为权力不仅仅支配和压抑主体,并且生产主体,主体在寻找外在于自己的存在的认同,欲望的主体为了存在只能选择服从,并在对权力/律法或社会规范反复地吸纳和引用过程中,被生产出一个屈从的主体。这

---

① 苏珊·弗兰克·帕森斯,史军译:《性别伦理学》,北京:北京大学出版社,2009年,第164页。

② 福柯认为主体形成的过程是通过"对于规范和服从的欲望"的产生、创立、内化和外化的精神生活完成的。而精神的服从正是标志着服从的一个具体的形式,这个形式就是规范,因此,"这种规范的精神实施得自预先的社会运作"。转引自朱迪斯·巴特勒,张生译:《权力的精神生活:服从的理论》,南京:江苏人民出版社,2009年,第16—20页。

③ 《法门之外》是卡夫卡的一则寓言式短篇小说。巴特勒在看到德里达对这则寓言的解构阐释之后,着手写作《性别麻烦》一书,重新思考性别。

个主体在服从的范围内,接受规范对主体精神的管控运作,成为"忧郁的性别"。①

巴特勒将她的思考深入地写进了《权力的精神生活:服从的理论》这本哲学专著中。书中福柯对巴特勒的影响不言而喻。可以说,正是由于福柯,巴特勒转向政治伦理批判。早年她在阅读福柯《性经验史》和《规诫与惩罚》时,就开始"寻找性别的起源、欲望主体的内在原理以及压抑所阻止的真实或真正的性别身份"。② 福柯在《性经验史》的第一卷《知识意志》中悉数权力的渗透和效力。权力把个体塑造成知识的主体,规训身体,使其臣服和吸纳社会规范。在福柯的性秩序中权力是生产性的而不是压抑性的。福柯对 17 世纪以来的有关性在宗教中的形成以及在现代语境中如何演变成规训和治疗的技术进行了研究。在第二、三卷中福柯一改批判和反思的路数,转为论述伦理学和自我的技术,即个体是如何通过一套伦理学和自我塑造的技术来创造自己的主体。对于巴特勒来说,福柯的这本未竟其志的著说给了她思考走出女性主义困顿态势的伦理批判启示。巴特勒推进权力生成主体的界说,把规范中的"禁律"转化为主体回望自我时所获得的具有能动性的内在伦理驱力,这样做不是为了获得一个抵抗的支点,而是力图超越那个被压抑的为了生存而存在的伦理主体。主体在回望那个服从的自我中寻找具有拯救希望的哲学话语,生成面向未来并具有共同人性的、开放的伦理主体,延续"人何以为人"的性别伦理思考。

在消解/拆解性别之后,巴特勒为续写性别伦理政治提出了"生成

---

① 朱迪斯·巴特勒,张生译:《权力的精神生活:服从的理论》,南京:江苏人民出版社,2009 年,第 130 页。

② 也正是受到福柯《性经验史》中对身体的谱系学考察的启发,巴特勒在《性别麻烦》中就已经开始了对性别范畴的谱系学研究。她不是简单地动摇这些范畴,而是力图思考作为铭记性别差异的身体对性别的引用的理论意义上的暗喻。参见朱迪斯·巴特勒,宋素凤译:《性别麻烦:女性主义与身份的颠覆》,上海:三联书店,2009 年,第 8 页。

附录二 朱迪斯·巴特勒的政治伦理批评转向

中的性别主体"的观点,让性别"保持移动"。① "生成自我"不是简单地挑衅和反对主体的位置,而是将"我"暂时悬置,在不稳定的重复和危险的身体实践中,在社会存在的边界上保持移动,反抗预设的性别伦理"暴力"。这也是巴特勒借助主体在回望那个"服从的自我"时表达拯救希望的可能,在重新生产主体的过程中重构性别伦理主体的意义。② 正如历史上父权制对女性的整体忽略和压迫,对避孕权、堕胎权和对孩子的绝对监护权的要求实质上预设了某种类型的女性伦理主体,如女性气质、母亲和异性恋。那么,那些不一致或不连续的性别化存在——看起来是人但不符合人所定义的文化共识系统里的人,如何用两性伦理归类? 又怎能被"代表"?

巴特勒在文学虚构作品中对"非人"(less than human)的甄别正是回望"人"这个主体的文学伦理批评实践。借助索福克勒斯的安提戈涅③、卡夫卡的奥德拉德克(Odradek)④,巴特勒把"非人"的状态作为伦理批判的参照物,开发能够照见人类并不完美的断裂之处,这个断裂之处正是人类在划界时忽略的处于边缘和底层的"非人"渴望被承认的政治伦理诉求。巴特勒以自身拒绝划定身份的政治姿态为例,在文学批评领域,这个没有终极意义,甚至激发误读和错读的可能场域,为"非人"正名。

作为福柯和阿甘本的追随者,巴特勒为现实中的"非人"也发出了同样的生命权力诉求。一方面,巴特勒认为对于生命的管控和实施见诸于对赤裸生命的暴力,比如关塔那摩的囚犯、艾滋病患者、医学意义

---

① 朱迪斯·巴特勒,张生译:《权力的精神生活:服从的理论》,南京:江苏人民出版社,2009年,第155页。
② 同上书,第156页。
③ 有关安提戈涅的论述,参见笔者论文《性别与伦理间的安提戈涅:黑格尔之后》,《外国文学研究》,2014年第3期,第148—153页。
④ 卡夫卡笔下虚构的非人。奥德拉德克,某种造物,一个线轴,一颗星星,滚动在房屋的楼梯上或楼梯下或楼梯附近,唯一让主人公感到不安的是它将活得更久。这种东西已不是动物,也不是生物,充斥着"种"的变异和无规定性以及无法归类性。

上的实验生命、性别"酷儿"等。巴特勒看到作为权力的他们,无论是否意识到,都在以主权的名义统治着我们,这正是看不见的主权。另一方面,主权/法的构成也依赖于例外状态下的"非人"。巴特勒认为辨识"非人"的努力,不是为了解放这些"赤裸生命",而是作为"共同体"的人类,如何让"赤裸生命"在文化共识(cultural intelligibility)意义上得到承认的问题。正如福柯在《性经验史》中考察了欲望的形成机制所论:受规训的主体由压制性法律所产生,是法律权力通过规训实践,在历史中所制造出来的。对福柯来说不存在被压抑的主体需要解放,问题的关键在于权力具有压制性,也具有解放效力。这就是说解放不是一个阶级推翻另一阶级或者一种话语取代另一话语,存在的只是转变而非对权力的超越。若想成为在文化上得以承认的主体,我们必须首先依附于法,这就是臣服(subjection),而后我们才能获得能动性(agency)。权力塑造主体,但是主体通过自己的行为,可以颠覆既有的权力关系,这就是所谓的能动性。正如她自己,作为权力再生产的主体,巴特勒要以反对她自己的面目出现,坚持自我的欲望坚持异他性①。她的坚持至少表明她在思考叙述的自我和阅读的他者之间的美学和伦理的指向问题。因为自我和他者需要"成为互相认同的人类"②。21世纪新人文主义在这个意义上提供给人类表达权利和价值的潜力和空间。面对日趋被同化的美国犹太人的身份问题,巴特勒表达了对犹太性的政治学关切。她认为,被同化的犹太人的问题在于,他们被抛入历史的夹缝中,根本没有存在的空间,是无法获得自身意义的它者/非犹太人(not-me/non-Jews)。承认的框架的边界究竟划归在哪里?

---

① 巴特勒有关异他性的观点是受到列维纳斯的他者哲学思想的影响。列维纳斯的他者是针对自我提出的概念,巴特勒在此基础上从异己出发,在政治与伦理间建构的"我"和"非我"之间的关联,"它"处于自我和他者之间的"中间性"(in-betweeness)。这个中间性正是巴特勒需要用来描述超越二元对立关系,处于过程中状态。流散在世界各地的犹太人就是一例。而巴特勒和列维纳斯都是犹太裔学者,他们对犹太人的"异他性"问题有共识。

② 肖巍:《飞往自由的心灵:性别与哲学的女性主义探索》,北京:北京大学出版社,2014年,第29—30页。

附录二　朱迪斯·巴特勒的政治伦理批评转向

结语:行动的巴特勒

巴特勒把因性别而起的世纪末的理论论战看作一个哲学"问题"。在哲学论述中,是什么构成了"人的主体"是个永恒命题。在有关性别的伦理思考中,性别如何形成又如何区分?人是如何通过生理性别、社会性别或性别取向等稳定的概念确立自身的性别"身份"?这个"身份"又是如何支配主体并认同"文化共识"的规范?那些规范之外的"不一致的"或"不连续的"幽魂如何存在?这些都是巴特勒消解性别和重构主体的最初疑惑,也是这些问题使得她把性别作为"问题"进行批判性思考和建构解放的性别伦理的出发点。

作为介入的它者,巴特勒在当代学术思想和政治实践中所进行的有意义的"差异"重建工作留给我们当代知识分子很多思考。① 巴特勒从后现代哲学思想家那里获得思考的灵感,从社会边缘人身上汲取思想的活力,她关注社会底层的身份认同问题、关注少数族裔的文化权利,自觉担负起"批判型知识分子"的社会责任,提出知识版图中遗留的"非正义"的政治－伦理诉求。她的"它者单语"发声系统正是留给目前中国知识分子需要克服学院派学术研究与政治生活脱节现象的启示。文化批判的责任之一应当是让自己的学术论战参与当下的政治生活,与政治生活保持相关性,对未来文化研究的走向保持前瞻性。正像巴特勒,对文化研究中不同人群保持"介入"的政治自觉性,这也是关乎人类自身的伦理正义事业。

---

① 肖巍:《飞往自由的心灵:性别与哲学的女性主义探索》,北京:北京大学出版社,2014年,第239页。

参考文献

英文书目

Ammons, Elizabeth, *Conflicting Stories: American Women Writers at the Turn into the Twentieth Century*, New York & Oxford: Oxford University Press, 1991.

Aoi, Mori, *Toni Morrison and Womanist Discourse*, New York: Peter Lang Publishing, Inc., 1999.

Batchelor, Jennie and Cora Kaplan eds., *British Women's Writing in the Long Eighteenth Century: Authorship, Politics and History*, Palgrave: Macmillan, 2005.

Belsey, Catherine and Jane Moore eds., *The Feminist Reader: Essays in Gender and the Politics of Literary Criticism*, London: Macmillan Education Ltd., 1989.

Benstock, Shari, Suzanne Ferriss and Susanne Woods eds., *A Handbook of Literary Feminisms*, New York & Oxford: Oxford University Press, 2002.

Brennan, Teresa ed., *Between Feminism and Psychoanalysis*, London & New York: Routledge, 1989.

参考文献

Brodribb, Somer Nothing Mat(t)ers. *A Feminist Critique of Postmodernism*, Chicago: Spinifex Press, 1992.

Brooks, Ann, *Postfeminisms: Feminism, Cultural theory and Cultural Forms*, London & New York: Routledge, 1997.

Bourdieu, Pierre, *Outline of A Theory of Practice*, trans. by Richard Nice, Cambridge: Cambridge University Press, 1977.

Brandy, Anita and Tony Schirato, *Understanding Judith Butler*, Los Angeles: SAGE, 2011.

Butler, Judith, *Gender Trouble: Feminism and the Subversion of Identity*, New York and London: Routledge, 1999(1990).

——. "The End of Sexual Difference", *Feminist Consequences: Theory for the New Century*, edited by Elisabeth Bronfen & Misha Kavka, New York: Columbia University Press, 2001.

——. *Antigone's Claim: Kinship between Life and Death*, New York: Columbia University Press, 2000.

——. *Bodies That Matter: On the Discursive Limits of "Sex"*, New York: Routledge, 1993.

——. *Parting Ways: Jewishness and the Critique of Zionism*, New York: Columbia University Press, 2012.

——. John Guillory, and Kendall Thomas eds., "What's Left of Theory?" *New Work on the Politics of Literary Theory*, New York: Routledge, 2000.

——. *Subjects of Desire: Hegelian Reflections in 20 Century France*, with a new preface, New York: Columbia University Press, (1987)1999.

——. *Excitable Speech: A Politics of the Performative*, New York & London: Routledge, 1997.

——. *The Psychic Life of Power: Theories in Subjection*, Stanford: Stanford University Press, 1997.

——. *Undoing Gender: Feminism and the Subversion of Identity*, New York & London: Routledge, 2004.

——. *Precarious Life: Power of Mourning and Violence*, New York: Verso, 2004.

——. *Giving an Account of Oneself*, New York: Fordham University Press, 2005.

——. *Who Sings the Nation-State? Language, Politics, Belonging*, New York: Seagull Books, 2008.

—— &. Athena Athanasiou, *Dispossession: The Performative in the Political*, Cambridge: Polity, 2013.

Chanter, Tina, *Ethics of Eros: Irigaray's Rewriting of the Philosophers*, New York: Routledge, 1995.

Chambers, Samuel A. and Terrell Carver, *Judith Butler and Political Theory: Troubling kolitics*, New York and London: Routledge, 2008.

Chodorow, Nancy J., *The Reproduction of Mothering*, Berkeley: University of California Press, 1999.

Collier, Peter and Helga Geyer-Ryan eds., *Literary Theory Today*, Oxford: Polity Press, 1992.

Derrida, Jacques, *Glas*. Trans. John P. Leavey Jr. and Richard Rand, Lincoln: University of Nebraska Press, 1986.

——. *The Post Card: From Socrates to Freud and Beyond*, Chicago and London: University of Chicago Press, 1987.

Donovan, Josephine ed., *Feminist Literary Criticism: Explorations In Theory* (2nd ed.), Lexington: University Press of Kentucky, 1989.

——. *Feminist Theory: The Intellectual Traditions of American Feminism*, New York: The Continuum International Publishing Group Inc., 2000.

Eaglestone, Robert, *Ethical Criticism*, Edinburgh: Edinburgh University Press, 1997.

Eagleton, Mary ed., *Feminist Literary Theory*, Oxford: Blackwell Publishers Ltd., 1986.

——. *Working with Feminist Criticism*, Oxford: Blackwell Publishers Ltd., 1996.

Faber, Roland, Michael Halewood and Deena Lin eds., *Butler on Whitehead: On the Occasion*, Plymouth: Lexington Books, 2012.

Felman, Shoshana, *Writing and Madness: Literature/Philosophy/Psychoanalysis*, Stanford: Stanford University Press, 2003.

参考文献

Felski, Rita, *Beyond Feminist Aesthetics: Feminist Literature and Social Change*, Cambridge: Harvard University Press, 1989.

——. *Literature after Feminism*, Chicago & London: The University of Chicago Press, 2003.

Fricker, Miranda, *Cambridge Companion to Feminism in Philosophy*, Cambridge: Cambridge University Press, 2006.

Gallop, Jane, *Around 1981: Academic Feminist Literary Theory*, London & New York: Routledge, 1992.

——. *Thinking through the body*, New York: Columbia University Press, 1988.

Gilbert, Sandra M. and Susan Gubar eds., *The Norton Anthology of Literature by Women: The Tradition in English*, New York: Norton & Compnay, Inc., 1986.

——. *No Man's Land: The Place of the Woman Writer in the Twentieth Century*, New Haven & London: Yale University Press, 1996.

Gills, Stacy, Gillian Howie and Rebecca Munford eds., *Third Wave Feminism: A Critical Exploration*, Palgrave: Macmillan, 2004.

Greene, Gayle and Coppelia Kahn eds., *Making A Difference: Feminist Literary Criticism*, London and New York: Methuen Co. Ltd., 1985.

——. *Changing Subjects: The Making of Feminist Literary Criticism*, London & New York: Routledge, 1993.

Gubar, Susan, *Critical Condition: Feminism at the Turn of the Century*, New York: Columbia University Press, 2000.

Hart, Roderick P. and Suzanne M. Daughton, *Modern Rhetorical Criticism* (3rd ed.), Boston: Pearson Education Inc., 2005.

Hegel, Frederic, *The Phenomenology of Spirit*, trans. by He Lin and Wang Jiuxing, Beijing: The Commercial Press, (1981)2012.

Hohne, Karen and Helen Wussow eds., *A Dialogue of Voices: Feminist Literary Theory and Bakhtin*, Minneapolis & London: University of Minnesota Press, 1994.

Hughes, Robert, *Ethics, Aesthetics and the Beyond of Language*, Albany: State University of New York Press, 2010.

Humm, Maggie, *Feminist Criticism*: *Women as Contemporary Critics*, Hertfordshire: Harvester Wheatsheaf, 1986.

Hutchings, Kimberley and Tuija Pulkkinen eds. , *Hegel's Philosophy and Feminist Thought*: *Beyond Antigone?*, New York: Palgrave & Macmillan, 2010.

Irigaray, Lucy, *The Speculum of the Other Woman*, trans. by Carolyn Burke and Gillian C. Gill, New York: Cornell University Press, 1985.

——. "Towards a Citizenship of the European Union", *Democracy Begins Between Two*, trans. by Kirsteen Anderson, New York: Routledge, 2001.

——. "The Universal as Mediation", *Sexes and Genealogies*, trans. by Gillian C. Gill, New York: Columbia University Press, 1993.

——. "The Eternal Irony of the Community", *Feminist Interpretations of Hegel*, edited by Patricia Jagentowicz Mills, Pennsylvania University Press, 1996.

——. *The Ethics of Sexual Difference*, trans. by Carolyn Burke and Gillian C. Gill, New York: Cornell University Press, 1984.

James, Stantie M. and Avena P. A. Busia eds. , *Theorizing Black Feminisms*: *The Visionary Pragmatism of Black Women*, London & New York: Routledge, 1993.

Jardine, Alice A. , *Gynesis*: *Configuration of Woman and Modernity*, Ithaca and Londo: Cornell University Press, 1985.

Jenigan, Daniel, Neil Murphy etc. eds. , *Literature and Ethic*: *Questions of Responsibility in Literary Studies*, Amherst & New York: Cambria Press, 2009.

Kirby, Viki, *Judith Butler*: *Live Theory*, London & New York: Continuum, 2006.

Langdell, Cheri Colby, *Adrienne Rich*: *The Moment of Change*, Westportt: Praeger Publishers, 2004.

Mills, Sara, lynne Pearce, Sue Spaull and Elaine Millard eds. , *Feminist Readings/Feminists Reading*, Hertfordshire: Harvester Wheatsheaf, 1989.

Madsen, Debrah L. , *Feminist Theory and Literary Practice*, Beijing: FLTRP& Pluto Press, 2006.

Martin, Wendy ed. , *New Essays on the Awakening*, Beijing: Peking University Press, 2007.

Moi, Toril, *Sexual/Textual Politics*: *Feminist Literary Theory*, London & New

York: Routledge, 1985.

Mousley, Andy ed., *Towards a New Literary Humanism*, New York: Palgrave & Macmillan, 2011.

Nicholson, Lindaed, *Feminism/ Postmodernism*, New York and London: Routledge, 1990.

Orr, Elaine Neil, *Subject to Negotiation: Reading Feminist Criticism and American Women's Fiction*, Charlottesville & London: University Press of Virginia, 1997.

Parker, David, *Ethics, Theory and the Novel*, Cambridge: Cambridge University Press, 2008.

Rado, Lisa ed., *Reading Modernism: New Directions in Feminist Criticism*, New York & London: Garland Publishing, Inc., 1994.

Rajan, Rajeswari Sunder, *Real and Imagined Woman: Gender, Culture and Postcolonialism*, London & New York: Routledge, 1993.

Robbins, Ruth, *Literary Feminisms*, New York: Macmillan Press Ltd., 2000.

Rooney, Ellen ed., *The Cambridge Companion to Feminist Literary Theory*, Cambridge: Cambridge University Press, 2006.

Ruthven, K. K., *Feminist Literary Studies: An Introduction*, Cambridge: Cambridge University Press, 1984.

Salih, Sara ed., *The Judith Butler Reader*, with Judith Butler, Malden: Blackwell Publishing House, 2004.

Sellers, Susan ed., *Feminist Criticism: Theory and Practice*, Hertfordshire: Harvester Wheatsheaf, 1991.

Showalter, Elaine, *A Literature of Their Own: British Women Novelists from Bronte to Lessing*, Princeton: Princeton University Press, 1977.

——. *The Female Malady: Women, Madness, and English Culture, 1830—1980*, New York: Random House, 1986.

——. *Sisters' Choice: Tradition and Change in American Women's Writing*, Oxford: Oxford University Press, 1989.

——. *Sexual Anarchy: Gender and Culture at the Fin-de-siecle*, New York: Viking Penguin, a division of Penguin Books USA Inc, 1990.

——. *Hystories: Hysterical Epidemics and Modern Media*, New York: Columbia University Press, 1997.

——. *Hystories: Hysteria, Gender and Culture*, New York: Columbia University Press, 1998.

——. *A Literature of Their Own: British Women Novelists from Bronte to Lessing*, Princeton: Princeton University Press, First Printing of the expanded paperback edition, 1999.

——. *Inventing Herself: Claiming a Feminist Intellectual Heritage*, New York: Simon & Schuster Inc, 2001.

——. *Teaching Literature*, Oxford: Blackwell Publishers, 2002.

——. *Faculty Towers: The Academic Novel and Its Discontents*, Oxford: Oxford University Press, 2005.

——. *A Jury of Her Peers: Celebrating American Women Writers from Anne Bradstreet to Annie Proulx*, New York: Alfred A. Knopf, 2009.

——. *Women's Liberation and Literature*, New York: Harcourt Brace Jovanovich, 1971.

——. "Women Writers and the Double Standard", *Woman in Sexist Society*, edited by Vivian Gornick and Barbara K. Moran, New York: Basic Books, 1971.

——. "Women Writers and Female Consciousness", *Notes from the Second Year*, New York: New York Radical Feminists, 1971.

——. *New Feminist Criticism*, New York: Pantheon, 1985—also includes two previously published essays by Showalter, "Towards a Feminist Poetics" and "Feminist Criticism in the Wilderness".

——. "Piecing and Writing", *The Poetics of Gender*, edited by Nancy K. Miller, New York: Columbia University Press, 1986.

——. *Speaking of Gender*, New York: Routledge, 1989.

——. *Modern American Women Writers*, New York, Scribner, Toronto: Collier Macmillan; Canada, New York: Maxwell Macmillan International, 1991.

——. *Daughters of Decadence: Women Writers of the FIn-de-Siecle*, New Brunswick: Rutgers University Press, 1993.

——. *Scribbling Women: Short Stories by 19th Century American Women*, New Brunswick: Rutgers University Press, 1997.

——. Sander Gilman, Helen King, Roy Porter, George Rousseau, *Hysteria Beyond Freud*, Berkeley and Los Angeles: University of California Press, 1993.

——. "Women and the Literary Curriculum", *College English* (May 1971): 855—862.

——. "Victorian Women and Insanity", *Victorian Studies*, 23 (Winter 1979—1980).

——. "The Future of Feminist Criticism", *Feminist Literary Criticism*, National Humanities Center Working Papers (Spring 1981).

——. "Feminist Criticism in the Wilderness", *Critical Inquiry*, 8 (Winter 1981).

——. "Critical Cross-Dressing: Male Feminists and the Woman of the Year", *Raritan*, 3 (Fall 1983).

——. "Women's Time, Women's Space: Writing the History of Feminist Criticism", *Tulsa Studies in Women's Literature*, 3 (Fall 1984).

——. "Representing Ophelia," *Shakespeare and the Question of Theory*, edited by Patricia Parker and Geoffrey Hartmann, London: Methuen, 1985.

——. "American Gynocriticism", *American Literary History*, Vol. 5, No. 1. (Spring, 1993).

Sophocles, "Antigone", trans. by Luo, Niansheng, *The Complete Collections of Luo Niansheng, Volume II: Tragedies of Sophocles*, Shanghai: Shanghai People's Press, 2007.

Spivak, Gayatri Chakravory, *Feminist Interpretations on Jacques Derrida*, edited by Nancy J. Holland, Pennsylvania: University of Pennsylvania Press, 1997.

Srivastava, Poonam, *Gardener of Eve: Feminist Literary Theory and Sigmund Dreud*, Delhi: Adhyayan Publishers & Distributors, 2004.

Steiner, George, *Antigones*, Yale: Yale University Press, (1984)1996.

Talal, Asad, "On the Concept of Cultural Translation in British Social Anthropology", *Writing Culture: The Poetics and Politics of Ethnography*, edited by James Clifford and George E. Marcus, Berkeley: University of

California Press, 1986.

Thiem, Annika, *Unbecoming Subjects*: *Judith Butler, Moral Philosophy and Critical Responsibility*, New York: Fordham University Press, 2008.

Todd, Janet, *Feminist Literary History*: *A Defence*, Oxford: Basil Blackwell Ltd., 1988.

Walker, Alice, *In Search of Our Mothers' Gardens*, Florida: Harcourt Brace Jovanovich Publishers, 1983.

Waugh, Patricia, ed., *Literary Theory and Criticism*: *An Oxford Guide*, Oxford: Oxford University Press, 2006.

Waugh, Patricia, *Feminine Fictions*: *Revisiting the Postmodern*, London & New York: Routledge, 1989.

Yan, Liu, "Sexuate Rights and the Ethics of Sexual Difference: an Interview with Luce Irigaray",《外国文学研究》,3(2011)。

Zangen, Britta, ed., *Misogynism in Literature*: *Any Place, Any Time*, Berlin: Perterlang, 2004.

中文书目

柏棣主编:《西方女性主义文学理论》,桂林:广西师范大学出版社,2007年。

保罗·鲍曼:《后马克思主义与文化批评》,黄晓武译,南京:江苏人民出版社,2011年。

鲍晓兰主编:《西方女性主义评介》,北京:三联出版社,1995年。

贝尔·胡克斯:《女权主义理论:从边缘到中心》,晓征、平林译,南京:江苏人民出版社,2001年。

陈晓兰:《女性主义批评与文学阐释》,兰州:敦煌文艺出版社,1999年。

陈永国:《从解构到翻译:斯皮瓦克的属下研究》,载《外国文学》2005年第5期。

程锡麟、王晓路:《当代美国小说理论》,北京:外语教学与研究出版社,2001年。

何念:《20世纪60年代美国激进女权主义研究》,北京:知识产权出版社,2010年。

葛洪兵、宋耕:《身体政治》,上海:三联出版社,2005年。

黄华:《权力、身体和自我:福柯与女性主义文学批评》,北京:北京大学出版社,2005年。

杰弗瑞·威克斯:《20世纪的性理论和性观念》,宋文伟、侯萍译,南京:江苏人民出版社,2002年。

杰梅茵·格里尔:《女太监》,欧阳益译,桂林:漓江出版社,1991年。

金莉:《文学女性与女性文学:19世纪美国女性小说家及作品》,北京:外语教学与研究出版社,2004年。

——:《20世纪美国女性小说研究》,北京:北京大学出版社,2012年。

——:《美国当代女权主义文学评论家研究》,北京:北京大学出版社,2014年。

卡罗尔·吉利根:《不同的声音——心理学理论与妇女发展》,肖巍译,北京:中央编译出版社,1998年。

凯特·米列特:《性别政治》,宋文伟译,南京:江苏人民出版社,2000年。

康正果:《女权主义与文学》,北京:中国社会科学出版社,1994年。

贺桂梅:《女性文学与性别政治的变迁》,北京:北京大学出版社,2014年。

拉曼·塞尔登:《当代文学理论导读》,刘象愚译,北京:北京大学出版社,2006年。

勒内·韦勒克、奥斯汀·沃伦:《文学理论》,刘象愚等译,南京:江苏教育出版社,2005年。

李小江:《女人读书:女性/性别研究代表作导读》,南京:江苏人民出版社,2006年。

李银河:《妇女:最漫长的革命》,北京:三联出版社,1997年。

列维-斯特劳斯:《图腾制度》,渠东译,上海:上海人民出版社。2005。

刘惠英:《走出男权传统的樊篱》,北京:三联出版社,1996年。

露西·伊利格瑞:《他者女人的窥镜》,屈雅君等译,郑州:河南大学出版社,2013年。

刘霓:《西方女性学》,北京:社会科学文献出版社,2001年。

刘岩:《差异之美:伊利加雷的女性主义理论研究》,北京:北京大学出版社,2010年。

卢斯·伊利利瑞:《非"一"之"性"》,马海良译,《后现代哲学话语:从福柯到赛义德》收录于汪民安、陈永国、马海良主编,杭州:浙江人民出版社,2000年。

林树明:《多维视野中的女性主义文学批评》,北京:中国社会科学出版社,2004年。

露西·伊利格瑞:《他者女人的窥镜》,屈雅君等译,郑州:河南大学出版,2013年。

孟鑫:《西方女权主义研究》,北京:经济日报出版社,2010年。

聂珍钊、邹建军:《文学伦理学批评:文学研究方法新探讨》,武汉:华中师范大学出版社,2006年。

罗钢、刘象愚主编:《后殖民主义文化理论》,北京:中国社会科学出版社,1999年。

玛丽·沃斯通克拉福特:《女权辩护》,北京:中央编译出版社,2006年。

齐格蒙特·鲍曼:《后马克思主义与文化研究:理论、政治与介入》.黄晓武译,南京:

江苏人民出版社,2011年。

盛宁:《20世纪美国文论》,北京:北京大学出版社,1994年。

斯皮瓦克:《斯皮瓦克读本》,陈永国等主编,北京:北京大学出版社,2007年。

宋素凤:《多重主体策略的自我命名:女性主义文学理论研究》,济南:山东大学出版社,2004年。

苏红军、柏棣主编:《西方后学语境中的女权主义》,桂林:广西师范大学出版社,2006年。

苏珊·S.兰瑟:《虚构的权威:女性作家与叙述声音》,黄必康译,北京:北京大学出版社,2002年。

索福克勒斯:《安提戈涅》,罗念生译,《罗念生全集:第二卷:埃斯库罗斯悲剧三种索福克勒斯悲剧四种》,上海:上海人民出版社,2007年。

孙婷婷:《朱迪斯·巴特勒的述行理论与文学实践》,北京:中国社会科学出版社,2015年。

王逢振等译:《性别政治》,天津:天津社会科学院出版社,2001年。

——等编:《最新西方文论选》,桂林:漓江出版社,1991年。

汪民安:《福柯的界线》,南京:南京大学出版社,2008年。

魏天真、梅兰:《女性主义文学批评导论》,武汉:华中师范大学出版社,2011年。

王守仁、吴新云:《性别、种族、文化——托尼·莫里森与美国20世纪黑人文学》,北京:北京大学出版社,1999年。

王政、杜芳琴主编:《社会性别研究选译》,北京:三联出版社,1998年。

文洁华:《美学与性别冲突》,北京:北京大学出版社,2005年。

西慧玲:《西方女性主义与中国女作家批评》,上海:上海社会科学院出版社,2003年。

肖巍:《飞往自由的心灵:性别与哲学的女性主义探索》,北京:北京大学出版社,2014年。

杨莉馨:《异域性与本土化:女性主义诗学在中国的流变与影响》,北京:北京大学出版社,2005年。

——:《西方女性主义文论研究》,南京:江苏人民出版社,2002年。

伊恩·P.瓦特:《小说的兴起》,高原、董红钧译,北京:三联出版社,1992年。

伊莲·肖瓦尔特:《她们自己的文学:英国女小说家:从勃朗特到莱辛》,韩敏中译,杭州:浙江大学出版社,2012年。

张京媛主编:《当代女性主义文学批评》,北京:北京大学出版社,1992年。

——:《后殖民理论与文化批评》,北京:北京大学出版社,1999年。

张小虹:《性别越界:女性主义文学理论与批评》,台北:联合文学出版社,1995年。

张岩冰:《女权主义文论》,济南:山东教育出版社,1998年。

朱迪斯·巴特勒:《性别麻烦:女性主义与身份的颠覆》,宋素凤译,上海:上海三联出版社,2009年。

——拉克劳、齐泽克:《偶然性、霸权和普遍性——关于左派的当代对话》,胡大平等译,南京:江苏人民出版社,2004年.

——:《消解性别》,郭劼译,上海:三联书店,2009年。

——:《身体之重:论性别的"话语"界线》,李钧鹏译,上海:三联书店,2011年。

——:《权力的精神生活:服从的理论》,张生译,南京:江苏人民出版社,2009年。

——:《脆弱不安的生命:哀悼与暴力的力量》,何磊、赵英男译,郑州:河南大学出版社,2013年。

——:《安提戈涅的诉求:生与死之间的亲缘关系》,王楠、褚萌萌译,郑州:河南大学出版社,2016年。

——:《叉路口:犹太性与犹太复国主义的批判》,王楠、赵燕娇、王茜译,郑州:河南大学出版社,2016年。

朱刚:《20世纪西方文论》,北京:北京大学出版社,2006年。

朱立元:《当代西方文艺理论》,上海:华东师范大学出版社,1997年。

后　记

2015年11月,笔者在对本书进行了最后的修订、增补、润色、校对工作之后,终于付梓,时值"纪念北京世妇会20周年"系列活动在金秋京城举行并成为一道难得的文化风景线。这本书的出版似乎也正好契合了这道风景线,笔者以个人之力,用一本专著为纪念"世妇会"的20周年做了一个学术的注脚。

就个人来说,性别研究并不是一个全然与己无关的学术视域。十年前,从我真正开始阅读女性作家作品起,我就被那些以生命谱写女性境遇的乔治·艾略特、凯特·肖邦、弗吉尼亚·伍尔夫、左拉·尼尔·赫斯特、伊迪斯·沃顿、艾丽斯·沃克等等女子的著说所感动。她们流芳的笔墨如印痕一个个添加在我心上。而近几年,我以对女性主义文论的阐释代替之前的女性作家作品的赏读作为博士论文的关注起点,多少有点儿投机取巧,但也是顺理成章的事。

尽管批评家为创建性别平等的初衷还未完成——身与心的真正解放,但她(他)们的确以她(他)们的著说构筑文学批评和理论内一道别样的里程碑,并且还在为此努力着。当我

后 记

试图用文字游走于她(他)们的灵思与妙语之间时,我的笔端,不论华丽还是深切,都只能是意会其意。但这些文字可能不会是多余的,因为她们的批评理路理应由后人记录下来。哪怕只是一次历史功绩的交代。

当出于一位女性的本能渐渐走近这一理论视域时,我发现了性别视角给我带来了重新认识历史与解读文本的新奇与快乐。虽然不敢奢言凭一己之力就能矫正或化解种种对女性主义批评的争议和曲解,但对于挖掘女性本真面目和建构性别诗学的责任感总是挥之不去。本书的写作,也力求体现自己对于女性现实处境的一些思考。于私,则是以某种方式重整自己的生命,建立一种深切的"和而不同"的性别关系理想和看待世界、提升生命价值向度的人文思想。这样做只是提醒自己,在步入人生又一个十年之时,在繁重的"教书匠"式工作之外,生命能够留下点滴的思考印记。虽然现在呈现在师友面前的还只是一本远不厚重的拙文,但它已足以使我体味到学术的艰辛,更有探索的喜悦。它所代表的当然只是这一阶段关于西方性别批评理论还不算卓越的认识。

感谢我的导师刘象愚先生。能有机会向刘先生求知、问学是命运给我的点化和成全。本书以我的博士论文《伊莲·肖沃尔特的"女性批评"研究》(2010年1月)为基础,先生对那篇论文的写作提出了切实的批注和意见,实为感激。正是先生当时的洞察和灼见使得这本书最终得以另外的面目出现。

博士学位虽然拿到了,但没有放下先生的提醒:"把美国的性别理论做通。"2011—2012年,我得到国家留学基金委的资助,赴美国加州大学伯克利分校访学。一年间,我继续跟踪在该校任教的朱迪斯·巴特勒教授的理论新见。她是美国后结构主义性别理论的最重要的代表人物之一,当初也是因为巴特勒教授的推荐我选择了伯克利分校。访学期间,我选修了她开设的"阅读黑格尔"的课程。同时旁听了英文系多萝丝·柯文(Dorothy Hale)的"小说理论"以及哲学系汉斯·斯拉格(Hans Sluga)的"福柯"、批评理论研究所苏珊娜·格里科(Suzanne Guerlac)的"法国批判思想"等课程,并参与妇女与性别研究所的 BBRG

项目组的学术活动和研究工作。本书的最后两章便是在访学期间的部分研究成果。2015年我又幸运地得到巴特勒教授的两本著作的授权,在汪民安教授的推介和国内河南大学出版社杨全强编审的大力推动下,很快得到哥伦比亚大学出版社的出版授权,着手翻译《安提戈涅的诉求:生与死之间的亲缘关系》(2000)和《岔路:犹太性与犹太复国主义批判》(2011)。译著将于2016年出版。感谢北师大外文学院的诸位先生和同仁,他们的鼓励、信任、关怀和帮助增强了我在学术道路上进行探索的勇气。感谢王逢振教授、王星教授、章燕教授、曹雷雨教授、高中班主任王传勇特级教师等等,她(他)们切实的关注和鼓劲儿给了我贴心的感动。还有我的旧时同窗乐玲玲和李彦玮帮我从香港大学和复旦大学复印和快递资料。

  尽管任何一次完成都会留有缺憾,本书的浅薄之处在所难免,留下的一些遗憾,只能留待今后更进一步地研究。但我希望我用心完成的一点儿果实能够回馈给予我温暖的每一个人。也希望这份努力能够成为我未来学术之途的一个起点,走下去,坚定地走下去。

  西苏曾说:"写作乃是一个生命与拯救的问题。写作像影子一样追随着生命、延伸着生命、倾听着生命、铭记着生命。写作是一个人终其一生一刻也不放弃对生命观照的问题。这是一项无边无际的工作。"我有时常想,写作让自己更贴近自己还是更遥远?事实上,那是孤独生命对面的一面镜子,你说贴近就贴近,你说遥远也遥远,只是换了一个角度,看见自己,看见自己的心。

  我是女性,但不是"主义者",感谢生命给了我这个迷人、神秘的性别,在彰显性别本质的差异中,我清醒而诗意地生活着、工作着。

  尤为感谢北京大学出版社张冰编审的耐心等待以及刘爽编辑的精心修订,并受她们的鼓励申报并获得北京市社会科学理论著作出版基金资助。

  感谢家人,感谢爱女杨知音。